I0778966

EL ASESINO DEL SANTUARIO

LOS MISTERIOS DE LUCA

DAN PETROSINI

CRÉDITOS

Impreso ISBN: 978-1-960286-32-1
Naples, FL

Serie los Misterios de Luca
Am I the Killer
Vanished
The Serenity Murder
Third Chances
Un caso frío y difícil
¿Policía o asesino?
Silencing Salter
A Killer Missteps
Uncertain Stakes
The Grandpa Killer
Dangerous Revenge
Where Are They
El misterio de la chica en el lago
The Preserve Killer
No One is Safe

Suspenseful Secrets
Cory's Dilemma
Cory's Flight
Cory's Shift

OTRAS OBRAS DE DAN PETROSINI
The Final Enemy
Complicit Witness
Push Back
Ambition Cliff

1

CAPÍTULO UNO

Mis pies chirriaban en el barro mientras caminaba por la reserva natural Cocohatchee Creek. La cinta amarilla de la escena del crimen y un par de agentes aparecieron ante mi vista. Me detuve en seco. Se me salió el tacón de un zapato. Volví a ponerlo en su sitio, lo retorcí para liberarlo y examiné la zona arbolada.

El bajo zumbido del tráfico procedente de la interestatal no era lo que rompía la tranquilidad. Lo que estropeaba la naturaleza era un cadáver. Era una violación directa del mantra del parque: "Toma solo fotos y deja solo huellas".

Me puse los guantes y observé el lugar. El cuerpo tenía que haber sido arrojado aquí; las posibilidades de que una discusión escalara fuera de control en un parque parecían remotas. Me acerqué lentamente.

El cadáver estaba apoyado contra un ciprés calvo. "Parece posada, ¿verdad?".

Derrick dijo: "No lo sé. Tal vez se apoyó en el árbol, tratando de levantarse".

"Si estuviera luchando por su vida, estaría arrastrándose".

Su blusa blanca estaba cubierta de sangre. Estudié el cuerpo. ¿Qué le había pasado?

La mujer rondaba la treintena. El pelo rubio hasta los hombros enmarcaba un rostro sin arrugas. No llevaba nada llamativo ni caro en la ropa ni en los zapatos abiertos. "¿Dónde está su cartera?".

"Buena pregunta".

Mi mirada se dirigió a su regazo. Tenía algo en la mano. Una vibración recorrió la base de mi cráneo. Me incliné hacia abajo. "¿Qué es eso? ¿Un estuche para lentes?".

"Sí, eso está raro".

Me puse de pie y miré en la dirección por la que habíamos venido. "Aquí viene Gianelli". Cámaras colgando de cada hombro, el fotógrafo de la escena del crimen hizo el signo de la paz. "Bilotti también está aquí".

Mientras Gianelli se recogía el pelo en una coleta, le dije: "Hazme un favor y documenta el regazo y las manos. Está sujetando lo que parece un estuche de lentes. Me gustaría verlo lo antes posible".

"No hay problema, Frankie".

Mientras se alejaba, me arrodillé y examiné el punto en el que su espalda se encontraba con el árbol. "Su cartera está encajada detrás de ella".

Derrick se acercó. "Raro".

"Esta escena fue montada".

"¿Cuál podría ser el mensaje?".

"Pronto lo sabremos, si es que lo hay".

Gianelli se volvió hacia mí. "Puedes irte. He tomado veinte fotos".

Miré detrás de mí; Bilotti estaba a veinte metros. "Gracias".

Cuando extendí el brazo para tomar el estuche, Bilotti me dijo: "Espera, Frank. No toques nada".

"Tiene un estuche; necesito ver si significa algo".

"Una vez que termine, puedes perturbar el cuerpo".

"Gianelli documentó…".

Bilotti arqueó las cejas. "¿Cuántos homicidios hemos trabajado juntos?".

"Vale, vale. Haz lo que tengas que hacer".

"Vaya, gracias, Frank".

"A mí me parece que ha sido un montaje".

"Puede haber sido".

"Haz lo tuyo. Vamos a hablar con el tipo que la encontró".

Nos presentamos con Mike Breem, un enjuto sesentón. Llevaba unos pantalones de mezclilla desgastados y una gorra de béisbol con una tortuga marina bordada. Dijo: "No puedo creerlo. La gente de hoy en día está loca. Es tan decepcionante".

Decepcionante era que te sirvieran un filete crudo en lugar de término medio. "¿Qué estaba haciendo cuando descubrió el cuerpo?".

"Estoy aquí todo el tiempo".

"¿Por qué?".

"Vigilo la población de tortugas gopher".

"¿Por qué hace eso?".

"Son una especie de particular interés. Si no fuera por gente como yo, habrían desaparecido del planeta".

Era un experto en tortugas. Quería preguntarle si era cierto que podían vivir más que los humanos. "Eso es bueno de su parte. Ahora, ¿cuánto tiempo estuvo en el parque antes de encontrar el cuerpo?".

"Alrededor de una hora".

El parque solo tenía cuatro acres. "En cuanto a parques,

este lugar es pequeño. ¿Qué estuvo haciendo todo ese tiempo?".

"Estaba vigilando una madriguera".

"¿Una madriguera?".

"Donde viven las tortugas. Ponen sus huevos y es fascinante ver salir a sus crías".

"Oh".

"¿Sabía que el sexo de una tortuga viene determinado por la temperatura de la tierra donde se entierran los huevos?".

"Qué interesante. Entonces, ¿cómo llegó a encontrar el cuerpo?".

"Siempre recorro el parque en busca de señales de nuevas madrigueras. Me da una idea del tamaño de la población".

"Ya veo. ¿Qué hizo cuando la vio?".

"No me lo podía creer. Al principio pensé que alguien estaba descansando o herido, pero al acercarme vi la sangre. Grité, pero no respondía, así que llamé al nueve-uno-uno".

Escucharemos la llamada. Nos daría pistas sobre si el Hombre Tortuga estaba diciendo la verdad. Derrick tomó su información de contacto, y caminamos de vuelta al cuerpo.

Bilotti escribía en un bloc de notas. "¿Cómo va todo, Doc?".

"Tu suposición parece correcta; creo que fue acomodada a propósito".

"¿Hora de la muerte?".

"En este momento, yo lo situaría entre hace cuatro y seis horas, pero lo concretaremos con la autopsia".

Eran las 10:30 a.m. Pregunté: "¿Apuñalada hasta la muerte?".

"Sí. Tres heridas en la región torácica. Ya puedes examinar el estuche".

Le rodeé la muñeca izquierda con los dedos y le quité el

estuche color marrón del regazo. Tenía sangre en la parte inferior del antebrazo. Mientras me levantaba, me pregunté si habría intentado defenderse de su atacante.

El viejo estuche parecía vacío. Esperando ver un par de lentes, lo abrí. "Uh-oh".

2

───────────

CAPÍTULO DOS

DERRICK MIRÓ POR ENCIMA DE SU MONITOR CUANDO ENTRÉ A la oficina. "¿Qué dijo el sheriff?".

"No mucho, pero creo que está de acuerdo en que podría ser un asesino en serie".

"¿Por qué otra razón habría dejado el recorte con el número uno en él?".

"Remin está preocupado por cómo puede percibirse. No quiere que cunda el pánico entre el público. No quiere que se publicite".

"¿Y sobre el procesamiento del estuche de lentes y el papel?".

"Los llamó mientras yo estaba allí. El laboratorio está en ello".

"Será una pieza clave de la evidencia".

Me encogí de hombros. "Quizá, pero si numerar a las víctimas es cosa del asesino, tenemos que mantenerlo en secreto".

"Sí, si lo atrapamos, lo usaremos para verificar que es él".

"No si, *cuando* atrapemos al bastardo".

"De acuerdo al cien por cien".

Sonó el teléfono de mi escritorio. Fue una conversación breve. Colgué de golpe. "No hay huellas en el estuche ni en el papel".

"El asesino es cuidadoso".

"La mayoría de los asesinos en serie lo son".

"¿Por dónde empezamos?".

"No hay cámaras en el parque ni testigos, aparte del Hombre Tortuga. Tú investígalo y yo investigaré a la víctima".

LA CARTERA de Melissa Wright no contenía su teléfono. ¿Era otra señal de la cautela del asesino? Contenía una licencia de manejo, un ticket de la tintorería, doce dólares en billetes de uno y una tarjeta de visita de Jonathan Ong, un agente inmobiliario.

Me quedé mirando la tarjeta. Con un mercado inmobiliario en auge y lo que parecía una cuarta parte de la población vendiendo casas, ¿tenía algún sentido?

La dirección de Wright figuraba como 3939 Francis Ave. Estaba en un barrio al sur del aeropuerto de Naples, junto a Airport Pulling Road. No llevaba anillo de casada, pero eso no importaba. La cohabitación sin matrimonio se acercaba al setenta por ciento.

Melissa Wright tenía treinta y ocho años. Se me revolvió el estómago al pensar que su familia la esperaba en casa. Oré porque no tuviera un hijo. Alentado por el hecho de que nadie había denunciado su desaparición, salí.

Mientras descendía un avión privado, giré a la derecha antes del Alice Sweetwater's Bar and Grille. La avenida

Francis estaba flanqueada por casas de una sola planta en parcelas estrechas. En la entrada de Wright había un Honda Civic color plateado.

Contuve la respiración y toqué el timbre. Nada. Golpeé a la puerta y seguí sin respuesta. Rodeé la casa y miré por las ventanas. No había pruebas de que alguien más viviera allí. Le envié un mensaje a Derrick para que viniera un equipo forense.

Juntando las manos, miré dentro del Honda Civic. En el asiento del copiloto había un libro. Marqué un número en mi móvil. "Estoy a punto de empezar la autopsia, Frank".

"Lo sé, Doc. ¿Pero puedes comprobar si está embarazada?".

"Por supuesto. ¿Por qué lo preguntas?".

"Wright tiene un ejemplar de *Los mejores nombres de bebés de 2022* en su auto".

"Hum. Lo veré. Estará en el informe preliminar".

"¿Cuánto tardarás en hacer la autopsia?".

"Más interrupciones y…".

"Lo siento, Doc. Solo quería avisarte".

"Está bien, Frank. Espero completarla en algún momento de esta tarde".

Los vecinos de Wright nos dijeron que trabajaba en el Hyatt House, un hotel de la Quinta Avenida Sur, frente a Tin City. Con el tráfico zumbando, la mayoría por encima del límite de velocidad, me pregunté cómo sería alojarse allí. Me detuve y me estacioné.

El hotel estaba en una isla. Eché un vistazo por detrás. El río Gordon se extendía más allá de la piscina. La ubicación tenía un acceso increíble al Golfo de México, y no era de extrañar que la empresa de alquileres de barcos Captain Joey D Charters operara a unas ciento veinte yardas de distancia.

Paul Norris era el director general del hotel. Alto y delgado, con un mechón de pelo blanco, pensé que era su segunda carrera. "No puedo decirle lo conmocionados que estamos. Melissa era una mujer maravillosa. Era un placer trabajar con ella".

"¿Cuáles eran sus responsabilidades aquí?".

"Era la subdirectora general. En realidad tenemos tres personas con el mismo título".

"¿Cuáles eran sus funciones?".

Esbozó una fina sonrisa. "Lo que surja. Este es un negocio con cero previsibilidad. Realmente nunca sabes lo que va a surgir cuando llegas al trabajo".

Teníamos eso en común. "¿Puede dar detalles de su día a día?".

"Trabajaba en recepción cuando era necesario, ya sabe, en las horas pico, cuando la gente se registraba. Melissa era buena con la gente". Frunció el ceño. "Sus compañeros están devastados".

"¿Hubo algún incidente con algún invitado o compañero de trabajo, algo que pudiera haberse salido de control?".

"No, la fuerza de Melissa era su habilidad para calmar una situación".

"¿Puede explicarse mejor?".

"A veces los huéspedes tienen expectativas poco realistas. Las tarifas durante la temporada son bastante altas y la gente se siente... bueno... digamos que pueden enfadarse por el más mínimo detalle. Melissa los calmaba. Hablaba con ellos, les aseguraba que eran apreciados. Les invitaba a cenar o a comer, si estaba justificado, en Latitude 26, nuestro restaurante".

"¿Ecuánime?".

"Ah, sí. Llevaba aquí dos años y nunca levantó la voz".

"¿Sabe si tenía una relación con alguien?".

"Ella estaba viendo a un buen hombre, Bobby, eh. . . Bobby Ryan. Sí, eso es".

"¿Sabe cómo puedo ponerme en contacto con él?".

3

CAPÍTULO TRES

LAS CORTINAS ESTABAN CORRIDAS EN LA SALA DE ESTAR Y los postigos de la cocina estaban cerrados. La casa no solo estaba a oscuras, sino también en silencio. No era una buena señal.

Entré de puntillas en el dormitorio principal. Mary Ann dormía. Me cambié y me acerqué a la cama, susurrando: "Mary Ann. ¿Estás bien?".

Se revolvió y abrió los ojos. "Hola".

"¿Qué está pasando?".

Entrecerró los ojos. "Dolor de cabeza".

"¿Dolor de cabeza, o un brote?".

Se encogió de hombros. Era un ataque de esclerosis múltiple.

"¿Cuándo empezó?".

"Media mañana".

"No dijiste nada cuando te llamé".

"Tenías un homicidio del que ocuparte".

"Eso no importa. Tú eres lo primero. Necesito saber qué está pasando".

Forzó una sonrisa.

"¿Llamaste a la doctora Gentile?".

"Sí, dijo que debería desaparecer y que la llamara si se agravaba o duraba más de cinco días".

"¿Eso es todo? ¿Tienes que vivir con dolor?".

"No hay mucho que puedan hacer".

"Por todo el dinero que gastamos en el fármaco experimental, deberías estar corriendo maratones".

"Siento que sea tan caro. No tengo por qué comprarlo".

"No, no. Está funcionando un poco. Solo estoy frustrado".

Se le llenaron los ojos de lágrimas.

Le cogí la mano. "Soy un idiota. Perdóname. No puedo imaginar lo frustrada que debes estar".

Le tembló el labio. "A veces…".

"Todo va a salir bien; lo superaremos juntos".

Cerró los ojos. Se le escapaban las lágrimas. Me subí a la cama, la acurruqué en mis brazos y cerré los ojos.

"¿Mamá? ¿Papá? ¿Todo bien?".

Me apoyé en un codo. "Sí, a mamá le dolía la cabeza y yo estaba agotado. Nos quedamos dormidos".

"¿Estás bien, mamá?".

"Sí, mi dolor de cabeza se ha ido. Creo que la siesta ayudó".

Bajé de la cama. "Jessie, trae el menú de True Foods. A mamá le gusta la comida de allí; pediremos algo para llevar".

"Qué rico, me muero de hambre".

Cuando Jessie se fue, le dije: "¿Te sientes bien?".

"Sí, el dolor de cabeza es diez veces mejor".

"Ves, todavía tengo mi encanto".

Sacudió la cabeza y se levantó. Me di cuenta de que se sentía mejor por la forma en que se movía. Era un alivio, pero las altas y bajas en su salud empezaban a ser extenuantes.

ME QUEDÉ en casa para asegurarme de que Mary Ann seguía sintiéndose bien. Se esforzó por meterse en la piscina. Hizo la mitad de vueltas, pero eso significaba que estaba recuperándose. Le di un beso y me fui a Fort Myers.

Derrick llamó cuando llegué a Corkscrew Road. No pudo localizar a los familiares de Melissa Wright. Sus padres habían muerto y era hija única. Le pedí que se pusiera en contacto con la Hyatt House para ver si sabían de qué estado podía haber emigrado y para buscar tíos y tías.

La puerta detrás de mí no se había cerrado, pero una vendedora ya estaba en marcha. Me mostró una amplia sonrisa. "Bienvenido a MINI Cooper de Fort Myers. ¿Le interesa algún modelo en particular?".

"Vengo a ver a Bobby Ryan".

"Oh, voy a buscarlo. ¿Puedo decirle quién eres?".

"Frank Luca".

Mientras esperaba, no podía decidir si me gustaban las anchas rayas de carreras que subían por el capó de un convertible rojo. Los coches eran bonitos pero pequeños. No me gustaría que Jessie anduviera por ahí en uno.

Ryan era alto y guapo. Extendió la mano. "¿Señor Luca?" Me miró a la cara mientras nos estrechábamos. "Lo siento, ¿pero estábamos trabajando en un auto?".

Bajé la voz. "Soy de la Oficina del Sheriff del Condado de Collier. Estoy aquí por Melissa Wright".

"¿Melissa? ¿Le ha pasado algo?".

"¿Podemos hablar fuera?".

Entramos en el estacionamiento. "¿Qué está pasando?".

"¿No lo sabe?".

"¿Saber qué?".

La forma en que sus cejas se levantaron, me hizo cuestionar su sinceridad. "Encontraron a Melissa Wright asesinada".

"Oh, Dios mío. ¿Dónde? ¿Cómo?".

"Su cuerpo fue descubierto en la reserva Cocohatchee Creek".

"¿Coco qué?".

"Cocohatchee Creek. Es un parque junto a Veteran's Park Drive".

"¿Qué le ha pasado?".

"Murió por heridas de arma blanca".

Sacudió la cabeza. "Esto es terrible. ¿Quién demonios hizo esto?".

"Esperaba que tuviera usted alguna idea".

"No puedo pensar con claridad. Ahorita, estoy, estoy en shock".

"¿Cuál era la naturaleza de su relación con la señorita Wright?".

Se encogió de hombros. "Éramos amigos".

"¿Estaban involucrados románticamente?".

Sus ojos color café miraron a su alrededor. "Mire, estoy casado. Se acabó, pero mi mujer no puede enterarse".

Debería haberlo pensado antes de romper sus votos. "Mantendremos la información confidencial. ¿Cuándo fue la última vez que la vio?".

"Oh, no lo sé. Hace un par de semanas o algo así".

Lo interpreté como no más de cinco días. "¿Cuánto hace que la conoce?".

"Alrededor de un año o dos".

"¿Cuándo terminó la relación?".

"Hace cosa de un mes".

"¿Tenía familia en la zona?".

"No que yo sepa".

"¿De dónde era?".

"Michigan. Grand Rapids, estoy bastante seguro".

"¿Amigos?".

"Era un poco reservada".

"¿Nunca tuvieron una doble cita?".

Arrugó la cara. "No. No hicimos cosas así".

Sabía las cosas que hacían. "Tenía que mencionar a alguien. Dígamelo".

"Solía ir a ese bar que está calle arriba de su casa, Alice Sweetwater's".

"¿Con qué frecuencia iba allí?".

"No lo sé. Ella comía algo allí. Le gustaba la zona del bar exterior".

"¿Fue con ella alguna vez?".

"No. Nunca".

"¿Sabe quién podría haber hecho esto?".

"No lo sé. Honestamente, solo estoy tratando de procesar esto".

"Comprendo. Si se le ocurre algo, por pequeño que sea, aquí tiene mi tarjeta".

"Lo haré. Y si necesita un MINI Cooper…".

"Son bonitos, pero no para mí".

"Se sorprendería. Son autos geniales, muy divertidos de conducir".

"¿Cuánto tiempo lleva trabajando aquí?".

"Seis años".

"¿De dónde vino?".

"De ninguna parte. Nací en Estero".

Un nativo del suroeste de Florida, ¿y no sabía pronunciar Cocohatchee?

4

CAPÍTULO CUARTO

EL BAR CERCANO A LA CASA DE WRIGHT ESTABA LO MÁS AL sur que se podía llegar desde Fort Myers. Revisé la foto que había hecho de la tarjeta de visita de Jonathan Ong. Trabajaba para Willis Group, una boutique inmobiliaria. Su oficina en Mercato me haría más llevadero el viaje. Concerté una cita.

Un intenso flujo de tráfico se abría paso a través de Mercato. Nunca imaginé tener que dar vueltas buscando un sitio para estacionarme. Tras pasar uno en el extremo más alejado de Whole Foods, improvisé una plaza de estacionamiento y puse las credenciales en el tablero.

Willis Group trabajaba en un establecimiento situado junto a Design West. La empresa de diseño de interiores era el lugar al que había que ir si se disponía de veinte mil dólares para un sofá. Eché un vistazo a las fotos de casas en venta que colgaban en el escaparate de la inmobiliaria. La mitad tenían el distintivo de "Vendida".

Preguntándome cuánto tardaban en venderse, entré. Una

alegre agente se dirigió a un banco de despachos privados y apareció Jonathan Ong. Llevaba un traje azul oscuro con piernas de lápiz. Estaba de moda, pero le quedaba pequeño.

Le acababan de cortar el pelo negro azabache. "Señor Luca. ¿En qué puedo ayudarte hoy?".

Su sonrisa se derrumbó cuando me presenté. "¿La oficina del sheriff? ¿Es sobre el desalojo de la señora Morrow?".

"No. Melissa Wright".

"Te agradecería que me ayudaras. No sé quién es".

"Tenía tu tarjeta de visita en la cartera".

Volvió a sonreír. "Soy agente inmobiliario. Siempre estamos repartiendo tarjetas".

"La encontraron asesinada ayer".

"Dios mío. ¿En serio?".

"Sí. Necesito saber cómo es que tenía tu tarjeta".

"No tuve nada que ver con lo que sea que haya pasado".

Saqué mi teléfono y le enseñé una foto de Wright. "¿La reconoces?".

"Hum. Me resulta familiar. ¿Dónde vive?".

"En la Avenida Francis por la...".

"Oh, ahora lo sé. Está alquilando esa casa. Sally Johnson es la dueña y me contactó para venderla. Fui allí hace una semana para verla. No es realmente el tipo de propiedad que nuestra empresa maneja".

"¿Conociste a la señorita Wright allí?".

"Sí. Fue muy amable y me pidió ayuda para encontrar un alquiler, pero no nos va mucho el tema de los alquileres. No merece la pena dedicarle tiempo".

"¿Había alguien más allí?".

"No, solo ella".

"¿Y qué día fue eso?".

"Creo que fue el martes, pero déjame comprobarlo". Sacó

su teléfono para confirmarlo. Anoté los datos de la dueña de la casa y me fui.

El estacionamiento de Alice Sweetwater estaba medio lleno. Tal vez fue el flamenco rosa en medio de su letrero, pero Jimmy Buffet me vino a la cabeza mientras subía las escaleras hacia el restaurante.

Una larga barra de roble dominaba la luminosa sala. Una caja registradora anticuada y el fondo de espejos cambiaban la sensación de *Margaritaville* a un pueblo minero de Colorado. No duró mucho; mis ojos se posaron en un marlín que colgaba sobre la entrada de la cocina.

El mesero estaba charlando con dos hombres que sostenían cervezas. Le hice una señal y se acercó. "¿Qué te traigo?".

Como explicación le enseñé una foto de Wright. "¿Conoces a esta mujer?".

"Sí, viene de vez en cuando, pero se sienta afuera. Tenemos un bar y asientos altos atrás".

"¿Viene sola?".

"Creo que sí. ¿Por qué?".

"¿Hay alguien atendiendo el bar afuera?".

"Sí, Philly está ahí detrás".

Era otro bar largo, éste cubierto por un toldo rojo. Cinco tipos, todos fumando, se sentaban al fondo. Un ventilador detrás de la barra soplaba el humo hacia mí. Di un paso atrás cuando el barrigudo mesero se acercó. "¿Qué va a tomar?".

Mostré mi placa y le pasé mi teléfono. "Busco información sobre esta mujer".

"Oh sí, esa es Mary o algo así. Viene de vez en cuando. Se sienta allí todo el tiempo". Señaló una mesa esquinera con una sombrilla azul inclinada.

"¿Venía con alguien?".

"No lo creo, pero pregúntale a Sheila; es la mesera".

Como si nada, la puerta se abrió y apareció una mujer con el pelo platino y dos platos llenos de comida. "Sheila, este policía necesita hablar contigo".

"Un segundo, cariño". Dejó los platos. Con las gafas colgando de una cadena de cuentas en el cuello, se acercó. "¿Qué puedo hacer por ti, cariño?".

Le enseñé la foto y le dije: "Esta es Melissa Wright. Viene mucho, ¿verdad?".

"Es bastante regular. Buena chica".

"¿Alguna vez vino acompañada?".

"No que yo sepa".

"¿Algún hombre?".

"No, pero sé que estaba enredada con alguien casado".

"¿Y cómo lo sabes?".

"Una noche estaba triste, tal vez hace tres meses. Melissa es una chica de una copa, y esa noche se tomó unas tres".

"¿Por qué fue eso?".

"Estaba lenta esa noche, y ya sabes, nosotras las chicas tenemos que permanecer juntas".

"¿Te dijo el nombre de este hombre?".

"No. No importaba; todos son iguales. Te prometen champán, pero nunca llega. Siempre es agua del grifo".

Tuve que pensar en eso, repitiéndolo en silencio para recordarlo. "¿Alguna vez mencionó algún amigo?".

"Trabaja en el centro, en el Hyatt. Averígualo con ellos".

"¿Y estás segura de que nunca vino con alguien?".

"Sí".

"¿Alguna vez discutió con alguien?".

"No. Ella no es de ese tipo. Melissa es dulce. Por eso ese tipo la pisoteaba".

"¿Sabes de alguien que le haría daño?".

Sus ojos se abrieron de par en par. "¿Qué le ha pasado? No me digas que alguien le ha hecho algo".

Le di la mala noticia y le di las gracias.

Al salir, me detuve a leer una cita de Virginia Wolfe: "Uno no puede pensar bien, amar bien, dormir bien, si no ha cenado bien". Como alguien que se ponía de mal humor cuando tenía hambre, consideré que Wolfe tenía razón.

5

———————

CAPÍTULO CINCO

NO FUE FÁCIL RESISTIR EL IMPULSO DE LLAMAR A BILOTTI. Hice un trato conmigo mismo mientras conducía hacia la oficina: si no llamaba cuando yo llegara, llamaría yo. Tardé veinte minutos en llegar al complejo municipal de Airport Pulling Road.

Mientras me estacionaba, sonó mi móvil. "Hola, Doc. ¿Qué hay?".

"Siento haber tardado tanto. Pero un transformador explotó, y el…".

Aunque no me gustó la expresión, salió de mi boca. "No hay problema. ¿Qué tienes?".

"La señorita Wright estaba embarazada. Era temprano. Lo estimaría en aproximadamente doce a catorce semanas".

"Siento oír esto. ¿Qué más?".

"Tenía tres puñaladas, una de las cuales penetró en el ventrículo derecho. No pudo durar más de una hora, y el feto probablemente murió poco después".

"Bastardo. El arma, ¿era un cuchillo?".

"Sí. Parece ser uno con borde dentado, con una hoja de aproximadamente ocho pulgadas de largo".

"¿Alguna idea de la altura del asesino?".

"Asumiendo que el apuñalamiento se produjo mientras la víctima estaba de pie, yo le situaría entre cinco pies con seis a diez pulgadas".

"¿Hora de la muerte?".

"Con base en el contenido del estómago, situaría la hora de la muerte, entre las dos y media y las cinco de la madrugada del dieciséis de enero".

"¿Fue asesinada en el Parque Cocohatchee?".

"Creo que sí. Pero estoy de acuerdo en que fue acomodada".

Un punto para Luca. "¿Algo más?".

"No hay drogas ni alcohol en el cribado inicial, pero estamos haciendo un análisis toxicológico completo".

"¿Alguna fibra o pelo que pudiera haber dejado el asesino?".

"Nada, excepto que la víctima tenía sangre en el interior del antebrazo. No coincide con los patrones de la herida. Podría ser que cuando el atacante sacó el cuchillo, las gotas de sangre se esparcieron por el aire".

"¿Algún material bajo sus uñas?".

"Parece que han sido recortadas recientemente, pero hemos raspado y está en el laboratorio".

"¿Fue agredida sexualmente?".

"No, pero basándome en abrasiones menores, estimaría que tuvo relaciones en las 48 horas anteriores a su muerte".

"Eso podría ayudar".

"Voy a transcribir la autopsia y te tendré el informe preliminar en cuanto pueda".

Entré rápidamente en la oficina. "Acabo de hablar con Bilotti. Wright estaba embarazada".

Derrick dijo: "Maldita sea. Eso es enfermizo".

"Empezamos con sus amigos varones. Una mesera de un bar al que iba dijo que salía con un hombre casado".

"Bobby Ryan está casado".

"Seguro que sí. Y ahí es donde vamos a empezar".

"¿Qué pensaste de él?".

"Difícil de decir; es un vendedor. Una cosa es que nació aquí, pero hizo como si no supiera pronunciar Cocohatchee".

"No sé, Frank. La mitad de la gente con la que me cruzo nunca dice Immokalee de la forma correcta. Los nombres indios son difíciles".

"No me lo creo, no un local". Tomé el teléfono que sonaba. "Homicidios, detective Luca".

"Frank, soy Eddie. Alguien llamó por un cuerpo en Baker Park. Un oficial que patrullaba Bayfront respondió, y confirmó que es una mujer, de unos treinta años, junto al kayak rack".

"¿Parecía un montaje?".

"No lo dijeron".

"Muy bien, estamos en camino. Diles que cierren el parque".

Me deslicé al volante y le dije a Derrick: "¿Has estado alguna vez en Baker Park?".

"No, hemos querido ir. ¿Tú?".

"He estado un par de veces. Es un sitio bonito, con senderos y acceso al agua".

"Tal vez llevemos nuestras bicicletas. Oí que la familia Baker donó un par de millones para poner las cosas en marcha".

"Debe ser agradable tener esa cantidad de dinero".

"Lo reparten mucho, ponen su nombre en todo, como en el hospital, pero es por buenas causas".

¿Por qué no podían enviarme un poco? ¿Pagar dos mil

dólares por una droga experimental no era una buena causa? "Dejar un legado debe ser importante para ellos".

"O ver su nombre en público".

"Todos necesitamos reconocimiento, pero parece exagerado".

Un auto señalizado bloqueaba la entrada al parque Baker. Se movió hacia adelante y subimos por un largo camino de entrada, nos estacionamos junto al edificio principal. Recordaba que había un estante para kayaks a la derecha, pero un agente nos llevó un cuarto de milla, por un camino de cemento que se convirtió en un paseo elevado.

El sol me tostó la espalda. Al doblar una curva, el río Gordon se extendía a ambos lados de la pasarela. Un segundo oficial montaba guardia en una abertura, justo antes de la orilla occidental del río.

"Ella está abajo".

Nos pusimos guantes y protectores para los zapatos y bajamos la corta escalera. Levanté la mano para detener a Derrick e inspeccioné la zona. El cuerpo no era visible. A la izquierda había una mesa de picnic y, un poco más allá, una rampa para botar kayaks y tablas de paddle surf. Se accedía por un sendero que desaparecía tras unos manglares.

Bloqueando parte de la vista había un estante lleno de kayaks amarillos. "Está bien. Veamos lo que tenemos".

Sentado, el cuerpo se apoyaba en el lado de la estantería que daba al agua. Estaba oculto del camino principal, pero cualquiera que utilizara la rampa o estuviera en el río lo vería. Era un detalle curioso, que me hacía pensar que la habían colocado allí por la noche.

Su largo cabello rubio oscuro estaba despeinado y le ocultaba el ojo izquierdo. Una gran mancha de sangre marcaba la zona del pecho de su blusa rosa satinada. Mis ojos se desviaron hacia su regazo. "Tiene otro estuche de lentes".

6

CAPÍTULO SEIS

EL SHERIFF REMIN NO ME DECEPCIONÓ. NO INTENTÓ SONREÍR. Gruñendo, empujó la barbilla hacia una silla.

"No son buenas noticias, señor. Tenemos un asesino en serie entre manos".

"¿Estás seguro?".

"Sí. Dejó otra nota, con el 'número dos' en otro estuche de lentes".

"Podría ser un imitador".

"A menos que haya habido una filtración, nunca publicamos que el asesino numeraba a sus víctimas".

Las arrugas de la frente de Remin se hicieron más profundas.

"El modus operandi es el mismo, y hablé con el doctor Bilotti. Necesita hacer la autopsia pero cree que se usó el mismo tipo de cuchillo, y...".

"Muy bien. De acuerdo. Tenemos que cerrar esto, lo antes posible. No quiero la atención de los medios aquí. Si se enteran de esto, este lugar será un pueblo fantasma".

"Seremos lo más discretos posible. Pero se va a saber. La nueva víctima era la doctora Sarah Bigham. Tenía una consulta en Piper Boulevard y era muy conocida. Bilotti la conocía".

"Necesitamos identificar el vínculo entre estas mujeres".

"Estamos trabajando en ello".

"Espero que no tengamos a alguien matando gente indiscriminadamente".

"Ya somos dos".

Las conexiones eran tan importantes como las pruebas físicas para resolver un homicidio. Proporcionaban una hoja de ruta que conducía al asesino. Los asesinatos aleatorios eran más difíciles de resolver.

"¿Qué tienes en el camino de personas de interés?".

No teníamos nada, y después de que Remin saliera a la luz con lo que yo había desarrollado en el caso del lago Pine Ridge, era reacio a compartir datos concretos. "Es pronto, señor. En cuanto tenga algo, será el primero en saberlo".

"Voy a necesitar algo para el comunicado de prensa. Algo esperanzador, un mensaje que infunda confianza".

No me molestó lo más mínimo verle incómodo. Podría haberle dicho que me iba a casa de la doctora después de esta charla, pero le dije: "Haremos lo posible".

"Si necesitas recursos adicionales, acude a mí".

No importaba cuántas veces condujera por Gulf Shore Boulevard, las casas siempre me impresionaban. Era la razón por la que la gente creía que solo los súper ricos vivían en Naples. Yo lo llamaba el factor Bentley. La gente se fijaba en un Bentley o un Ferrari cuando lo veía, pero no en los montones de Toyotas que circulaban por la carretera.

Giré por la Tercera Avenida Sur. La doctora Sarah Bigham vivía junto a la playa y la Quinta Avenida, bordeada de restaurantes. El frondoso barrio se llamaba Olde Naples y era caro.

Había un auto patrulla en la entrada de una casa de una sola planta pintada de azul, con un garaje independiente. Era una casa modesta, antigua y aún no reformada. Las casas de los lados tenían los postigos cerrados. No tenía nada que ver con un huracán; sus propietarios estaban fuera de la ciudad.

Al mirar al otro lado de la calle, me alivió ver cubos de basura junto a la acera. Subí por el camino de entrada y me fijé en un cartel clavado en el césped. La doctora vendía su casa. Me detuve en seco. El agente inmobiliario era Stephen Ong.

¿Era *la* conexión o *una* conexión? Ong había afirmado que el paso de su tarjeta de visita era puramente rutinario. No habíamos investigado a la propietaria de la casa en la que había vivido Wright. No parecía importante. La historia de Ong era creíble. Pero ¿fue un error lo que condujo al asesinato de la doctora?

Saqué mi teléfono y llamé a Derrick. "Estoy en la casa de la doctora Bigham, y está en venta".

"No me digas que Ong es el agente inmobiliario".

"Seguro que sí".

"¿Coincidencia o no?".

Él sabía que yo no creía en las coincidencias. "Comunícate con la dueña de donde vivía Wright. Creo que es una tal señora Johnson. Revisa el libro de asesinatos; está ahí. A ver si le pidió a Ong que echara un vistazo a la casa".

"Entendido".

"E investiga a la doctora Bigham. Necesitamos sus antecedentes".

"Estoy en ello".

Firmé, me puse los guantes y encontré la llave correcta en la cartera de la doctora. La casa era demasiado oscura, con techos bajos y un plano de planta recortado. Fue construida en los años sesenta, cuando Naples era un pueblo adormecido y no se sentía como Florida para mí.

La doctora Bigham era una mujer ocupada, lo que justificaba la falta de limpieza, pero me preguntaba si había alguna pista oculta en el desorden de su casa. ¿Estaba el mercado inmobiliario tan efervescente que los compradores de vivienda estaban dispuestos a mirar más allá? ¿O esta casa habitable se vendía como algo para demoler?

En el fregadero de la cocina había platos de un par de días. Abrí cajones, encontré el cajón de chucherías al tercer intento.

Saqué un puñado, ordené las bandas elásticas, los bolígrafos y una pila de cupones. ¿Cuántos cupones de Bed Bath & Beyond necesita alguien?

Pasé al dormitorio principal. Una cama con dosel sin hacer dominaba la habitación. En el cajón de su mesilla de noche había una Biblia, pañuelos de papel, un frasco de Excedrin, un retenedor bucal y, al fondo, un bote de espray de pimienta.

Al igual que una subscripción al gimnasio, si todo lo que has hecho ha sido comprar un elemento disuasorio, no obtienes nada de él salvo la sensación de haber hecho algo.

El armario estaba atestado de ropa, ninguna masculina.

Stephen Ong no dejaba de venirme a la cabeza. Decidí enviar a un equipo experimentado para realizar una búsqueda exhaustiva y entré en un dormitorio que hacía las veces de despacho de la doctora. Dos grandes cuadros llamaron mi atención. Uno era una representación esquelética y el otro un póster en el que se identificaban todos los músculos del cuerpo humano.

Miré un certificado que colgaba entre ellos. Era un título de medicina que Bigham había obtenido hace catorce años.

Al acercarme a un escritorio de madera oscura lleno de carpetas, tropecé con el borde de una alfombra. Me estabilicé, aparté la silla de cuero burdeos y rebusqué en los cajones.

Nada era obvio, pero nunca lo era. Estaba yo preocupado y eso no era bueno. Respiré hondo y traté de identificar el motivo. No era Ong. Ya trabajaríamos en eso. Tratando de precisarlo, salí de la guarida.

Una puerta a la derecha de la sala de estar llamó mi atención. Llevaba al exterior, a un corto camino que conectaba con el garaje. Abrí la puerta de este y me detuve en seco.

7

CAPÍTULO SIETE

CON LA MENTE ACELERADA, ME SUBÍ AL AUTO Y ME QUEDÉ allí sentado. ¿Qué posibilidades había? Había MINI Coopers alrededor, pero no eran muy comunes. Busqué en Google cuántos se vendían al año. Era menos de lo que pensaba, unos diez mil al año de su modelo de dos puertas en todo el país.

El de la doctora Bigham era un 2019, y el marco de las placas anunciaba: MINI of Fort Myers. No importaba si Bobby Ryan era el vendedor o no. La oportunidad de conocerse era sólida. La doctora no estaba casada. Era un par de años mayor que Ryan. No la veía saliendo con él, pero ¿qué sabía yo de atracción?

Puse el auto en marcha y me fui. Teníamos a dos hombres que conocían a ambas mujeres. Era el momento de indagar y ver quién era. La decisión era por quién empezar. Dándole vueltas a los pros y los contras, sonó mi móvil. Era Bilotti.

"Hola, Doc. ¿Tienes algo sobre la doctora Bigham?".

"Ni siquiera he empezado todavía. Es difícil creer que fue asesinada tan brutalmente".

"¿Era una mujer agradable?".

"Solo la vi un par de veces. Pero me caía bien".

"¿Era buena?".

"Se ha ido, Frank".

"Podría ayudar a la investigación".

"Digamos que hay mejores profesionales en la zona".

"¿Tuvo algún problema médico?".

"No. Nada de eso. Soy consciente de que las expectativas de los médicos son más altas que las de la mayoría, pero la realidad es que hay médicos buenos y otros no tanto".

"Entendido. ¿Por qué llamaste?".

"Con respecto a Melissa Wright. La sangre en su brazo, resultó ser de ella".

"Maldición".

"El laboratorio completó el análisis de ADN del feto. Cuando se identifica a un sospechoso, podría estar relacionado con un motivo".

"¿Sabes que la paga es mucho más baja para los detectives?".

Bilotti rió entre dientes. "Después de todas las interferencias que haces, pensé que apreciarías la reciprocidad".

Habría sido demasiado fácil tener la sangre del asesino. Sabía que los mejores planes se torcían cuando estallaba la violencia, pero quienquiera que estuviera detrás de estas muertes fue cuidadoso. Dejaron una pista, pero fue una elección consciente. El estuche de anteojos era más una burla que una pista.

El embarazo podría ser algo, pero necesitaríamos muestras de ADN de los posibles padres. En este punto, teníamos a Ryan y Ong como personas de interés. Ryan estaba casado; si no usaba protección, era imprudente, pero los hombres pensaban con la voluntad, no con la cabeza, cuando se trataba de sexo.

Al entrar en el estacionamiento, ignoré la llamada de Derrick. Estaría en la oficina en dos minutos. Un relámpago rompió un cielo cada vez más oscuro. Por reflejo, conté los segundos que faltaban para el trueno. Llevé la mano al pomo de la puerta cuando sonó un trueno. Habían pasado cinco segundos. El relámpago estaba a una milla de distancia.

Apenas entré, Derrick se levantó de un salto. "La doctora Bigham tenía una orden de alejamiento contra un tal Micky Carbo".

"¿Cuándo fue esto?".

"Hace un año".

"¿Tiene antecedentes?".

"Asalto, pero en 2010".

"Aun así, tiene mal genio y es violento".

"¿Qué quieres hacer?".

Le hablé del MINI Cooper. "Empezamos con Ryan".

"Sí, y la casera —la señora Johnson— confirmó haber pedido a Ong que mirara la casa".

"Eso no significa mucho. Conoció a Wright. Cualquier cosa podría haber sucedido a partir de ahí".

"Él podría haber querido algo de ella que ella no estaba dispuesta a dar".

"He visto esa película demasiadas veces. Mira, desarrolla lo que puedas sobre este personaje Carbo. Voy a volver a Fort Myers para hablar con Ryan".

De pie junto a un convertible blanco, Ryan charlaba con un cliente. Abrió la puerta del conductor. La mujer miró dentro y negó con la cabeza. "Es bonito, pero no necesito un interior especial; es demasiado caro".

"Tengo uno usado que viene por canje. Es una verdadera belleza, solo veinte mil millas. Permítame correr algunos números sobre él".

"No sé…".

"¿Cuándo puedes traer el Audi para evaluarlo?".

"Tal vez el lunes".

"Estupendo. Te veré entonces".

Sonrió y le estrechó la mano. Se dirigió a la puerta y Ryan se dio la vuelta. Sus hombros se hundieron al verme. Se repuso rápidamente. "¿Ha cambiado de opinión sobre un MINI?".

"Tal vez. Hay uno rojo fuera". Me dirigí a la puerta y Ryan me siguió.

La puerta se cerró. "Nunca me dio su tarjeta de visita".

Se sacó una del bolsillo del pecho. "Aquí tiene".

"Gracias".

"¿Le gustó el rojo?".

"Tal vez. Pero qué hay de la doctora Sarah Bigham".

Su rostro se ensombreció. "He oído lo que ha pasado. Qué pena".

"¿Qué ha pasado?".

"Fue asesinada, ¿verdad?".

"Sí. ¿Cómo la conoció?".

"Era una clienta, compró un Cooper S. Azul eléctrico, cargado de opciones".

"¿Hace cuánto tiempo?".

"Caramba, alrededor de un año o tal vez más. Puedo comprobarlo".

"¿Cuándo fue la última vez que la vio?".

"No la he visto en mucho tiempo".

"¿Usted y ella tenían algún tipo de relación?".

"¿Qué quiere decir?".

"¿Tenía relaciones con ella?".

"¿Yo?".

"Sí, usted".

"Estoy casado".

"Estaba casado cuando estaba con Melissa Wright, ¿verdad?".

"Sí, pero…".

"Hablando de Melissa, ¿sabía que estaba embarazada?".

"¿Lo estaba? No lo sabía".

"¿Es usted el padre?".

"No".

"¿Está dispuesto a dar una muestra de ADN para comparar?".

"¿ADN? ¿Para qué?".

"Para ver si es el padre".

"Se lo dije, no lo soy".

"¿Cómo lo sabe?".

"Tomaba píldoras anticonceptivas".

"No son cien por cien efectivas. ¿Nos dará su ADN?".

"Oiga, no me gusta la dirección en la que va. Parece como si estuviera tratando de inculparme de su asesinato. Yo no hice nada".

"Entonces no tiene nada que temer".

"¿Sabe qué? He terminado de hablar. Creo que necesito un abogado".

Yo creía lo mismo. Sujetando aún por una esquina la tarjeta de visita que me había dado, la metí en una bolsa de plástico para pruebas. No era lo ideal, pero había dejado su ADN táctil en ella, y averiguaríamos si era el padre del bebé muerto de Melissa.

8

CAPÍTULO OCHO

El cartel decía: Paraíso perfeccionado. Era una frase pegadiza, pero la realidad era que vivir en Naples Square te costaría al menos dos millones. El conjunto de edificios era de estilo costero contemporáneo y estaba cerca de la Quinta Avenida. Lo llamaban el centro de la ciudad, pero aunque bonito, no se parecía en nada al viejo Naples.

Preguntándome si Stephen Ong había llegado pronto o había recibido un descuento por traer compradores, toqué su timbre. Con pantuflas azules y bata de seda, el agente inmobiliario abrió la puerta. Miró mis zapatos durante un largo segundo antes de decir: "Pasa, detective".

"Bonito lugar".

"Es el nuevo Naples. Contemporáneo, pero elegante".

Se olvidó de los precios. "Buena ubicación, pero ¿es tranquilo aquí?".

"Absolutamente. Con las ventanas de impacto, no se oye nada".

A menos que estés sentado en la terraza. "Hacen el truco".

Le seguí hasta la cocina. Blanco sobre blanco. El salpicadero tenía un ligero tinte gris y los azulejos estaban colocados en espiga.

Nada estropeaba las encimeras de cuarzo, salvo una cafetera espresso comercial de acero inoxidable. Era un minimalista o un maniático del orden. Alrededor de la isla había seis taburetes y, a unos pasos, una mesa de cristal con capacidad para ocho comensales.

No podía imaginarme a Ong recibiendo a tanta gente sin tomarse un Valium. Sacó un taburete, y yo tomé uno a un asiento de distancia, dije: "¿Conocías a la doctora Bigham?".

Ong dijo: "Empiezo a pensar que tengo mala suerte o algo así".

La pregunta no era sobre la suerte. "¿Cuándo conociste a la doctora Bigham?".

"En una jornada de puertas abiertas. Era para agentes inmobiliarios; ya no me dedico al público".

La forma en que dijo público, era extraño. Si no le gustaba la gente, estaba en el negocio equivocado. "¿Dónde y cuándo?".

"Hace unos cinco o seis meses. Tenía un inmueble estupendo en la Séptima, y ella entró. Le dije que era solo para agentes inmobiliarios, pero fue tan amable que le di un recorrido rápido".

"¿Y a partir de ahí?".

"Estaba revisando el mercado antes de decidir si ponía su casa en venta. Fue una decisión inteligente de su parte".

"¿A dónde se iba a mudar?".

"Quería algo más seguro. Más que una comunidad cerrada, algo con acceso restringido y cámaras en las zonas públicas".

"¿Tenía alguna preocupación particular por su seguridad?".

"Algo parecía molestarla".

"¿Puedes ser más específico?".

"Ojalá pudiera, pero era una persona reservada".

"¿Mencionó alguna preocupación sobre alguien?".

"Nada específico, pero cada vez que estábamos juntos, parecía estar mirando por encima del hombro, si sabes a lo que me refiero".

"¿Como para ver si era seguro?".

"Exactamente. Incluso cuando íbamos a ver una propiedad, dudaba en recorrerla. Me gusta dejar que el cliente descubra por sí mismo una propiedad, pero ella querría que yo fuera por la casa con ella".

Bigham era una mujer soltera. En mi opinión, era prudente. Pero Naples era un lugar seguro para vivir.

"¿Alguna vez mencionó a un Micky Carbo?".

Cerró los ojos un segundo. "No. El nombre no me suena".

"¿Dónde estabas el lunes por la noche y ayer por la mañana?".

"¿Yo?".

"Sí".

"Eso fue el martes, ¿verdad?".

Estaba ganando tiempo. "Sí".

"Oh, estuve en casa de un amigo para cenar. Luego volví a casa".

"¿Quién es el amigo?".

"¿No me crees?".

"El creer no tiene nada que ver. Dime con quién estabas".

"Sal Takeya".

Anoté su información de contacto. "¿Y el miércoles por la mañana?".

"Estaba en el trabajo".

"¿A qué hora llegaste?".

"Alrededor de las nueve. Me estás tratando como a un sospechoso o algo así. Es increíble".

"Lo siento, señor Ong, pero tengo que hacer mi trabajo".

"Supongo que sí".

"Última pregunta, ¿por qué tomaste esa casa para venderla?".

"¿Qué quieres decir? La casa era un desecho, en una gran ubicación, y tendría que comprar algo". Sonrió.

Comprobaría su coartada, y vería si su sonrisa tenía poder de permanencia.

TERMINÉ DE ESCRIBIR UN INFORME, le di a imprimir y me fui a la impresora. Derrick estaba al teléfono con el Departamento de Policía de Plain City, Ohio. Mickey Carbo se había trasladado allí tras cumplir una condena de nueve meses por agresión con lesiones. Vivió dos años en Ohio antes de regresar a Florida.

Recogí las hojas de papel caliente mientras Derrick colgaba. "¿Tienen algo sobre Carbo?".

"Parece que toda la familia es problemática. Carbo se metió en dos peleas mientras estuvo allí. No fue arrestado, pero su hermano y su padre sí".

"De tal palo, tal astilla".

"¿Hay armas involucradas?".

"No".

"¿Mujeres involucradas?".

"No lo parece, aunque podría haber sido por una mujer".

"Tenemos que ver si tiene coartada".

"¿Quieres ir a verle?".

"Ahora mismo no. Pero pronto".

"¿Quieres ver primero a dónde llegamos con Ryan y Ong?".

"Algo, pero no podemos esperar; hay un asesino ahí fuera. Que Sullivan lo vigile".

"De acuerdo".

"¿Y qué pasa con los registros telefónicos de Bigham?".

"El juez Williams firmó la orden y yo la envié a Verizon".

"Sigue con ellos. Nunca se sabe lo que puede aparecer".

"Soy el sarpullido que no se va".

Me puse de pie. "Y presiona al laboratorio. Remin dijo que les diría que procesar el ADN de Ryan era prioridad".

"Yo me encargo. ¿Adónde vas?".

"Algo sobre Ong me está molestando. Está ocultando algo".

ME ABRÍ paso entre los escaparates y empujé una puerta. La mujer me saludó de nuevo. Me sonrió. "Bienvenido a Willis Group".

Mostré mi placa y su sonrisa desapareció. "¿Está Stephen Ong?".

"No, está haciendo una sesión de fotos".

"¿Quién es el director de la oficina?".

"En realidad no tenemos ninguno".

"¿Quién lleva la cuenta de quién trabaja y cuándo?".

"Somos flexibles. Los agentes pueden trabajar cuando lo necesitan".

"¿No controlan cuando trabajan?".

"No. Oh, excepto cuando trabajas en el piso. Tiene que haber un agente aquí cuando abrimos".

"¿Quién trabajó en el piso el martes?".

"Yo lo hice. Lo hago casi siempre. Soy la novata".

"¿A qué hora estuviste aquí?".

"Siempre llego a las ocho y media".

"¿Estuvo Stephen Ong aquí?".

"No. Vino justo después del mediodía".

"¿Estás segura?".

"Sí. Me compró una ensalada de Bravo, para comer, como diez minutos después de llegar".

9

CAPÍTULO NUEVE

Corriendo hacia el auto, saqué mi teléfono que vibraba. Era Derrick. "Iba a llamarte".

"El ADN de Ryan coincide con el del feto Wright".

Me detuve frente a la cafetería Narrative. "Lo último que necesita un hombre casado es un bebé con otra mujer".

"Bingo. ¿No dijo que tomaba anticonceptivos?".

"Seguro que sí. Es posible que Wright dejara de tomarlos para atraparlo en una relación...".

"Y se enojó y la mató".

"Ya ha pasado antes".

"Hay que ser un bastardo sin corazón para hacer algo así".

Le dije: "No imaginé a Ryan haciendo algo así. Pensé que podría haber perdido la cabeza cuando se enteró de que alguien más la embarazó".

"Los celos pueden ser mortales".

"Sí, ¿los forenses terminaron con la casa de Bigham?".

"Tuvieron un problema con la furgoneta. Se averió en Collier Boulevard".

"¿Me tomas el pelo?".

"Todavía están ahí abajo".

"Voy a pasarme por allí. Llama a Ryan y que venga mañana. Ha dicho que quiere un abogado; a ver qué pasa".

———

UNA FURGONETA blanca bloqueaba la entrada. Me acerqué a ella. En el tablero había un cartel de la oficina del sheriff del condado de Collier. Era de alquiler.

La puerta del garaje estaba abierta. Me dirigí hacia ella. Un técnico con equipo de protección estaba encorvado sobre el maletero. "Hola, ¿cómo va?".

"Frank. ¿Cómo estás?".

"Espero que me alegres el día".

"Recogimos varias fibras y tres muestras diferentes de pelo del interior".

"¿Eso es todo?".

"El auto estaba limpio. El concesionario debe haberlo limpiado a detalle cuando lo revisaron".

"¿Recibió servicio?".

"Sí, el recibo estaba en la guantera".

"¿De MINI de Fort Myers?".

"Sí".

"¿Cuándo?".

"Lunes".

"Necesito verlo".

"¿El recibo?".

"Sí".

El técnico gruñó. "De acuerdo". Se dirigió a la furgoneta y abrió las puertas traseras. Metió la mano en una mochila y sacó una bolsa de plástico. Con unas pinzas, sacó el documento. "No lo toques".

"No lo haré". Me incliné. Era un servicio de diez mil millas. Un cambio de aceite, nuevos limpiaparabrisas y rotación de neumáticos. Miré la firma. Era un garabato, pero no era el nombre de la doctora Bigham.

Sacando mi teléfono, le dije: "Quieto. Quiero tomar una foto de esto".

<hr>

No me di cuenta de que estaba silbando al entrar en casa. Mary Ann estaba pasando ropa de la lavadora a la secadora. "Alguien está de buen humor".

"Déjame ayudarte".

"No pasa nada. Ya casi termino".

"¿Te sientes bien?".

Cerró la puerta y pulsó el botón. "Es lo mejor que me he sentido en más de una semana".

Mientras la seguía por el pasillo, me dijo: "¿Qué tal el día?".

"Bien. No puedo decir que me sorprenda, pero el ADN confirmó que Ryan era el padre del feto Wright".

Encendió la televisión. "Eso es terrible. ¿Crees que la mató a ella y a su propio bebé?".

"Eso parece".

Empezaron las noticias. Hablaban más del tiempo. "¿Crees que él también mató a la doctora?".

"Espero que lo sepamos mañana. Ryan y su abogado van a venir. Quiero verle que explique…".

Señaló el televisor. "Mira, ese es su abogado".

Era Leo Feldman. Barrigón y calvo, el hombre era un eficaz abogado defensor. Remin había querido mantener el caso lo más discreto posible, pero Feldman estaba buscando darle la vuelta.

"Es un día triste para el condado de Collier cuando, una vez más, uno de sus ciudadanos es señalado para ser interrogado sin motivo".

¿Otra vez? "¿Qué demonios es...?".

"Escucha".

Feldman continuó: "La oficina del sheriff tiene entre manos dos muertes desafortunadas y, en lugar de llevar a cabo una investigación exhaustiva, acosa a mi cliente. El señor Ryan es un miembro trabajador de la comunidad con nada más que una multa de estacionamiento en su pasado".

"Eso es mentira".

La emisión cambió al presentador. "En respuesta a nuestra entrevista con el señor Feldman, la Oficina del Sheriff del Condado de Collier emitió la siguiente declaración: 'Es el deber de esta oficina llevar a cabo una investigación exhaustiva de cualquier delito cometido en nuestra jurisdicción. Contrariamente a la creencia de ciertos miembros de la comunidad, eso es exactamente lo que estamos haciendo. Como tal, seguiremos entrevistando a decenas de personas mientras tratamos de detener a la persona o personas responsables de estos atroces asesinatos'".

Mary Ann dijo: "Vaya. El sheriff no se echa para atrás".

"Le deben haber crecido agallas en el último par de horas".

"Está enfadado por lo que Feldman intenta hacer con su grandilocuencia".

"Odio cuando la prensa se involucra".

"No puedes tener las dos cosas".

"¿Qué se supone que significa eso?".

"Se acude a la prensa para que corra la voz cuando se necesita ayuda para identificar a alguien, ¿no?".

Odiaba que me evidenciara cosas así. "Sí, pero eso es diferente".

Ella sonrió. "No lo es, pero voy a dejarlo pasar".

Si iba a ganar, quería que fuera una victoria de verdad, pero recordé lo que me había enseñado la doctora Bruno y me dije: "¿De verdad la gente cree que nos centramos en las personas sin motivo? Alguien ha matado a dos mujeres, y Ryan está relacionado con ambas".

"Tienes que hacer lo que sabes, Frank. No dejes que nada te distraiga".

"Confía en mí. Voy a estar concentrado". Lo dije con más convicción de la que sentía.

10

CAPÍTULO DIEZ

Revisé el video. Feldman y Ryan estaban en la sala de interrogatorios. Sonreí cuando el abogado se secó la frente con el pañuelo. Había subido el termostato a unos agradables setenta y nueve grados.

Derrick volvió cojeando del baño y dijo: "¿Estás listo?".

"Después de cómo habló del departamento, que sude otros quince".

Derrick hizo una mueca cuando negó con la cabeza. "No te gusta este tipo, ¿verdad?".

"En realidad es un abogado bastante bueno. Pero cruzó la línea al abrir la boca".

"Me pregunto si cree que Ryan es culpable".

"Es un abogado defensor. No importa si fue atrapado en el acto, es negar, negar, negar".

"Al cien por ciento".

"¿Cómo te sientes?".

"No es lo mejor. El doctor cree que podría ser algún tipo de daño nervioso por el disparo".

"Es extraño que aparezca ahora".

Exhaló. "Me han pasado cosas raras de vez en cuando".

"¿Cómo qué?".

"Sensación de pellizco y entumecimiento".

"Caramba. ¿Por qué no has dicho nada?".

"Me dijeron que tenía que vivir con ello. Si montaba un escándalo, no me dejarían volver a trabajar".

Me había sentido culpable de que le dispararan, y la paz que había logrado al respecto se acababa de desvanecer. "Quiero que te lo tomes con calma".

"Para con eso, tenemos un asesino en serie al cual atrapar".

"Tienes que decírmelo cuando no estés del todo bien. Ya pensaremos cómo cubrir las cosas. ¿Puedes hacerlo?".

"Lo haré. Vamos, pongamos esto en marcha".

Le apreté el hombro. "Te cubro las espaldas, lo sabes, ¿verdad?".

Puso su mano sobre la mía. "Y yo las tuyas".

"Amén. Vamos a divertirnos aquí".

Abrí la puerta de golpe. "Caballeros... Vaya, hace calor aquí. Déjenme ajustar el termostato".

Feldman estaba jugando con su teléfono cuando volví a entrar. Ryan tenía el ceño fruncido y evitaba mirarme. Puse mi carpeta sobre la mesa y Derrick recitó las formalidades.

Le dije: "Gracias por venir hoy. Señor Ryan, ¿cómo conocía a Melissa Wright?".

"Se lo dije antes".

"Por favor, responda a la pregunta".

"Teníamos una relación".

"¿Sexual?".

"Sí".

"¿Cómo la conoció?".

"En Publix".

"¿Recogió algo extra?".

Feldman dijo: "Detective Luca".

"Lo siento, no era necesario. Señor Ryan, ¿está casado?".

"Sabe que sí".

"¿Cuánto tiempo estuvieron juntos usted y la señorita Wright?".

"Alrededor de un año, tal vez más".

"¿Y la relación estaba en curso?".

"No. Terminó".

"¿Cuándo?".

"Hace un par de semanas".

"¿Justo antes de su asesinato?".

"No tuvo nada que ver con lo que le pasó".

"En nuestra primera conversación, usted afirmó desconocer que la señorita Wright estaba embarazada".

"Así es".

"¿Seguro que quiere seguir con esa respuesta?".

"Mi cliente negó tener conocimiento del embarazo de la señorita Wright".

"¿Usted y la señorita Wright usaron anticonceptivos?".

"Se lo dije, tomaba la píldora".

"¿Sabe quién era el padre del bebé que llevaba?".

"Ni idea".

Sonreí. "Bueno, es usted, señor Ryan".

"¿Qué? Eso es imposible".

"Hay un dicho que me encanta: 'Imposible es una opinión'".

Feldman dijo: "¿Es una teoría o tiene pruebas?".

"Su ADN coincide con el feto".

"Mi ADN, ¿cómo lo consiguió? Le dije que no daría una muestra".

"Me dio una tarjeta de visita. El ADN táctil es algo maravilloso".

Ryan enrojeció.

Feldman dijo: "Engendrar un hijo, incluso el de este desafortunado caso, no prueba nada".

"Cierto, pero apunta a un motivo. El señor Ryan es un hombre casado teniendo una aventura. La señorita Wright quería más, y un bebé fue la palanca que usó para atraparlo. El señor Ryan se opuso y la mató para mantener su relación y el bebé en secreto".

"Detective Luca, eso da para una bonita historia, pero necesitará algo más que imaginación para entrar en un juzgado".

"Lo conseguiremos".

"Si eso es todo lo que tiene, nos gustaría dar por terminada esta entrevista".

"Todavía no, señor Feldman. Me gustaría preguntarle a su cliente sobre otra víctima de asesinato, la doctora Sylvia Bigham".

"Oh, vamos. ¿Vas a intentar inculparme por eso?".

"¿Cómo conoció a la doctora Bigham?".

"Le vendí un auto".

"¿En MINI of Fort Myers?".

"Sí".

"¿Cuándo fue la última vez que vio a la doctora Bigham?".

"Hace mucho tiempo, al menos seis meses".

"¿Está seguro?".

"Sí, ¿qué pasa con eso?".

Abrí la carpeta y saqué una hoja de papel. "Esto dice otra cosa".

"¿Qué sandeces va a sacar ahora?".

Sonreí. "Un recibo de servicio de su empleador".

"¿Qué? ¿Me deja ver eso?".

Lo tomó y yo tiré de él.

"¿Puedo examinar el documento?".

Se lo di a Feldman. "Es por el servicio realizado en el auto de la doctora Bigham. Notará la firma; es de su cliente".

"Oiga, espere un minuto. Solo le estaba haciendo un favor. Estaba ocupada. Traje el auto para facilitarle las cosas".

"Vio a la doctora un día o dos antes de que la encontraran asesinada".

Derrick dijo: "El detective Luca no cree en las coincidencias".

"¿Por qué mintió?".

"Oiga, dije la verdad. Solo le hice un favor. Los vendedores hacemos esto todo el tiempo; es servicio al cliente".

"¿Le gusta el kayak, señor Ryan?".

¿"Kayak? ¿Qué...?".

"Responda a la pregunta".

"Sí, lo practico. ¿Qué? ¿No se me permite divertirme?".

"¿Practica el kayak en Baker Park?".

"Oiga, espere un minuto, yo no estaba allí". Se volvió hacia Feldman. "Están tratando de incriminarme. Tiene que hacer algo".

"Detective Luca, usar las actividades de ocio de alguien es una exageración".

"Lo que es una exageración, abogado, son las explicaciones de su cliente sobre cómo no solo conocía a ambas mujeres sino que las vio poco antes de que aparecieran asesinadas".

11

CAPÍTULO ONCE

Derrick redactaba una solicitud de los registros telefónicos de Ryan mientras yo daba los últimos retoques a una orden de registro de la casa del vendedor de autos. El teléfono en mi escritorio sonó: "Homicidios, detective Luca".

"Buenos días, detective. Soy Annie Bryant del *Naples Daily News*".

"Buenos días, señora. ¿Qué puedo hacer por usted?".

"Estamos cubriendo los homicidios del asesino en serie. Tú diriges la investigación, y nos gustaría confirmar que se va a hacer un arresto".

"No puedo hacer comentarios sobre una investigación en curso".

"Entonces, es verdad. Bobby Ryan es el asesino".

"Yo no he dicho eso. Esta oficina no discute casos activos. Punto".

"Pero lo llevaste a la estación de policía".

"Hablamos con mucha gente, en todos los casos".

"Nuestras fuentes nos dicen que tienes pruebas abrumadoras".

En vez de decir: "Si lo hiciéramos, estaría entre rejas", le dije: "Que tenga un buen día, señora".

Colgué el auricular de golpe. "Alguien está filtrando datos a la prensa".

Derrick señaló al techo. "Tuvo que venir de arriba. Hay mucha presión sobre Remin".

Le di al ícono de imprimir y dije: "Aceptó el maldito trabajo".

"Sabe que estamos cerca".

Tomé la solicitud de orden judicial y dije: "Voy a subir esto. Remin dijo que el juez Williams iba a firmarla".

Giramos hacia Wiggins Pass y nos dirigimos al este. Derrick dobló en Mimosa Court y dije: "¿Es una broma?".

Tres furgonetas, con los logotipos de sus respectivas cadenas, estaban estacionadas frente a la casa de Ryan.

"Están aquí antes que nosotros. Alguien les avisó".

Cuando Derrick se detuvo en la acera, mi mirada se dirigió a la casa de los Ryan. Era una pequeña casa de bloques de una sola planta, pintada de amarillo con ribetes azules. En el camino había estatuas de ranas sobre nenúfares.

Salí mientras cuatro agentes salían en tropel de los autos patrulla. Me dirigí a la puerta y me acosó un coro de preguntas de los periodistas. "Abran espacio o les arrestaremos por obstrucción".

Agitando la cabeza, una mujer estaba allí de pie, mirando desde un ventanal. A seis metros de distancia, pude ver el disgusto en su rostro.

"Derrick, dame un minuto para hablar con la esposa. Dile a todos que se queden atrás hasta que yo diga".

Con el dedo a punto de tocar el timbre, la puerta se abrió de golpe. "¿Señora Ryan?".

Ella apretó los labios y asintió. "¿Qué está pasando?".

"Soy el detective Luca. ¿Está en casa su marido, Bobby Ryan?".

Ella se rió con burla, "De ninguna manera. ¿Cree que puede engañarme y disimularlo? No soy tan estúpida".

Quería felicitarla. "Entiendo, señora. ¿Hay algo que pueda decirme sobre la relación del señor Ryan con la señorita Wright o con la doctora Bigham?".

Sus ojos se abrieron de par en par. "Dios mío, crees que Bobby... no, eso es una locura, él nunca haría algo así".

"¿Está segura?".

"Se cree muy listo, pero no es un asesino".

Me abstuve de decir que uno realmente nunca conoce a alguien. "Está bien".

"Ahora, ¿puedes hacer que esos periodistas de pacotilla dejen de acosarme?".

"Hablaremos con ellos". Metí la mano en el bolsillo del pecho para sacar la orden. "Mire, sé que no tiene nada que ver con todo esto, pero vamos a tener que llevar a cabo un registro".

"¿De mi casa?".

"Lo siento mucho, pero tenemos que hacer esto".

"Lo juro, voy a matarlo".

Le hice una señal a Derrick. "¿Tiene un lugar atrás donde pueda esperar con un oficial hasta que terminemos?".

Ella murmuró un "Sí".

Mientras la llevaban a su terraza, dije a los demás: "Todo el mundo tiene que ser respetuoso. Esta pobre señora no ha hecho nada. Hagan su trabajo, pero no quiero ver este lugar destrozado de ninguna manera. Tómense su tiempo y asegúrense de que dejamos la casa como la encontramos".

Asigné habitaciones para registrar y comprobé que los periodistas mantenían las distancias. Cuando di vuelta para entrar, me llamó la atención la puerta del garaje.

Ryan era un chico de autos. El garaje sería un lugar natural para esconder algo. Dudé antes de dirigirme al dormitorio principal; a lo largo de los años demostró ser terreno fértil en muchas búsquedas.

El dormitorio principal era del tamaño de un dormitorio secundario y tenía un tono rosado. Un faldón con volantes perfilaba una cama de matrimonio que me pareció demasiado pequeña para dos. La señora Ryan iba a poder estirarse.

Fui directamente al armario. Solo ropa de mujer. Ella lo había corrido. Rebuscando entre las prendas colgadas, me llamó la atención una caja de zapatos con el logotipo de Ecco. La cogí de la estantería. En ella había un par de mocasines color café que parecían nuevos. Intentando averiguar por qué los había dejado, me dirigí a la única mesilla de noche.

Al abrir el cajón, me detuve. Había montones de ropa interior de satén. Con cuidado, vacié y volví a llenar el cajón. En el estante de abajo estaba la última novela de Gillian Flynn. Intenté recordar *Gone Girl* mientras la hojeaba.

Después de revisar debajo de la cama y el colchón, entré en el cuarto de baño. No había nada. Lo siguiente que iba a hacer era registrar el garaje. Salí al pasillo.

Derrick estaba fuera de la cocina. "¡Frank! Ven aquí".

"¿Qué tienes?".

Señaló los armarios. "Estaba revisando el cajón de chucherías".

Me asomé a un cajón.

"Estaba en el fondo. Debe haber olvidado que estaba allí".

La ilustración de la Tierra era inconfundible, el logotipo

del Departamento de Parques y Actividades Recreativas del Condado de Collier. Saqué el folleto tríptico del cajón. No tenía ninguna marca.

"Embolsémoslo. Podría ser una prueba de apoyo".

Derrick lo colocó en una bolsa. "Todavía tengo que revisar la despensa".

"La recámara principal no tenía nada. Voy al garaje".

Un kayak amarillo para dos personas colgaba sobre un banco de trabajo empotrado en un pequeño rincón. ¿Habría atraído a la doctora al parque Baker con la promesa de pasear por el agua? La superficie de trabajo estaba llena de herramientas. Yo no sabía usarlas, pero las herramientas parecían viejas.

Debajo del banco había un contenedor transparente con una tapa azul. Lo saqué y abrí la tapa. En la parte superior había una caja. Era pesada. Le quité la tapa floreada. Estaba llena de fotos. Las examiné. Parecían ser fotos familiares de Ryan cuando era niño.

Había vaciado una pistola de soldar, y un barco de juguete hecho a mano; entonces lo vi. Era un cuchillo largo. Con un filo dentado.

12

CAPÍTULO DOCE

Entré en la oficina del sheriff. Con la mano en el control remoto, Remin dijo: "Toma asiento".

El sheriff parecía nervioso. Consultó su reloj mientras yo le decía: "Gracias, señor".

"¿Cómo estuvo el cateo?".

"Bien. Encontramos un cuchillo, con el mismo filo que el arma homicida. Coincide con la longitud también".

"¿Alguna evidencia de que haya sangre en él?".

"Puede ser. Lo entregamos al laboratorio para su procesamiento".

"Espero que podamos terminar con esto".

"Yo también, jefe. Mientras tanto…".

Navegó hasta el canal cinco: WINK News. "Espera un segundo. Necesito ver lo que dice Feldman".

Los títulos bajo la imagen del abogado calvo decían: "¿Se acerca la policía al asesino en serie?".

Una imagen mía en la casa de Ryan llenó la pantalla. El locutor dijo: "Esta mañana, la Oficina del Sheriff del

Condado de Collier llevó a cabo un registro en la casa de Bobby Ryan en North Naples".

Una foto de Ryan sustituyó a su antigua residencia.

"Fuentes dicen a WINK News, que Ryan, de treinta y nueve años, es el principal sospechoso de los asesinatos de Melissa Wright y de la doctora Bigham. Casado, Ryan tenía una aventura con la señorita Wright y también se creía que tenía una relación sentimental con la doctora Bigham".

Una foto de Feldman delante de un montón de micrófonos llenó la pantalla. "Hoy temprano, el abogado de Ryan habló con los periodistas frente a su oficina de Naples".

El abogado declaró: "El registro efectuado hoy en casa de los Ryan ha sido la invasión más atroz de la intimidad en los veinticinco años que llevo ejerciendo la abogacía. El sheriff del condado de Collier no tiene pruebas de que mi cliente fuera culpable de nada más que un encuentro romántico. Una relación que fue consentida y ciertamente no contra la ley.

Desesperado por calmar a un público temeroso, el sheriff persigue al señor Ryan sin más pruebas que las circunstanciales. Estamos explorando nuestras opciones, incluida la presentación de una demanda por acoso".

El locutor dijo: "Hemos contactado al sheriff Remin. Su oficina prometió una declaración, que les daremos a conocer tan pronto como la recibamos".

Remin silenció el televisor. "¿Qué te dice tu instinto?".

"La realidad es que es demasiado pronto para decirlo. Veamos que tiene el laboratorio...".

"Te he preguntado qué te dice tu instinto".

"No sé qué pensar. Ryan se acostaba con Wright, que estaba embarazada de él. Su esposa estaba tan enojada que lo echó. El vínculo con la doctora Bigham es menos claro. Él...".

"La relación era lo suficientemente cercana como para que él condujera el vehículo de la doctora".

"Podría haber sido solo un buen servicio".

"Yo no lo creo. En todos los concesionarios en los que he comprado, el departamento de servicio se encargaba de los préstamos y las recogidas".

Buscaba algo positivo para rebatir a Feldman. "Cierto. Si fuera yo, señor, sería discreto en lo que se refiere a una declaración. Necesitamos más tiempo, y también estamos investigando a Ong".

EL OLOR A CEDRO quemado se intensificó al pasar por delante de Z Gallerie. Mi estómago gruñó. ¿Venía de la taberna Burntwood? Pasé junto a dos mujeres que miraban boquiabiertas a través de un escaparate de Dunkin Jewelers.

A punto de asir el picaporte de la puerta de la inmobiliaria, vi a Ong sentado en una mesa exterior del Bar Tulia. Con los dedos alrededor del tallo de una copa de martini, el agente hablaba con un mesero. Otra mesa llamó al empleado, y Ong alcanzó su copa.

Mientras se metía en la boca un palillo cubierto de aceitunas, golpeé la mesa con los nudillos. Sus ojos se abrieron de par en par. Me deslicé hacia un asiento. "Me has mentido".

"¿De qué demonios estás hablando?".

"No te hagas el estúpido. Dijiste que estabas trabajando la mañana que encontraron el cuerpo de la doctora Bigham".

"Siempre estoy trabajando".

"Afirmaste estar aquí, en la oficina de Mercato sobre las nueve de la mañana".

"¿Qué día fue eso?".

"Miércoles".

"Suelo estar de guardia ese día. Debo haber estado ocupado".

"¿Dónde estabas?".

"No lo recuerdo".

"Viniste alrededor del mediodía y recogiste el almuerzo en Bravo".

"¿Qué, me estás espiando?".

"¿Vas a decirme dónde estabas o tendré que llevarte a rastras a la estación?".

Bebió un sorbo profundo. "Ahora lo recuerdo; estaba en casa. No me sentía bien y llegué tarde".

"¿Por qué mentiste?".

"Fue un simple descuido".

Estaba mintiendo. Otra vez.

"¿Cómo puede alguien olvidar que estaba enfermo y que fue a trabajar horas después de lo previsto?".

"Suele pasar, ¿vale?".

"¿Alguien puede confirmar que estuviste en casa? ¿Toda la mañana?".

Se mordió el labio. "Esto es realmente ridículo, pero Sal Takeya puede responder por mí".

"Dame sus datos de contacto".

TAKEYA TRABAJABA COMO maître en Sails. El restaurante de lujo estaba al final de la Quinta Avenida. Se suponía que era bueno, pero Derrick y su esposa fueron invitados por los padres de ella a celebrar su quincuagésimo aniversario y el plato principal costaba ochenta dólares. Podía yo llevarnos a cenar a los tres por ese precio.

Caminé por la calle Tercera, hacia la Quinta Avenida. Un par de comensales disfrutaban de un almuerzo tardío en la terraza de Sails. ¿Cómo podían los meseros llevar chaqueta y guantes a media tarde?

Recordando la foto del Registro de Vehículos de Takeya, le vi. Con el teléfono en la oreja, Takeya estaba en un podio al aire libre. Sonrió y levantó un dedo. Después de colgar, dijo: "Bienvenido a Sails. ¿Tiene reservación?".

Me incliné hacia él. "Hablamos antes. Soy el detective Luca".

"Un momento, por favor".

Se metió al lugar y salió con una mujer. "Solo será un minuto, Carol".

Seguí a Takeya hasta el siguiente escaparate. "¿Qué puedo hacer por usted, detective?".

"Estoy tratando de confirmar una coartada. Stephen Ong afirma que estuviste con él el miércoles por la mañana".

Respondió demasiado rápido. "Sí. Eso es correcto".

"¿Qué estabas haciendo?".

"¿Perdón?".

"Responde a la pregunta".

"No es asunto suyo. Tengo derecho a la privacidad, ¿no?".

"Sí, pero lo único que intento es exculpar a tu amigo".

Una mujer de unos sesenta años, cargada con bolsas de la compra, se detuvo delante de nosotros. "¡Sal! ¿Cuándo has vuelto?".

"Uh-".

"Vinimos a cenar hace dos noches y no estabas".

"¿Era lo mismo sin mí?".

Se rió. "La verdad es que no. Entonces dime, ¿no te encantó el sur de Francia?".

13

CAPÍTULO TRECE

DE VUELTA EN EL AUTO, SONÓ MI MÓVIL. "HOLA, DERRICK. La coartada de Ong, la segunda, acaba de desmoronarse. Tenemos que presionarlo; está ocultando algo".

"Puede que no sea necesario. El laboratorio acaba de llamar. El cuchillo tenía ADN de Ryan".

"¿Qué hay de la sangre?".

"Dijeron que estaba limpio, posiblemente con cloro".

"¿Y el tipo de hoja?".

"El laboratorio dijo que podría ser el arma homicida".

"Tenemos que interrogar a Ryan. Llama a Feldman y dile que traiga a su cliente".

"Estoy en ello".

"¿Lo sabe Remin?".

"No, la primera llamada fue para ti".

"Gracias. Tú ve con Feldman y yo se lo haré saber a Remin".

"¿Vienes para acá?".

"No, tengo que llevar a Mary Ann a que le pongan una inyección".

"Oh sí, lo olvidé. Buena suerte".

"Envíame un mensaje cuando te comuniques con Feldman".

ENTRÉ EN EL GARAJE. Había dos lagartos junto a la puerta interior de la casa. Cogí una escoba y los saqué fuera. Mary Ann había vivido mucho tiempo en Florida, pero cuando un anole marrón se coló en casa, actuó como si fuera una rata.

Le di un beso en la mejilla. "¿Cómo te sientes?".

"Bien".

"¿Haces tus vueltas en la piscina?".

"No podría. Hay una rana enorme en la alberca. Creo que es una de esas venenosas".

¿Era policía o guardabosques? Me dirigí a la terraza. "La pescaré".

Agarrando la paleta, perseguí a la rana. No sabía de qué tipo era, pero no era un sapo de caña. La gente tenía miedo de los sapos de caña, pero no eran peligrosos para los humanos.

Decían que los perros corrían peligro si rozaban u olfateaban uno. No era cierto. La única forma de que un perro enfermara era si atrapaba uno y lo sacudía o apretaba.

Coloqué la rana sobre la hierba, empujándola hacia la valla.

"¿La atrapaste?".

"Sí. Va a casa de Melanie".

"¿Era una rana de caña?"

"No. Esas tienen grandes ojos saltones".

"Ough".

"Se ha ido. Solo ten cuidado con el gato montés".

"¿Qué?".

"Solo bromeaba. Venga, vámonos".

Nada más había un asiento vacío en la consulta del médico. Mary Ann se sentó y yo me quedé de pie junto a la puerta. Hice cuentas; había otras nueve personas en la sala, si un tercio de ellas recibía inyecciones a dos mil el pinchazo, alguien se estaba forrando de dinero.

Un mensaje de texto sonó. Era Derrick. Feldman y Ryan venían por la mañana. Le respondí diciéndole que el sheriff había ordenado vigilar a Ryan. Quería decirle que Remin había sugerido pedir una orden de arresto si no son serios con esta entrevista, pero no se veía bien que Remin estuviera tan ansioso por acusar a alguien de los asesinatos.

Dijeron el nombre de Mary Ann y nos llevaron a una sala de exploración del tamaño de nuestro clóset principal. Una enfermera le tomó la temperatura y desapareció. Al cabo de quince minutos, dije: "Con todo el dinero que cuestan estas inyecciones, uno pensaría que te atenderían de todo a todo".

"No tienes que venir, sabes".

"Quiero hacerlo".

"Es solo una inyección".

"Me da igual. Es tu salud, y quiero oír lo que dice el médico".

La puerta se abrió de golpe y no era el médico, sino la auxiliar. Era la segunda vez consecutiva que la teníamos.

"¿Cómo se siente, señora Luca?".

"Lo mismo".

"Aguante".

"Después de ésta, si no hay mejoría, dejaré de tomarlas".

"Déjeme consultar con la doctora sobre esto, estoy segura de que querrá hacer una evaluación completa, incluyendo la extracción de fluidos espinales".

La auxiliar frotó el hombro de Mary Ann con alcohol y le

puso la inyección. "Espere cinco minutos para asegurarse de que no hay reacciones adversas, ¿de acuerdo?".

"Claro".

Una vez cerrada la puerta, le dije: "¿Por qué dices eso de parar las inyecciones?".

"Vamos, Frank. En realidad no están funcionando".

"¿Cómo lo sabes?".

"Porque, apenas me siento mejor".

"Dijeron que lleva tiempo".

"Ya llevamos seis meses haciendo esto".

"Dijeron que necesitabas al menos seis meses".

"No funciona".

"Podría estar haciendo que la progresión sea más lenta".

A Mary Ann le tembló el labio. Hablé de más. Era el peor de los casos.

Me salvó un golpe en la puerta. Una enfermera entró con nuestra factura y un dispositivo portátil para tarjetas de crédito. Le entregué mi plástico, molesto porque ni siquiera te dejaban salir de la habitación sin pagar.

Dos pasos por delante de Mary Ann, caminé más lento mientras nos dirigíamos al auto. Era difícil saber si mi mujer se quedaba atrás por la emoción o por la enfermedad.

Tardó un par de segundos en subir al auto. "¿Te sientes bien, Mar?".

"Estoy bien".

"Bien. Creo que deberíamos darle otros dos o tres meses".

"Es tirar el dinero".

"No, no lo es, y no importa de todos modos".

"Claro que importa. Estoy empeñando a nuestra familia con todo esto".

"No, no es así. Estamos bien; podemos manejar esto".

"Aunque pudiéramos, y no podemos, estamos malgastando un dinero que no tenemos".

"Estaremos bien".

"No, puede ir para la educación de Jessica y para nosotros, para nuestra jubilación".

"Tenemos el dinero para la universidad".

"Eso es para una escuela en el estado. Tú sabes que ella tiene el corazón puesto en ir a Princeton".

"Nos las arreglaremos; tenemos dinero del que podemos disponer".

"¿Qué? ¿Cobrando nuestros ahorros para el retiro?".

"Mira, si tengo que seguir trabajando hasta los noventa, lo haré. No puedo sentarme sin hacer nada de todos modos".

Susurró: "Se suponía que íbamos a viajar...".

"Ya lo haremos".

Se burló: "Los *años dorados,* qué tontería".

Le tomé la mano. "Vamos, cariño, todo va a salir bien; no, mejor que bien".

"Lo siento".

"No tienes nada que lamentar".

"Lo está estropeando todo".

"No, no es así. Te enfermaste; no es tu culpa. Nos ocuparemos de ello".

Agachó la cabeza.

"Mira, si fuera yo, me estarías diciendo que dejara de compadecerme".

Se encogió de hombros.

"Vamos, puedo oírte". Me puse en falsete: "Frank, deja de compadecerte de ti mismo. ¿Qué eres, un bebé?".

Me golpeó el muslo con el puño y esbozó una sonrisa.

14

CAPÍTULO CATORCE

REPASABA EN MI MENTE LAS PREGUNTAS QUE TENÍA SOBRE Ryan cuando giré hacia Airport Pulling Road. Hoy podría ser un día crucial. En cuanto entré en el complejo, pisé el freno. Tres furgonetas de noticias estaban estacionadas frente a la entrada de la oficina del sheriff.

Me di la vuelta y me dirigí a la puerta trasera. ¿Había algo más hoy, o les habían avisado de que Ryan iba a venir? Otra vez. En circunstancias normales, entre las cámaras de tablero y corporales y todo el mundo grabándote, estábamos sometidos a un escrutinio constante. Yo entendía ese aspecto, pero no la prensa. Hacían más difícil mi trabajo.

El pasillo olía a café. Abrí la puerta de la oficina; Derrick golpeaba el teclado.

"Buenos días. No me digas que la prensa está esperando a Ryan".

Sacudió la cabeza. "Malditos buitres".

"Espero que no fuera Remin quien les avisó".

"Probablemente fue él. No estoy seguro de que Feldman quiera a Ryan bajo los focos más de lo que está".

Tomé un sorbo del café que Derrick tenía esperándome. "No me apunté al circo".

"Yo tampoco".

"Tenemos que agachar la cabeza y ver adónde nos lleva esto".

"Bingo".

Abrí mi correo electrónico. "Maldición, sesenta emails".

"Hay al menos diez acerca de capacitación sobre sensibilidad y diversidad".

"Me estoy haciendo demasiado viejo para esto".

"¿Cómo te fue con el médico de Mary Ann?".

"Lo normal".

"Bien".

Estaba metido en mi propio mundo, sin preguntarle cómo se sentía él. "¿Y tú? ¿Cómo te sientes?".

"Más o menos. O'Reilly me dijo que probara la acupuntura, dijo que ayudó a su esposa".

"¿Vas a intentarlo?".

"Creo que sí. Vale la pena probarlo".

Un escalofrío me recorrió la espalda ante la idea de que me clavaran decenas de agujas. Una pasante asomó la cabeza por el despacho. "¿Detective Luca?".

"¿Sí?".

"Sus visitantes están aquí".

"Que los pongan en la sala de interrogatorios dos".

"Sí, señor".

Casi saludó antes de marcharse. Derrick dijo: "¿Sala dos? ¿Qué hiciste, subir el aire acondicionado allí? ".

"¿Quién? ¿Yo?".

Sacudió la cabeza. "Eres demasiado".

Miré el reloj. Era diez minutos temprano como para orinar. "Voy al baño".

Sentado en la taza del inodoro, saqué un chorro de la tubería que me hicieron los médicos. Me toqué la cicatriz donde me habían cortado para extirparme la vejiga cancerosa. Había estado cerca y no me había pasado nada. Hasta ahora.

Me sacudí la negatividad y me subí la cremallera. Mientras me lavaba, visualicé a Ryan a la parrilla. Iba a ser divertido.

Al doblar la esquina, aminoré el paso. El sheriff estaba fuera de la habitación hablando con Derrick. ¿Iba a interferir como en el último caso? ¿Debería darle un ultimátum? Derrick hizo una mueca mientras movía su peso, y yo me bajé de la escalera de la bravuconería.

Remin se giró. "Detective Luca. ¿Estamos listos?".

¿Nosotros? "Sí, señor. El detective Dickson y yo estamos preparados para interrogar a Ryan".

"Bien. Reconfortará al público saber que este departamento está haciendo todo lo posible para llevar al asesino ante la justicia".

¿Remin iba a invitar a la prensa a ver la entrevista? "Tenemos un historial excelente, señor".

El sheriff se burló: "El público tiene poca memoria. Tenemos que cerrar este caso y rápido".

"Haremos lo que se pueda".

"Avísame en cuanto termines".

Mientras Remin se alejaba, Derrick dijo: "Hablando de presionar".

"Olvídalo. Tenemos un trabajo que hacer. No podemos precipitar el proceso".

"Tienes razón".

Mientras ponía una mano en el pomo de la puerta, Derrick susurró: "Remin ha subido el aire acondicionado".

Entré en la habitación. "Buenos días, caballeros".

Feldman tendió la mano y nos estrechamos. Ryan tenía el ceño fruncido, digno de un chico de dieciséis años castigado durante el fin de semana.

Asentí ante Ryan. "Señor Ryan".

"Hiciste que me despidieran con toda esta mierda".

"Si le absuelven, seguro que le aceptan de nuevo".

"Yo no hice nada. Jodiste toda mi vida. Mi mujer me echó de casa".

Iba a decirle que ella tenía todo el derecho de patear su trasero tramposo. "Pongamos esto en marcha".

Tras recitar las formalidades, dije: "Gracias por venir a hablar con nosotros. Señor Ryan, hemos realizado un registro en su casa de Mimosa Court".

"Mi mujer se puso como una fiera".

Levanté una mano. "En el curso de la ejecución de la orden" —abrí la carpeta y tomé una bolsa de plástico para pruebas— "descubrimos este panfleto en un cajón de la cocina".

Feldman dijo: "¿Puedo verlo?".

Ryan dijo: "¿Y qué? Es un folleto del sistema de parques del condado".

"¿Por qué estaba enterrado en el fondo de un cajón?".

"¿Cómo diablos voy a saberlo? Probablemente lo conseguimos hace cinco años".

"No, no es de hace cinco años. Esta versión se imprimió hace dieciséis meses".

"Ustedes están haciendo todo lo posible para incriminarme. Es…".

Feldman levantó la mano, silenciando a Ryan. "Estar en posesión de una publicación, creo que con decenas de miles de ejemplares distribuidos, no influye".

"Tanto Melissa Wright como la doctora Bigham fueron

encontradas muertas en los parques que aparecen en el folleto".

Feldman sonrió. "Me niego a refutar una insinuación tan ridícula".

"Su cliente posee un kayak. Creemos que es posible que atrajera a la doctora Bigham al Parque Baker con el pretexto de una actividad recreativa".

"¿Tiene preguntas reales para mi cliente?".

Dispuesto a quitarle la sonrisa de la cara a Feldman, sonreí y deslicé una foto por la mesa. "También incautamos este cuchillo durante nuestra búsqueda".

Ryan se lo acercó. "Es un cuchillo de pesca que tenía mi viejo".

"No importa dónde lo obtuvo; nos interesa saber para qué lo usó".

Ryan se burló: "¿Qué? ¿Crees que lo usé para apuñalar a Melissa?".

Era interesante que nunca hubiéramos dado a conocer las causas de la muerte de ninguna de las dos mujeres. "¿Cómo sabe si fueron apuñaladas?".

"¿Por qué si no estarías hablando de un cuchillo? No hace falta ser neurocirujano".

"Hablando de médicos, el forense ha concluido que el arma homicida, utilizada para matar a ambas mujeres, tiene la misma hoja dentada y es de la misma longitud que esta".

Feldman dijo: "Estoy seguro de que hay miles, si no millones de cuchillos como este en circulación".

"¿Y resulta que uno está escondido en el garaje de su cliente?".

"No estaba escondido".

"Lo encontramos en el fondo de un contenedor, debajo de un banco de trabajo. Eso califica como oculto, en mi mundo".

"No escondí nada. Era el cuchillo de pesca de mi padre.

Me dio un montón de herramientas y cosas cuando se mudó de casa. Yo ni siquiera quería las cosas, pero las tomé y las puse en el garaje".

"¿Usó el cuchillo en algún momento?".

"No".

Feldman dijo: "Su lógica se me escapa, detective, pero hipotéticamente hablando, ¿por qué mi cliente guardaría un arma relacionada con un asesinato?".

"La gente hace todo tipo de cosas irracionales. Tal vez quería usarlo de nuevo, con otra mujer".

"Aparte de las similitudes en cuanto al borde y la longitud, ¿tiene alguna prueba que apoye sus insinuaciones?".

"Desafortunadamente, la hoja fue limpiada con cloro".

"Así que no tiene nada".

"El señor Ryan afirmó hace un momento no haber usado el cuchillo".

"Así es. Nunca lo usé".

"¿Cómo explica que el mango tenga su ADN?".

"Eso es imposible. Oh, espera, tal vez llegó ahí cuando revisé la caja. Verás, cuando la recogí, la revisé solo para ver qué contenía. Eso es todo lo que hice".

15

CAPÍTULO QUINCE

EL MURMULLO DE LA MULTITUD AUMENTÓ MIENTRAS acompañábamos a Ryan y a su abogado a la salida. Le había dado a Feldman la opción de salir por la entrada trasera, pero se negó. Susurró algo a su cliente justo antes de salir al calor del sol y de la prensa.

Se oyó un coro de preguntas de los periodistas. Feldman levantó las manos. "Me gustaría hacer una breve declaración".

Cuatro micrófonos hacia adelante. "A petición del sheriff, el señor Ryan y yo hemos venido voluntariamente. Respondimos a sus preguntas, satisfactoriamente, debo añadir, y el señor Ryan espera poner fin a estas inquietantes acusaciones. No tuvo nada que ver con las muertes prematuras de la señorita Wright y la doctora Bigham".

"¿Van a arrestar a Bobby Ryan?".

"Por supuesto que no. No hay pruebas…".

"¿Y el cuchillo?".

"Mi cliente tiene un cuchillo de pesca que su padre le regaló hace años".

"Coincide con el arma homicida".

"Puede ser similar, pero no es el cuchillo usado en los asesinatos de esas pobres mujeres. Lo siento, tenemos la agenda llena".

Ryan agachó la cabeza y Feldman le condujo a su auto.

Dije: "Vamos. Tengo que poner al día a Remin".

Derrick dijo: "¿Qué te pareció la historia del cuchillo de Ryan?".

"Es plausible. Recuerdo que mi tío me dio todo tipo de herramientas. No tuve valor para decirle que nunca las usaría".

"Mi viejo hacía lo mismo. Nunca tuve que comprar una herramienta".

"Mary Ann me prohibió hacer algo más que un simple trabajo".

Derrick se rió: "Te hizo un favor".

"Te veré después de hablar con Remin".

La puerta de la oficina del sheriff estaba cerrada. Sonreí a su secretaria. "¿Está ocupado?".

"Está con Parton".

Remin se reunía con el jefe de Relaciones con los Medios del departamento. "Volveré".

"No. Dijo que le avisara cuando vinieras".

Cogió el teléfono para avisar a Remin. Agarré un ejemplar de la revista *American Police Beat*. Miraba el índice cuando la puerta se abrió de golpe. Remin dijo que llamaría a Parton. Me eché hacia atrás, estreché la mano del visitante y seguí a Remin hasta su despacho. Apestaba a la colonia almizclada de Parton.

Se deslizó detrás de su escritorio. "¿Qué ha pasado?".

"Ryan dijo que el cuchillo era de su padre".

"¿Qué te parece?".

"No había sangre, pero puede haber sido limpiada con cloro".

"¿Qué más?".

"Dijo que el panfleto era viejo. Es apenas circunstancial de todos modos".

"Pero apoya la narrativa sobre dónde fueron colocados los cuerpos. ¿Qué dijo sobre sus relaciones con estas mujeres?".

"Se ciñó a su historia, no tenía ni idea de que Wright estaba embarazada y solo le hacía un favor a la doctora Bigham. Le presioné con lo del servicio de autos; no me suena a verdad. Al principio dijo que no había visto a Bigham en mucho tiempo, y resulta que la vio días antes de que la encontraran muerta".

"Tenemos que ver si tenía una relación con Bigham. O tal vez él quería una y ella lo rechazó".

"Podría haber estado intentando caerle bien haciéndole un favor, y la recompensa nunca llegó".

"¿Y los problemas de ira?".

"Miramos, pero nada más que lo que hacemos todos".

"Presiona a su mujer. Ella debe conocerlo mejor".

"Debería, pero no sabía de su aventura".

"Ella podría haberlo sabido y estaba tratando de arreglar la relación".

"Cierto. Ella lo echó, pero eso fue después de enterarse del embarazo".

"Tenemos que ver lo que sabe. ¿Por qué no la traes?".

"Preferiría no entrevistarla aquí. Ella ha pasado por mucho y, bueno".

"Sabes, la gente tiende a ser más... participativa cuando hablamos aquí".

Tenía razón, pero lo sentía por la señora Ryan. "Iré a verla. Si se está conteniendo, la haremos venir".

"Me parece justo. Parton está siendo asediado por este caso del asesino en serie. Ha recibido catorce solicitudes de entrevistas, y una de ellas es de Atlanta. Le preocupa que se haga nacional".

"Feldman no está ayudando".

"La prensa puede ser útil aquí, con el foco puesto en Ryan; alguien puede dar un paso adelante con información".

"Podemos hacer otro llamamiento público".

"Démosle a la prensa un par de días. Seguirán a Ryan tan de cerca que el único lugar donde tendrá intimidad será en el baño".

"Incluso eso es discutible hoy en día".

Remin sonrió. "Se le acosará hasta que confiese o se etiquete a otro".

"O hasta que otro objeto brillante llame su atención".

"Sin duda, la capacidad de atención es corta". Exhaló pesadamente. "Pero cuando dos mujeres indefensas son encontradas asesinadas, tenemos que cambiar la narrativa. Lo están presentando como si estuviéramos de brazos cruzados".

"Vamos a atrapar a quien esté detrás de esto".

"No puede ser lo suficientemente pronto. Asegúrate de que esté yo informado de todos los acontecimientos".

AL SALIR YO DEL AUTO, Jessie entró en el garaje. "Hola, papá".

"Hola, Jessie. ¿Cómo estás?".

"Bien".

"¿Cómo está mamá?".

"Está bien. Dimos un paseo cuando llegué a casa".

"¿La pasó bien?".

"Sí, pero hacía calor; solo dimos dos vueltas a la manzana".

"Bien. ¿Adónde vas?".

"Voy a golpear algunas bolas con Carolyn".

"Diviértete. Nos vemos luego".

Sentada en un taburete junto al fregadero de la cocina, Mary Ann enjuagaba calabacines. Se volvió hacia mí y sonrió. "Solo un poco cansada".

"Jessie dijo que fuiste a dar un paseo".

Ella asintió. "Me dejó exhausta".

"Fue el calor. Deberías haber esperado. Habría ido contigo".

"Jessica lo sugirió, así que, tengo que aprovechar la oferta".

Era bueno escuchar que Jessie estaba presionando para mantenerla en movimiento. Asentí. "Tienes que aprovechar el mayor tiempo posible antes de que se vaya a la universidad".

Frunció el ceño. "Voy a echarla de menos".

Le rodeé el hombro con el brazo. "Los dos la extrañaremos, pero iremos a verla y volverá durante los descansos".

"Lo sé. De todas formas, ¿cómo te ha ido el día? ¿Qué pasó con Ryan?".

La puse al corriente de la entrevista. Ella dijo: "Ha estado en todas las noticias. La prensa siguió a Ryan a una casa en el este de Naples".

"¿Dijo algo?".

"No. Le acosaron delante del local. Casi sentí pena por él por la forma en que lo atacaron. Cuando entró, empezaron a mirar por las ventanas. Bajó las persianas".

16

———

CAPÍTULO DIECISÉIS

DERRICK NO ESTABA EN LA OFICINA, PERO HABÍA UNA TAZA de café en el centro de mi mesa. Me quité el saco y bebí un sorbo. Derrick no había llegado mucho antes que yo.

Mientras encendía mi computadora, entró. "Buenos días, Frank".

"Hola, colega. Gracias por el café".

Levantó el pulgar. "¿Cuál es la agenda?".

"Hablar con la señora Ryan. Ella puede tener una idea de si los problemas de ira de su marido y la violencia anterior es o no lo suficientemente grave como para involucrarnos".

Se acomodó en su silla. "Es probable que hable ahora".

"Esa es la esperanza. ¿Te sientes bien?".

"Bastante bien hoy".

"Genial".

Sonó el teléfono de mi escritorio. Miré la hora. Eran las nueve y cinco. "Homicidios, detective Luca".

"Hola, creo que tengo información sobre ese tipo, Ryan".

Me enderecé. "Gracias por llamar. ¿Quiere que sea confidencial?".

"No, está bien. Me llamo Mary Keane".

"Muy bien, señora Keane. ¿Qué tiene en mente?".

"Verá, nosotros vivimos en Jacksonville, pero mi hija vive en Naples. En fin, estuve de visita hace dos semanas y me alojé en el Hyatt House. Cuando estuve allí, un día estaba estacionándome y vi a una pareja discutiendo. Estoy segura de que era ese tal Ryan".

"¿Con quién estaba discutiendo?".

"Melissa Wright".

"¿Está segura de que era ella?".

"Definitivamente. La he visto en el hotel un montón de veces".

"¿Qué tan segura estás de que era Bobby Ryan?".

"No sabía quién era hasta que vi las noticias anoche antes de acostarme. Yo estaba como, oh no, era él".

"¿Dónde los vio?".

"El estacionamiento estaba bastante lleno, fui hacia el lado derecho y pasé junto a ellos. Estaban de pie junto al edificio".

"¿Cómo sabe que estaban peleando?".

"Debido a la forma en que se mueve la gente, y ya sabe, después de salir de mi auto, tuve que pasar por delante de ellos. Gritaban, pero se calmaron al verme".

"Bien. Sería útil si pudiera precisar el día y la hora de lo que presenció".

"Estoy bastante segura de que fue un lunes. Suelo ir los jueves para evitar el tráfico y volver los miércoles".

"¿Qué fecha exacta?".

"Uh, déjeme revisar mi calendario, espere".

Puse mi mano sobre el receptor. "Derrick, esto podría ser la oportunidad que necesitamos".

"Hola, ¿sigue ahí?".

"Sí, señora".

"Vale, estoy bastante segura de que fue el lunes catorce".

"¿Enero?".

"Sí".

"¿A qué hora?".

"Alrededor de las once".

Anoté su información de contacto y colgué. "La persona que llamó vio a Ryan y Wright discutiendo en el Hyatt House justo antes de que la encontraran muerta".

"Bingo".

"Hazme un favor y corre allí mientras voy a ver a la señora Ryan. Tiene que haber alguna grabación de CCTV de ellos dos".

Le di los detalles. Derrick tomó su saco. Cuando se fue, levanté el teléfono para avisar a Remin que Ryan podría haberse peleado con Wright días antes de que la mataran.

LA PRENSA se había alejado de la casa de Ryan. Sabía que volverían si él seguía siendo el principal sospechoso. Los vapores de la gasolina me golpearon mientras caminaba hacia la puerta. Un vecino estaba limpiando recortes de hierba con un soplador que emitía una nube de humo. El sonido de los sopladores de hojas y los aparatos de aire acondicionado eran una pésima música de fondo.

Toalla de cocina en mano, la señora Ryan abrió la puerta. "Hola, señora. Soy el detective Luca".

"Sí, me acuerdo de usted".

"Me gustaría hacerle un par de preguntas sobre su marido".

Frunció el ceño. "¿Supongo que tengo que hacerlo? ¿No?".

"No exactamente, pero le agradecería que lo hiciera, y puede ayudar a terminar con esta, eh...".

"Pesadilla".

Asentí y ella se hizo a un lado.

Nos sentamos en la cocina. El cartel que colgaba de la pared no podía ser más irónico: "Preferiría estar en la playa". Dije: "¿Es nuevo?".

"Algo así. Bobby pensó que era estúpido, así que nunca lo colgamos".

Aliviado porque no lo había pasado por alto durante la búsqueda, le dije: "A mí me funciona".

Sonrió. "Puedo pasarme todo el día en la playa, pero Bobby nunca quería ir".

¿Era de los que odiaban la arena? "Me gusta, pero ya no voy tanto como antes".

"He estado allí tres veces desde que pasó todo esto. Tal vez sea porque estoy en traje de baño o algo así, pero nadie me molesta allí. Es mi refugio seguro".

Todo era cuestión de contexto. La mayoría de la gente luchaba cuando veía a alguien en un entorno diferente. "Siento que tenga que lidiar con todo esto".

"Ya es bastante malo que tuviera un bebé con otra mujer, ¿pero que la gente diga que la mató a ella y a otra mujer? Es una locura".

"¿Qué puede decirme sobre los problemas de ira de su marido?".

"¿Problemas de ira? Bobby no tiene problemas de ira".

"¿Está segura de eso?".

"Sí. De vez en cuando se enfadaba por algo, igual que todo el mundo".

"¿Y qué de cuando se peleó con alguien?".

"¿Quiere decir, como, físicamente?".

"Sí".

"Nunca hizo eso".

"¿Tenía a alguien que hiciera el trabajo sucio por él?".

Ella se rió: "Mire, después de lo que hizo, nunca jamás volveré con él, pero no me lo imagino matando a esas mujeres como dicen que hizo".

"Llevaba su cuchillo con él, ¿verdad?".

"No tenía un cuchillo. Al menos, no que yo supiera".

Hice un par de preguntas más antes de irme. Era convincente. Sabía que el amor hacía que la gente protegiera a los demás cuando no debía, pero ella era creíble. La pregunta más importante era si Ryan estaba diciendo la verdad.

Cuando hacía yo una vuelta en U, Derrick llamó, "¿Estás libre?".

"Sí, acabo de dejar a la mujer de Ryan. ¿Tienes el video?".

"Sí, y son Wright y Ryan. Están discutiendo, no hay duda".

El balancín se fue en la otra dirección. "Te veré en quince".

17

CAPÍTULO DIECISIETE

DERRICK TENÍA UNA SONRISA DE GANADOR DE LOTERÍA. Tiré mi saco en una silla mientras él sostenía en la mano una memoria USB. "¿Quieres palomitas para la película?".

"Soy un tipo de Milk Duds".

Metió la memoria en su computadora. "No soporto cómo se me pegan a los dientes".

Mientras navegaba por las carpetas, le dije: "¿Ya le has dicho algo a Remin?".

"No. Te estaba esperando".

"Gracias".

"Allá vamos. Ahí está Ryan, debe haberla llamado".

"Acerca el zoom".

Era Ryan. Se paseaba por el lado derecho del hotel.

"Aquí viene Wright".

Vestida con un saco gris y pantalones negros, Melissa Wright se acercó a su amante. Ryan dio un par de pasos hacia delante. Sacudía la cabeza y la miraba boquiabierto. Ella aminoró el paso.

Derrick dijo: "Hombre, ojalá pudiéramos oír lo que dicen".

"Pronto tendrán cámaras con captación de audio".

Ryan golpeó la pared con el puño. Le dije: "Quizá le contó lo del bebé".

"Podría ser".

Miraron hacia el estacionamiento y parecieron calmarse un poco. Probablemente era el testigo que se acercaba. Veinte segundos después, Ryan sacudió el dedo en la cara de Wright. Ella retrocedió.

Un segundo después, Wright se dio la vuelta. "Acércate".

Los labios apretados y los ojos entrecerrados, estaba enfadada. "Vale, déjalo correr".

Wright desapareció. Ryan, con las manos en las caderas, miró en su dirección. Se apoyó en la pared y meneó la cabeza antes de salir de la pantalla. Algo pasaba entre ellos.

"Esto no ayuda a Ryan. Ponlo de nuevo".

Vimos el video dos veces más. "Tengo que decirle a Remin lo que tenemos".

"¿Crees que es suficiente para conseguir una orden de arresto?".

"No lo creo. Es una narración convincente, pero todo es circunstancial". No quería decirle que Remin probablemente descartaría lo que yo pensaba y haría la llamada. "Hazme un favor y redacta un informe sobre esto mientras veo qué dicen arriba".

Subiendo las escaleras, ordené los recursos en mi cabeza. Una prueba física sólida era todo lo que necesitaba para sentirme cómodo. Si existía, ¿dónde se escondía?

"Siéntate, Frank".

¿Frank? La manipulación había comenzado. "Gracias, señor".

"¿Cómo te fue con la esposa?".

"Ella lo defendió. Dijo que él no tenía problemas de ira y que nunca había llegado a las manos en todos los años que se conocían".

"Ella podría estar protegiéndolo".

"Podría ser, pero el detective Dickson consiguió el video de la pista que mencioné". Remin se inclinó hacia delante mientras yo continuaba: "Ryan fue al Hyatt House donde trabajaba Wright el lunes, sobre las once de la mañana. La esperó fuera y estaba claramente agitado".

"Demasiado para la esposa diciendo que no perdía los estribos".

"Parecía alterado pero no propenso a la violencia".

"¿Algún contacto físico?".

"Ninguno, señor".

"¿Qué opinas?".

"Puede que ella le contara antes lo del embarazo, o quizá él le exigió que abortara y ella se negó. Puede que intentara hacerla cambiar de opinión. ¿Quién sabe?".

"¿No hay testigos en la zona?".

"Solo la señora que nos alertó, pero no oyó nada de la discusión".

"Me gustaría tener más antes de arrestarlo, pero lo que me gustaría no importa".

"¿Vas por una orden?".

"Aún no he tomado esa decisión. Voy a consultarlo con los fiscales".

18

CAPÍTULO DIECIOCHO

MARY ANN ENTRÓ EN LA TERRAZA CON UN TAZÓN DE ensalada. Lo tomé y le dije: "Mira el cielo. Los colores púrpura y naranja son preciosos".

Tomó el control remoto y puso la tele. "Es precioso".

Puse en un plato las hamburguesas de pavo.

"Una noche perfecta para comer fuera". Fui a apagar la tele.

"Silénciala pero déjala encendida. Hay una reunión del consejo escolar sobre un nuevo plan de estudios".

"¿Qué está pasando?".

"Menuda tontería viene de Washington. Será mejor que no la adopten".

"Quieren controlarlo todo". Serví un vaso de vino tinto. "¿Quieres un vaso?".

"No. Me da miedo beber".

"El doctor dijo que un vaso aquí y allá podría ayudarte".

"Quizá la próxima vez".

Le ofrecí mi vaso. "Pruébalo. Bilotti me lo recomendó, y Total Wine lo tenía por veinte dólares".

Bebió un sorbo. "Está rico. ¿Qué es?".

"Un toscano de Italia".

"Es bueno".

"Las uvas son *sangiovese,* que significa la sangre de Júpiter".

"Oh. No me dan ganas de beberlo".

"Es solo un nombre. ¿Quieres un vaso?".

"No. El caso Ryan está en todas las noticias; ¿qué pasó con su mujer?".

Corté una hamburguesa. "Ella no cree que él sea capaz de asesinar. Dijo que no tiene problemas de ira. Pero obtuvimos video de vigilancia de donde Wright trabajaba. Un par de días antes de acabar muerta, Ryan estaba discutiendo con ella".

"Dios mío. ¿Crees que lo hizo?".

"Me inclino por esa posibilidad, pero necesitamos más pruebas".

Con la boca llena, Mary Ann señaló el televisor.

En la parte inferior de la pantalla había un rótulo rojo de "Noticias de última hora". Puse el sonido.

Sentado detrás de un escritorio, un locutor dijo: "Les traemos otra exclusiva de WINK News. Este reportaje especial se refiere al principal sospechoso de los asesinatos de Wright y Bigham. Hoy hemos conseguido un video de Bobby Ryan, una persona a la que la policía ha interrogado varias veces en relación con los asesinatos. Fue captado por las cámaras de vigilancia del Hyatt House, donde la señorita Wright trabajaba como subdirectora".

Dejé caer el tenedor cuando la pantalla detrás del presentador cobró vida. "Ese es el señor Ryan esperando al lado del hotel. Aquí viene la señorita Wright. Parece que los dos se enzarzaron en una acalorada discusión. Estas imágenes son muy importantes, ya que el intercambio tuvo lugar solo dos días antes de que la señorita Wright fuera encontrada muerta en la reserva de Cocohatchee Creek".

Apartando mi silla de la mesa, dije: "¿Cómo demonios han conseguido la cinta?".

"Alguien lo filtró".

"Apuesto a que fue Remin".

"¿Seguro?".

Saqué mi móvil y llamé a Derrick. "Las imágenes de Ryan y Wright están en todas las noticias".

"¿Qué? Yo no vi eso".

Caminé hacia el fondo de la piscina. "¿Le diste la memoria USB a Remin?".

"No".

"¿Qué hiciste con ella?".

"Lo copié en mi computadora, la etiqueté y la llevé al depósito de evidencias".

"¿Alguien preguntó al respecto?".

"No. ¿Cuál es el problema?".

"Tenemos que saber si Remin está jugando con nosotros".

"Tienes razón".

"Tengo ganas de ir a la estación para comprobar el registro de pruebas".

"Puede esperar hasta mañana. Nada va a cambiar".

"¿Tienes una contraseña para tu PC?".

"Sí, como todo mundo".

"Muy bien, nos ocuparemos de ello mañana. Nos vemos temprano".

Mary Ann dijo: "¿Qué dijo Derrick?".

"Lo entregó a evidencias".

"¿De verdad crees que Remin estuvo detrás de esto?".

"No estoy seguro. Necesita una solución, y no está fuera de su alcance recortar las aristas".

"La oficina del sheriff no respondió a la petición de un comentario sobre la cinta".

"El daño ya está hecho".

"También afirmaron que una fuente confidencial dijo que un arresto era inminente".

Derrick estaba en su escritorio. "Buenos días, Frank".

"Buenos días".

Bajó la voz. "No creo que nadie haya jodido mi computadora".

"Vale. Tú te llevas mejor con Gorman que yo. ¿Por qué no revisas el registro?".

Se puso de pie. "Voy para allá".

Encendí mi computadora y revisé mis correos electrónicos. Teníamos que confrontar a Ryan acerca del video. En cuanto el reloj diera las nueve, iba a llamar a Feldman.

Mientras debatía mentalmente si volver a hablar con la señora Ryan, Derrick volvió a entrar.

"Nadie firmó nada".

"¿Trabaja en el turno de noche?".

"No seas tan paranoico, Frank".

"Tienes razón. Es solo que me irrita a más no poder".

"Voy a dar una vuelta por el Hyatt House. A ver si lo han liberado".

Derrick se colgó el saco al hombro y se fue. Revisé las detenciones del día anterior, sonó mi móvil. Era Remin. "Buenos días, jefe".

"Buenos días. Tenemos que traer a Ryan. Presiónalo con fuerza".

"Planeamos hacerlo. Estoy esperando a que llegue Feldman".

"Hoy no es suficientemente pronto".

"Haré lo que pueda sin alarmar a Feldman".

"Mantenme informado".

"Lo haré".

Volví a mis correos electrónicos. Era hora de renovar mis calificaciones de tirador. ¿Dónde se había metido el tiempo? La impresora escupió el formulario que necesitaba cuando el reloj marcaba las nueve. Dejé el papel caliente sobre el escritorio y llamé al abogado de Ryan.

Nada más colgar, recibí la primera llamada loca del día. Le dije que no teníamos personal para comprobar si había fantasmas en su casa y colgué.

Derrick llamó: "Oye, Frank, fue el tipo de seguridad de Hyatt House. Le vendió una copia a WINK".

"Cielos, ¿su jefe lo sabe?".

"No, y no dije nada. El viejo dijo que necesitaba el dinero para un trabajo dental. Le advertí que la próxima vez lo denunciaría".

"¿Qué le pasa a la gente?".

"Es una pregunta más difícil que el sentido de la vida".

"Más o menos. ¿Hablaste con Feldman?".

"Sí. No fue complicado. Dijo que hablaría con Ryan y nos daría una hora".

19

CAPÍTULO DIECINUEVE

ENTRÉ EN EL ESTACIONAMIENTO DE LOWBROW PIZZA. ERA UN nombre raro pero la pizza estaba buena. Al salir, dije: "¿Quieres compartir una pizza de salchicha?".

Derrick dijo: "Suena bien, me muero de hambre".

"Si Feldman no se ha puesto en contacto para cuando terminemos de comer, volveré a llamar".

"¿Crees que nos está esquivando?".

Entramos en el edificio blanco. "No particularmente. Probablemente estén discutiendo cómo refutar el video".

"Hombre, huele bien".

"Deberían hacer una colonia con este aroma".

Partimos el último trozo y nos fuimos. Abrimos las puertas del auto y saqué mi teléfono mientras se escapaba el calor. "Señor Feldman. Soy el detective Luca".

"Hola, detective".

"Me gustaría saber a qué hora vendrán hoy usted y su cliente".

"No he podido contactar con el señor Ryan, hasta ahora.

En cuanto hable con él, le avisaré, pero debo informarle que hoy tengo una comparecencia en el juzgado a las tres. Tendrá que ser mañana".

"Entiendo, abogado. Preferimos hacerlo por la mañana".

"Puede que funcione. Lo confirmaré lo antes posible".

He colgado. "No van a venir hoy. Dijo que aún no se había puesto en contacto con Ryan".

"¿Crees que Ryan está huyendo?".

Me había pasado por la cabeza. "No. Feldman dijo que tenía una comparecencia a las tres. Probablemente no tuvo tiempo hoy y lo está usando como excusa".

"Sí, los abogados, se ganan la vida mintiendo".

Era una forma interesante de decirlo. "Quiero ver si podemos desenterrar algo que apoye la ira o la agresión de Ryan".

"Ya miramos".

"Tenemos que ir más atrás".

"¿Hasta dónde?".

"En la preparatoria. La gente es quien es antes de eso, pero la preparatoria cambia a mucha gente".

"Por supuesto".

"Y tenemos que investigar su historial laboral. Lleva un par de años en MINI, pero ¿dónde estaba antes? La gente que vende autos parece moverse mucho. O tal vez salió de una industria diferente".

"Y no pudo conseguir trabajo por algo que hizo, y le echaron".

Derrick tenía cinturón negro en especulación, lo que era una ventaja en un detective de homicidios. "Esa es la idea. O sintió la necesidad de huir de su pasado de alguna manera, entrar en un nuevo mundo".

"Lo averiguaremos".

Quizá no a la velocidad que Remin quería, pero conseguiríamos las pruebas necesarias para una condena. Si nos atenemos a lo básico.

"¿Por qué no lo compruebas en la preparatoria a la que fue? Habla con sus profesores, amigos, incluidas las novias que tuvo Ryan. Elabora una lista, y yo iré a ver a la señora Ryan otra vez".

"Estoy en ello. Estoy bastante seguro de que fue a la preparatoria Palmetto High".

LA SEÑORA Ryan parecía lista para el yoga. Me pregunté si siempre hacía ejercicio o si estaba tratando de rehacerse a sí misma para atenuar el escozor de su fracaso matrimonial. "Gracias por recibirme".

"¿Cuánto va a tardar esto en terminar?".

La verdadera respuesta dependía de si su marido era el asesino. Si lo era, ella se enfrentaba a décadas de perturbación. "Es difícil de decir, pero esperemos que no mucho más".

"Esto es como estar en una película o algo así. La mitad del tiempo no parece real".

La palabra correcta era pesadilla. "Entiendo. La última vez que hablamos, le pregunté por los problemas de ira de su marido".

Frunció el ceño. "El video. ¿Verdad?".

El teléfono de mi bolsillo vibró. "Bueno, no del todo, pero es una prueba de que tiene mal genio".

"Todo el mundo se enfada, y yo desde luego no voy a defenderle, no después de lo que me hizo, pero he visto el video en las noticias y lo ponen como si le hubiera pegado o algo así".

"Estaba claramente disgustado, y el altercado tuvo lugar

pocos días antes de que la señorita Wright fuera encontrada muerta".

Ella exhaló. "Lo entiendo".

"Me preguntaba si al ver el video le ha venido a la mente algún desencuentro que haya tenido con otras personas. ¿Qué le viene a la mente?".

"En realidad, nada. No creo que pruebe nada sobre él".

Levanté las cejas y ella dijo: "Vale. Obviamente, no le conocía como creía. Me mintió". Sus ojos se humedecieron y me preocupó que empezara a llorar. "Bobby rompió nuestra confianza y todo lo que teníamos juntos. ¿Cómo pude ser tan estúpida?".

"No se culpe, señora. Le aseguro que nadie conoce a nadie".

"Eso es terrible".

Lo era. "A menudo, ignoramos las señales o las racionalizamos cuando se trata de las personas que nos importan. Es la condición humana".

Meneó la cabeza.

"¿Hay algo, incluso hace diez años, que pudieras haber descartado, que en retrospectiva podría haber sido preocupante?".

"Créame, he repasado cada detalle de nuestra relación, remontándome a cuando conocí a Bobby. ¿Me perdí, lo que ahora parece obvio, que él me era infiel? No lo dudo. Pero en cuanto a lo que dicen de él, realmente no puedo decir nada; no es el hombre que conocí".

"¿Sin peleas, enfados, explosiones?".

"Nada más que sus decepciones normales. Es un vendedor. El rechazo es algo con lo que lidia todos los días; no le molesta".

Volví al auto y llamé a Derrick. "Lo siento, estaba con la señora Ryan".

"¿Cómo ha ido?".

"Ella es inflexible. No recuerda ninguna violencia, ira, nada que apunte a él".

"Maldición. Tenemos un posible homicidio".

"¿Dónde?".

"Intersección de Vanderbilt Beach Road y Livingston. Un ciclista fue atropellado por un auto. Parece que el conductor estaba intoxicado".

"Jesús".

"Estoy en camino".

"Nos vemos allí".

20

CAPÍTULO VEINTE

CON LAS LUCES Y LA SIRENA ENCENDIDAS, LLEGUÉ AL LUGAR del accidente en diez minutos. Los autos patrulla bloquearon el cruce y los agentes dirigieron el tráfico lejos del accidente. Al detenerme, vi a un par de técnicos de urgencias junto a una ambulancia.

Me ajusté los lentes de sol y salí. El zumbido del tráfico era decibelios más bajo de lo habitual. Caminando hacia la intersección, mis ojos se centraron en tres agentes uniformados de pie junto a una forma cubierta por una sábana en el segundo carril de Livingston.

Derrick se apresuró. "La mujer que lo golpeó está en la parte trasera del auto de Townley".

"¿No pasó la prueba de sobriedad?".

"Sí, pero no es alcohol".

"¿Quién fue el primero en llegar?".

Señaló a un oficial fornido. "Mallory. Hablemos con él".

Teníamos que movernos rápido. Me apresuré. "Oficial Mallory, Frank Luca".

Le estreché la mano. "¿Tengo entendido que administró una prueba de sobriedad?".

"Sí, falló al caminar y girar".

Le pedimos a alguien bajo los efectos del alcohol que camine: de talón a punta de pie, nueve pasos, darse la vuelta y volver. "¿Y qué hay pararse en una pierna?".

"No pudo aguantar más de un segundo. Está drogada con algo".

"Necesitamos una muestra de sangre y orina antes de que lo que sea salga de su sistema".

"Llamé a un paramédico certificado. Debería estar aquí en cualquier momento".

"Bien. ¿Llamaste a Corny, el experto en reconocimiento de drogas?".

"Sí, está en Marco Island, dando una presentación".

"¿Cuánto falta para que llegue?".

"Sesenta a setenta y cinco minutos".

"Maldita sea. ¿Registraste su auto?".

"No, señor. Pensé que podría ser un homicidio vehicular y que su oficina preferiría hacer una búsqueda".

"Gracias, lo has manejado perfectamente. ¿Quién es la víctima?".

"John Holt, sesenta y seis años. Su licencia de conducir indica una dirección en Tiburón Drive".

Tiburón era una urbanización de lujo con el segundo Ritz Carlton que se construía en Naples.

"¿Y los testigos?".

"Dos personas dijeron que vieron a Holt pedaleando hacia el sur por Livingston. Ambos dijeron que tenía el semáforo en verde y estaba en el carril de bici. La conductora que lo atropelló se dirigía hacia el este por Vanderbilt, en el carril de giro para South Livingston. Según ambos testigos, nunca redujo la velocidad y lo atropelló".

"¿Alguna marca de derrape?".

"Sí, pero después del punto de impacto".

"Qué maldito desastre".

"Lo sé. ¿Quiere hablar con la conductora? Se llama Helena Jackson".

"De acuerdo".

Caminando hacia el auto patrulla, le dije a Derrick: "Si vas en bici por estas carreteras, te estás jugando la vida".

"Lo sé. Los autos van a sesenta, y la mitad de los conductores tienen teléfonos en las manos".

La bicicleta de Holt estaba hecha un desastre. "El pobre tipo nunca supo qué lo golpeó. Estaba fuera tratando de hacer ejercicio, y bam, su vida ha terminado".

"Estoy a favor de los cascos, pero si te golpean así, nada te va a salvar".

El agente abrió la puerta y la conductora, de veintitantos años, dijo: "No lo vi; ha salido de la nada".

"Has estado consumiendo. Por qué no me dices lo que has tomado".

"No, no, no hice nada. Tomé una copita de vino con el almuerzo, ya sabes. Yo…".

"Fallaste la prueba de sobriedad".

"Estaba nerviosa, eso es todo. Quiero decir, fue justo después del accidente. Me siento tan mal". Se le saltaron las lágrimas.

Llegó una unidad de paramédicos. "Vamos a sacarte sangre. Si no has consumido nada, no tienes de que preocuparte".

"¿Sangre? No puedes hacer eso".

"Sí, podemos. Si sospechamos que alguien está conduciendo bajo la influencia, la ley de Florida nos permite utilizar una fuerza razonable para tomar su sangre como parte de una investigación acerca de conducir bajo la influencia del alcohol".

"No, no, no lo haré. Tengo que ir a trabajar".

"No tienes elección".

"Pero...".

"Créeme, si cooperas, será mucho más fácil para ti".

Le rodaron lágrimas por la cara. Me volví hacia Mallory. "Me gustaría revisar su auto".

"Yo me encargo".

Lo sabía. Era otro ejemplo de los oficiales altamente capacitados que tenía el condado de Collier. Me quemaba cuando la prensa intentaba desprestigiarnos a todos cuando algún que otro agente se descarriaba. Pero siempre recordaba a mi madre diciendo que nadie cubría los miles de aviones que aterrizaban cada día sin incidentes.

Con los guantes puestos, rodeé el Nissan plateado de la conductora. La parte delantera del chofer estaba dañada por el impacto. La luz trasera estaba rota. Un trozo de cristal rojo colgaba de la luz rota. Hice fotos de los daños.

En guardabarros de la rueda del pasajero había una bolsa de Burger King. Acerqué el dorso de la mano al envoltorio de la comida; aún estaba caliente. Revisé la guantera: cinco bolígrafos, un paquete de pañuelos, crema de manos y el manual del propietario.

Ambas viseras parasol tenían lápices clavados. ¿Era esta chica una especie de escritora? Me arrodillé y miré debajo de los asientos: una moneda de 25 centavos y una goma elástica de coleta era todo lo que había. Los bolsillos laterales y la consola no tenían nada incriminatorio. ¿Habría tomado lo que fuera antes de ponerse al volante?

Abrí la cajuela. Mis ojos se centraron en una bolsa deportiva. Abrí la cremallera y saqué un delantal negro. Hurgué en el bolsillo y saqué un puñado de bolígrafos. Era una mesera.

Cámaras colgando de ambos hombros, Gianelli venía en mi dirección. Le dije: "Derrick, llama a una grúa. Confiscaremos el vehículo y veremos a dónde nos lleva".

Gianelli negó con la cabeza. "¿Necesitamos más pruebas de que circular en bicicleta por una carretera principal es peligroso?".

"Es como una ruleta. Este pobre hombre es la tercera muerte este año".

"Lo dejé hace diez años. Con todo el mundo mandando mensajes, ya ni me gusta caminar por las aceras".

Tenía razón. Le di las instrucciones y, mientras empezaba a documentar la escena, nos fuimos a dar la mala noticia a una esposa desprevenida.

21

———

CAPÍTULO VEINTIUNO

Entré en nuestro garaje. Nuestras bicicletas estaban colgadas en la pared. Antes de entrar, pensé en dejar salir el aire de los neumáticos de Jessie.

Mary Ann estaba leyendo en mi sillón reclinable. Le dije: "Hola, ¿cómo te sientes?".

"Bien".

Le planté un beso en la mejilla. "¿Jessie anda mucho en bicicleta?".

"No que yo sepa. ¿Por qué?".

Le conté lo del ciclista.

"Eso es terrible".

"Es demasiado peligroso montar en bicicleta en cualquier sitio que no sea un parque. Incluso en una urbanización cerrada hay que tener cuidado. Todo el mundo va distraído y demasiado rápido".

"¿Por qué la seguridad vial no pone más trampas?".

"Harán algo después de esto, pero nadie capta el mensaje".

"Tienen que encontrar la manera de desactivar un teléfono cuando un auto está en movimiento".

"Eso ayudaría, pero no habría ayudado a este tipo".

"Tan triste. Tan innecesario".

"Lo sé".

"¿Qué pasó con Ryan?".

"Llamé a su abogado hace una hora. Su oficina afirmó que no han podido ponerse en contacto con él".

"¿Está huyendo?".

"Espero que no. Feldman supuestamente no estaba, pero podría estar ganando tiempo".

"Tal vez está tratando de convencer a Ryan para hacer un trato".

"Eso estaría bien, pero Ryan nunca haría eso; no está en él hacer eso".

"¿No eres tú el que dice: 'Nunca se conoce realmente a alguien?'".

Le puse los ojos en blanco de la manera en que un niño de doce años estaría orgulloso y le dije: "Voy a cambiarme".

A LAS OCHO ya estaba en mi escritorio, me tomé otra taza de café y repasé mis correos electrónicos. No dejaba de mirar el reloj, queriendo mover manualmente las manecillas hacia el futuro. Los técnicos del laboratorio dijeron que tendrían el análisis de drogas de la conductora lo antes posible, y yo tenía que hablar con Cornelius sobre su evaluación sobre la conductora.

Sería interesante conocer la opinión de un experto sobre si estaba bajo los efectos del alcohol o no, pero la llamada que esperaba con impaciencia era la de Feldman. ¿Qué planeaba el abogado? Si tenía que esperar un día más para confrontar a Ryan con la cinta, agotaría la poca paciencia que tenía.

"Buenos días, Frank".

"Hola, Derrick, le gané hoy a tu perezoso trasero".

Sonriendo, puso una taza de café sobre mi mesa. "Uno de cada cien no es un récord del que presumir".

Le di un golpecito al café que me había comprado. "Hoy lo voy a necesitar. No he dormido mucho".

"Yo tampoco. Soñé que iba en bici y me atropellaba uno de los volquetes con los que están rellenando las playas".

"Seguro que tienen sus razones, pero no entiendo el uso de camiones. Leí que iba a haber siete mil camiones de arena en la primera fase".

"Toneladas de tráfico y contaminación".

"Lo sé. ¿Por qué no la bombean desde alta mar como solían hacer?".

"Tiene algo que ver con perturbar la vida marina".

"¿Pero crear estragos en nuestras carreteras y malgastar quién sabe cuánta energía está bien?".

Se encogió de hombros. "Deberías presentarte a alcalde".

"¿Alcalde? Si me presento a algo, será a rey o emperador".

"Rey Luca. Suena bien".

Me reí.

"En serio, ¿qué sería lo primero que harías si lo dirigieras todo?".

Era una pregunta interesante. Tenía muchas opiniones sobre cómo deberían funcionar las cosas, pero me quedé en blanco. "Basta de tonterías. ¿Quieres verificar cuando va a ser procesada la conductora?".

Taza de café en mano, Derrick se dirigió a la puerta. "Claro. ¿Algo sobre la sangre?".

"Todavía no".

Mi mente se dirigió directamente al ciclista, John Holt. Cuando se había levantado aquel día, no tenía ni idea de que su vida acabaría en unas horas. Su hija venía de visita la semana siguiente. Ahora, en lugar de enterrar sus pies en la arena, estaría enterrando a su padre.

Los testigos oculares dijeron que Holt tenía preferencia de paso. Lo que había que averiguar era si se trataba de un trágico accidente, o si Holt se había convertido en otra víctima de las drogas que erosionan nuestra sociedad.

Salté al oír sonar el teléfono del escritorio. "Homicidios, detective Luca".

"Frank, soy Sully, del laboratorio".

"¿Qué tienes para mí?".

"Encontramos evidencia de THC en su sangre".

Había fumado o ingerido marihuana. "¿Sobre el límite legal?".

"Justo debajo".

"¿Me estás tomando el pelo?".

"Lo siento, Frank".

"¿Alcohol?".

"Nada".

Lo que dijo de tomar una copa de vino era mentira. "¿Hay algo más?".

"Eso es todo. Pondremos los detalles en un informe".

Desconecté la llamada e hice otra.

"Doctor Bilotti".

"Hola, Doc, soy Frank. ¿Cómo estás?".

"¿Va todo bien?".

"Sí, sí. Solo quería hablar de algo. John Holt, el ciclista que murió ayer".

"Todavía no he hecho la autopsia".

"No pasa nada. Verás, la conductora tenía THC en la

sangre pero no superaba el límite legal. No pasó el test de alcoholemia y estoy intentando averiguar qué pasa".

"El THC puede permanecer en la sangre hasta treinta y seis horas".

"¿Cómo podemos probar que se fumó un porro o comió algo infusionado con hierba?".

"Eso es un reto. La duración del THC depende de varios factores, como la frecuencia de consumo, la potencia de la marihuana, el metabolismo de la persona e incluso la hidratación".

Bilotti confirmó lo que yo sabía sobre la marihuana y la conducción: sin pruebas concluyentes de que estaba bajo los efectos de la droga, era casi imposible construir un caso. Teníamos leyes de tolerancia cero para los conductores menores de veintiún años, pero cualquier persona mayor podía salirse con la suya conduciendo bajo los efectos de la marihuana algo que los bebedores no podían hacer.

Si esta chica estaba drogada y mató a Holt porque estaba distraída con las drogas, tenía que intentar encontrar una forma de que se hiciera justicia.

Sonó mi móvil. Era el sheriff. No contesté y tomé el teléfono del escritorio.

"Señor Feldman, este es el detective Luca".

"Hola, detective. Iba a llamarle".

Claro que sí. "¿Cuándo va a venir con el señor Ryan?".

"Sigo sin poder contactar con mi cliente".

Salté de mi silla. "¿Está huyendo?".

"No lo sé".

"Vamos, abogado, sea sincero conmigo".

"No miento. No tengo ni idea de dónde está el señor Ryan".

22

CAPÍTULO VEINTIDÓS

CON LA MENTE ACELERADA, VOLVÍ A LLAMAR AL SHERIFF.
"Lo siento, señor, estaba al teléfono con el abogado de Ryan".

"¿Cuándo van a venir?".

"Según Feldman, no ha podido contactar con Ryan los dos últimos días".

"¿Crees que ha huido?".

"Es una posibilidad. Voy a darme una vuelta a su casa y ver por mí mismo".

"Si ha huido, ha tenido un par de días de ventaja".

"Me doy cuenta de eso, pero con toda la cobertura de las noticias, será difícil para él evitar ser capturado".

"Llámame una vez que lo sepas y emitiremos una orden de búsqueda estatal".

Colgué y llamé a la mujer de Ryan. "¿Sabe algo de su marido?".

"No".

"¿Cuánto tiempo ha pasado desde el último contacto?".

"Hace cuatro días. ¿Por qué? ¿Ocurre algo?".

"No estoy seguro, pero su abogado dijo que no ha podido contactar con él".

"Dios mío, si se fue, significa que lo hizo".

"Si sabe algo de él, llámeme inmediatamente".

Al colgar, Derrick entró en el despacho diciendo: "La comparecencia será esta tarde".

"Olvídate de eso. Feldman dijo que Ryan no está en ninguna parte".

"¿Qué?".

"Pongámonos en marcha".

En cuanto giramos en la calle de Ryan, exhalé. En la entrada había un MINI Cooper verde. "Está aquí".

"Feldman está jugando".

"O le dijo a Ryan que considerara un trato y Ryan lo está esquivando".

"Puede ser. Lleva un tiempo asimilar la realidad".

"Estaciónate dos casas más abajo".

Salimos del auto y le dije: "Escabúllete por detrás, no quiero que salga corriendo si nos ve".

Derrick se despegó y se deslizó entre la casa de Ryan y la de al lado. Eché un vistazo a las ventanas; las persianas estaban bajadas. Me puse a un lado de la puerta y toqué el timbre. Dejé pasar diez segundos, volví a tocar el timbre y golpeé la puerta con el puño.

Acerqué la oreja a la puerta. Ningún ruido. Mirando su auto, me pregunté si lo habría dejado atrás para despistarnos. Muchos corredores dejaban sus autos en aeropuertos o centros de transporte. Ryan trabajaba en el negocio de los autos. Estaba suspendido de su trabajo, pero probablemente tenía acceso a otro vehículo.

Bajé del rellano y miré por el espacio que quedaba entre el marco de la ventana y la persiana. Solo vi la parte trasera del sofá. Me acerqué a la siguiente ventana y miré por la rendija del espacio libre. Eché la cabeza hacia atrás y parpadeé.

Inclinándome de nuevo, entrecerré los ojos. "¡Derrick!" Corrí a la parte trasera de la casa. "Algo está mal. Parece que hay un charco de sangre".

"¿Dónde?".

"Ven conmigo". Corrimos hacia el frente.

"Aquí, mira aquí".

Derrick acercó el ojo al cristal. "¿Dónde?".

"Un poco a la izquierda".

"¡Mierda! Parece sangre".

"Tenemos que irrumpir".

"Uno, dos, tres". Chocamos nuestros hombros contra la puerta. Derrick gritó. Le dije: "Déjame hacerlo".

Levanté el pie y golpeé la puerta cerca de la cerradura. Crujido. Me eché la puerta al hombro y perdí el equilibrio cuando se abrió. Agarré la mano libre de Derrick. Me puso de pie. Los ojos se adaptaron a la oscuridad y desenfundé la pistola.

"¡Señor Ryan! Policía".

Señalé la habitación donde había visto la sangre. Nos separamos y, abrazados a las paredes, nos arrastramos hacia ella. Con las dos manos en la pistola, me acerqué a la puerta. Introduje el arma en la habitación. Bajé los brazos y corrí hacia el cuerpo.

Derrick dijo: "Mierda".

Ryan estaba tirado en el suelo. Un agujero de bala del tamaño de una moneda de diez centavos en la sien había alimentado el charco de sangre junto a su cabeza. Una pistola, una Glock, yacía a medio metro de su mano derecha. No hacía falta, pero comprobé si tenía pulso.

Sacudí la cabeza y saqué un bolígrafo del bolsillo. Tocando la sangre, dije: "Cien por cien seco. Lleva muerto al menos un día".

"No puedo creer que se suicidara".

"Frente a veinticinco a perpetua, quién sabe, podríamos hacer lo mismo".

"Amén".

"No veo ninguna nota".

"Yo tampoco".

"Tenemos que traer a Bilotti y a los forenses".

Sacó su móvil. "Voy a llamar".

Intentando imaginarme a Ryan suicidándose, recorrí la habitación. A menos que se hubiera tambaleado, había estado de pie en el centro de la habitación, justo al lado de una mesa de cóctel. Me invadió un sentimiento de tristeza. Había que estar muy desesperado para suicidarse. Ryan estaba consumido por la culpa o temía las consecuencias de sus actos.

No era tan inusual. Me había topado con varios casos en los que alguien se suicidaba para evitar ir a la cárcel. Y era peor entre rejas; la tasa de suicidios era cuatro veces superior a la normal.

Pasé rápidamente por el resto de la casa e hice una llamada. "Sheriff Remin, soy el detective Luca".

"¿Qué está pasando?".

"Ryan está muerto. Parece un suicidio".

"Hum. Qué sorprendente final para este lío".

"Así es".

"¿Necesitas algo en la escena?".

"No, estamos bien. El doctor Bilotti está en camino, y los forenses están enviando un equipo para buscar pruebas relacionadas con los asesinatos".

"Bien. El público va a estar aliviado de que esto haya terminado".

Apostaría mi pensión a que estaba planeando una rueda de prensa. "Todos lo estamos".

Me quedé allí intentando comprender la situación. Había que avisar a la mujer de Ryan. Era desconcertante por qué no había dejado un mensaje para ella. En todos los suicidios relacionados con el crimen que había visto, se había dejado una nota llena de disculpas.

CAPÍTULO VEINTITRÉS

DERRICK ENTRÓ MIENTRAS YO LEÍA LA DECLARACIÓN QUE EL sheriff dio a la prensa. Le dije: "¿Viste lo que Remin dijo sobre Ryan?".

"Todavía no".

"Fue un poco raro. No podía perder la oportunidad de dar una palmadita en la espalda al departamento por la investigación".

"No sé. Con toda la prensa negativa que tenemos, lo entiendo. Dicen que hay que aprovechar cualquier oportunidad para tocar la bocina".

Sacudí la cabeza. "No soy fan de la autopromoción. Es más potente cuando alguien habla de ti".

"La mitad de las redes sociales es autopromoción".

"No sabría decirte".

"Te pierdes las fotos bonitas de gatos".

Mi móvil sonó. Era Bilotti. "Hola, Doc, ¿qué pasa?".

"Acabo de terminar la autopsia de Ryan y pensé en llamarte antes de que me contactaras".

"Ahora sé por qué te quiero".

"Y todo este tiempo pensé que era el vino".

"Bueno, pensándolo bien". Me reí. "¿Qué tienes para mí?".

"Basándome en el contenido del estómago y los exámenes de la córnea, situaría la hora de la muerte entre las ocho y las once de la noche del martes".

Feldman fue sincero. "¿Alguna sustancia en su cuerpo?".

"Ninguna. Pero vamos a hacer análisis de sangre completos".

"¿Suicidio?".

"Eso parece".

"¿Parece?".

"El hematoma en la zona de la sien podría haber venido de múltiples intentos de, reunir el coraje. La trayectoria de la bala sugiere un posible debilitamiento de la determinación ya que no había drogas ni alcohol en su organismo".

"Y no dejó una nota".

"Cierto, pero las notas están ausentes en más de la mitad de los suicidios".

"No lo sabía".

"Los suicidios son casos difíciles de evaluar con certeza, pero es la casilla que marcaré en el certificado de defunción".

Le di las gracias y colgué. "Bilotti dice que Ryan apretó el gatillo el martes, entre las ocho y las once".

"No puedo encontrar un registro de que posea la Glock o cualquier arma de fuego".

"Su esposa dijo que nunca tuvo un arma. Dijo que lo recordaba diciendo que nunca había disparado una en su vida".

"Pudo haberla recogido en una feria de armas. Hubo una grande en Fort Myers hace una semana".

Era otra laguna sin sentido creada por el gobierno. Si

comprabas un arma a un vendedor privado, no tenías que notificárselo a nadie. "Parece que había una feria de armas cada dos semanas".

"A los estadounidenses siempre les han fascinado las armas".

"Entiendo a los anticuarios y a los verdaderos aficionados, pero deberíamos tener más control sobre quién compra. ¿Por qué un comerciante con licencia está obligado a comprobar sus antecedentes y, sin embargo, un vendedor privado, en la misma feria, no tiene que hacerlo?".

"Te dirán que las bandas no consiguen sus armas de fuego en las ferias".

"Cierto, pero si estás contemplando un asesinato y no tienes contactos en la calle, vas a una feria de armas, encuentras un vendedor privado y coges algo imposible de rastrear".

"Nunca lo sabremos".

"Tienen que tener cámaras de vigilancia en estas ferias de armas".

"Seguro que sí. Pero apuesto a que no entregarán las imágenes sin una orden".

"Podría valer la pena intentarlo".

"Mucho trabajo para encontrar un marco temporal".

"Lo sé, pero hay algo que no me cuadra".

"¿En qué estás pensando?".

Llamaron a la puerta. "¿Están ocupados?".

Era Larry Cornwallis, el único experto en reconocimiento de drogas del condado.

Derrick y yo nos pusimos de pie. Le dije: "¿Cómo estás, Corny?".

"Todo va bien, y a ustedes les va bien, supongo. El suicidio pone fin a ese caso".

Nos dimos la mano. Derrick dijo: "¿Qué estás haciendo aquí?".

"Barnett quería repasar mi testimonio sobre el caso Roberts".

Derrick negó con la cabeza. "Si te estrellas contra las ventanas de un restaurante y lo graban, no deberías necesitar a un experto para testificar".

"No con abogados de quinientos dólares la hora corriendo por ahí".

"Amén".

"Mira, me detuve, ya que estoy a punto de poner las notas de mi evaluación de Helena Jackson en un informe formal".

No me gustaba cómo sonaba esto. "¿Hay algún problema?".

"Puede que estuviera impedida cuando atropelló al ciclista, pero no puedo atestiguarlo, basándome en mis observaciones".

"¿Por qué no?".

"Su mirada horizontal era normal aunque había una falta de convergencia en sus ojos al intentar enfocar. Eso sería coherente con el consumo de cannabis".

"Entonces, ¿cuál es el problema?".

"La dilatación de sus pupilas era apenas detectable, y eso podría ser normal en ella. Y las pulsaciones y la presión arterial de Jackson estaban ligeramente elevadas, pero dentro de un rango aceptable, dadas las circunstancias".

"No sé qué decir".

"Lo siento, chicos".

Derrick dijo: "No tanto como su mujer. Esta mujer embistió a Holt y no pisó el freno hasta después de chocar con el pobre".

Le dije: "Seguro que sabes que los análisis de sangre tampoco fueron concluyentes".

"No me sorprende. En la tasa de metabolismo del cannabis influyen muchos factores".

"¿Qué te dice tu instinto, Corny?".

"Llegué a la escena poco más de una hora después del impacto. Jackson es joven y probablemente metaboliza a un ritmo rápido. Podría haber estado aún bajo los efectos cuando ocurrió el accidente".

Derrick dijo: "Necesitamos tolerancia cero para los conductores de cualquier edad".

"Deberíamos tener la misma norma para el consumo de alcohol y drogas antes de conducir. Ahora mismo, es un lío".

Corny dijo: "Las evaluaciones de comportamiento son demasiado subjetivas, y los abogados defensores son buenos destrozándolas".

"He leído que están trabajando en pruebas y normas como la tasa de alcoholemia. Eso facilitará las cosas".

"Será mejor que se den prisa antes de que se pierdan más vidas".

Corny sonrió. "Me van a dejar sin trabajo. Ya nos veremos".

Cuando se fue, le dije: "Entiendo la emoción, sobre todo si has matado a alguien. Tenemos que mirar esto desde todos los ángulos que podamos, si es un accidente inocente, Jackson no tiene ningún problema, al menos penalmente. Pero si estaba drogada, tenemos que hacer nuestro trabajo".

24

CAPÍTULO VEINTICUATRO

Jessie sacó el aceite de oliva y la ensalada. Con los ojos clavados en el televisor, estuvo a punto de no acercarse a la mesa.

Dije: "Apaga la tele".

"Quiero ver esto".

"No vemos la tele cuando estamos cenando".

Mary Ann dijo: "Lo que pasó es difícil de creer".

Jessie dijo: "El señor Simon dio la conferencia de prensa con el abogado de Bobby Ryan".

"¿Lo hizo? ¿Por qué?".

"Dijo que era un buen tema para nuestra clase de debate. El abogado dijo que el suicidio equivalía a un asesinato por parte de la policía".

"Eso es ridículo".

Mary Ann me fulminó con la mirada. "¿Qué dijo el señor Simon al respecto?".

"No se posicionó. Dividió la clase y tuvimos que argumentar defendiendo a la policía o no".

Salté de mi silla. "Estoy harto de que todo el mundo nos eche la culpa. No hicimos nada más que nuestro trabajo. Si alguien presionó a Ryan para que hiciera lo que hizo, fue la prensa".

Mary Ann dijo: "Tranquilo, Frank. El profesor solo lo utilizaba como tema de debate".

"Sí, claro. Es otro que envenena las mentes de nuestros hijos".

"Te defendí, papá".

"Gracias, cariño. El trabajo policial es difícil, y algo así está totalmente fuera de nuestro control".

"Papá tiene razón. Pudo haber sido la culpa lo que le hizo hacer lo que hizo".

Jessie dijo: "Dije que podría haber decidido que no podía enfrentarse a una larga pena de prisión".

"Exacto". Cogí el control remoto y apagué la tele. "Vamos a comer".

Quería comprobar por mí mismo lo que Feldman había dicho, pero sabía que adentrarme en aquella madriguera me subiría la tensión. Aunque Ryan estaba muerto, no era suficiente para mí. Tenía que saber qué le había llevado a matar.

Ir tras Wright porque estaba embarazada era retorcido, pero calificaba como motivo. Por qué mataría a la doctora Bigham era algo que necesitaba averiguar. Si estaba relacionado con una aventura, ¿qué le llevó a apuñalarla? No tenía sentido si Ryan no tenía grandes problemas de ira.

Mary Ann estaba viendo una película de Hallmark, y yo estaba corriendo escenarios que encajarían en la Red de Crimen Verdadero. Nada encajaba. Teníamos dos mujeres muertas, y el hombre sospechoso de matarlas decidió irse.

La imagen de Ryan en el suelo inundó mi cabeza. Fue uno de los giros más sorprendentes en cualquier caso que había manejado. Había apuñalado a las mujeres hasta la muerte.

Pero usó un arma contra sí mismo. Tenía sentido. Las puñaladas eran generalmente personales, y una pistola era una forma rápida pero no fácil de acabar con tu vida.

Lo que dijo Bilotti sobre la herida y la trayectoria seguía aflorando. Era normal vacilar al suicidarse. Yo nunca tendría ese problema porque no había forma de hacerlo.

El programa cortó a un comercial, y Mary Ann dijo: "Oh, Dios mío. ¿Puedes creer ese giro?".

"Sí, estuvo bien".

"¿Qué era?".

"Uh-".

"Ni siquiera estás mirando".

"Te sigo".

"Estás obsesionado con el caso Ryan".

Me encogí de hombros. "Solo intento encajar las piezas".

"No se puede estar *prendido* veinticuatro horas al día. El estrés no es bueno para ti".

Tenía razón. Especialmente no era bueno para ella. "Vale. Lo apagaré". Me llevé el pulgar y el índice a la sien e hice un movimiento giratorio.

Fingí interés por la historia de amor que estaba viendo, incluso me tragué un comentario cuando la pareja, separada desde hacía mucho tiempo, se encontró al azar en una gasolinera.

Minutos después de que terminara la película, empezó otra romántica. Antes de que terminara la introducción, Mary Ann se quedó dormida. Tomé el control remoto y bajé el volumen. Cerrando los ojos, me eché todo lo atrás que me permitía el sillón reclinable.

Mis pensamientos fueron directos a Ryan. Era guapo y vendedor. Me acordé de ir a verlo en MINI de Fort Myers. Su sonrisa era amplia y su trato fácil. Probablemente vendía muchos autos.

Repasé nuestra conversación y me puse de pie. ¿Ryan era zurdo? Me había dado su tarjeta de visita con la mano izquierda. La herida de bala en la cabeza de Ryan estaba en el lado derecho.

Eran las nueve y cuarenta. Entré de puntillas en el estudio y marqué en mi teléfono. "¿Señora Ryan? Soy el detective Luca".

"¿Detective Luca?".

"Sí. Siento llamar tan tarde, pero tengo que preguntarte algo".

"Uh, vale".

"¿Su marido era zurdo?".

"Sí, ¿por qué lo pregunta?".

"¿Era ambidiestro?".

"No. ¿Qué está pasando aquí?".

"Estoy investigando si su marido realmente se suicidó".

"¿No cree que Bobby se suicidó?".

"Es difícil decirlo en este momento".

"¿Qué quiere decir?".

"Tengo algunas preguntas".

"¿Cree que alguien mató a Bobby?".

"No lo sé".

"¿Pero cree que hay una posibilidad?".

"Es muy temprano, señora".

"No me llamaría a estas horas si no creyera que es así".

Ella no sabía que yo no podría dormir sin saberlo. "Surgió una pregunta y no quise esperar hasta la mañana".

"¿Por qué alguien querría matar a Bobby?".

Lo primero que pensé fue en el marido de una de las mujeres con las que se acostaba. "Sé que es difícil pero no saque conclusiones precipitadas. Primero tenemos que aclarar la situación".

Colgué e hice otra llamada. "Siento llamar tan tarde, sheriff".

"Está bien, Frank. Solo estaba leyendo".

"No quería que dijera nada más sobre el suicidio de Ryan hasta que tengamos la oportunidad de aclarar si fue un suicidio".

"¿Hay alguna duda al respecto?".

"Ryan era zurdo, y el disparo que lo mató le entró por la sien derecha".

"No es mucho, y Bilotti dijo que fue un suicidio".

"Sí, pero no pudo explicar el hematoma o la trayectoria más que por nerviosismo".

"Si resulta no ser autoinfligido, ¿tienes algún sospechoso?".

"No en este momento, pero cavaremos de inmediato".

"Mantenme informado de cualquier novedad".

"Lo haré, jefe".

"Y mantén esto en secreto hasta que estemos seguros".

25

CAPÍTULO VEINTICINCO

CONTENTO DE HABERME ACORDADO DE PONERME UNA camiseta, me puse al sol para calentarme. Dos minutos después, me cerré el botón superior de la camisa y abrí de un tirón la puerta de la oficina del forense. Me golpeó un aire que un oso polar encontraría confortable.

Contuve la respiración al pasar por las salas de autopsias. El olor químico me revolvió el estómago. La puerta del despacho de Bilotti estaba abierta. Supongo que uno puede acostumbrarse a todo.

Toqué la puerta con los nudillos. Bilotti dejó un documento. "Buenos días, Frank. ¿Quieres una taza?".

"No, gracias. Ya estoy suficientemente alerta".

Sonrió. Tomé asiento y le pregunté. "¿Es nuevo?".

Bilotti cogió la foto enmarcada de un viñedo. "Es de nuestro último viaje a la Toscana. Es una toma aérea de la finca Banfi".

"Vaya. Recuerdo que dijiste que era propiedad de una familia americana".

"Sí, de Long Island. Son los responsables de poner Brunello di Montalcino en el mapa".

"Algún día lo conseguiré".

"Lo harás. Oye, me disculpo por no haber podido hablar anoche. Fuimos a Off the Hook. ¿Has ido alguna vez?".

"No".

"Hay que ir. Tienen a los mejores cómicos del país. Todavía me duele la cara".

"¿A quién has visto?".

"No recuerdo los dos primeros, pero el principal era Bobby Collins. Era divertidísimo y limpio".

"Los mejores no tienen que meterse en la cuneta".

"Muy cierto. ¿Qué pasa?".

"Ryan es zurdo, y el disparo fue en la sien derecha".

"¿Posible homicidio?".

"Eso es lo que me gustaría comprobar. Dijiste que había hematomas en la zona y que la trayectoria era hacia el frente".

Exhaló. "Así es. El ángulo podría explicarse por la inclinación de alejar la cabeza de la bala".

"Vale, pero eso se aplica a ti o a cualquiera que dispare. ¿Crees que los moratones fueron causados por otra persona? ¿Un asesino?".

"Es posible. Tendría que volver a examinar las fotos, pero recuerdo haber pensado que no eran concluyentes en ese momento".

"No te golpeas la cabeza con una pistola".

"Hay que tener en cuenta que alguien con ideación suicida se encuentra en un estado mental frenético y desesperado. Por frustración, puede haberse golpeado la cabeza para reunir la voluntad de hacerlo".

Era un buen punto. "No lo sé, Doc; tal vez está en mi ADN mirar cada muerte con sospecha".

Bilotti se rió entre dientes. "Recuerdo que dijiste: 'Mejor sospechar todo el tiempo que dejar escapar a un asesino'".

No sonaba tan bien como yo pensaba. "Me mantiene despierto por la noche".

"Tienes que aprender a apagar el switch cuando te vas a la cama".

"Cuando me acuesto, mi mente dice: 'Llevo todo el día esperando para hablar contigo'".

Se rió. "Hay que trabajar en ello".

"Lo haré, pero ahora mismo, el trabajo número uno es investigar a Ryan".

ENTRÉ en la sala de exhibición. Un padre y su hijo pequeño revoloteaban sobre un MINI Cooper de juguete. Era otro ejemplo de una empresa que quiere crear clientes para toda la vida. El auto tenía rayas de carreras en el capó.

El director general hizo pasar uno a uno a los vendedores a su despacho. La primera mujer llevaba allí solo un par de meses y no tenía nada que ofrecer. Tenía unos cincuenta años y no parecía ser el tipo de Ryan.

John Morris fue el siguiente. Con la cabeza afeitada, este cuarentón es de complexión robusta. Tomó asiento y le dije: "Le agradezco su tiempo. Estamos investigando la posibilidad de que no fuera suicidio".

"Vaya. ¿Alguien lo mató?".

"No lo sabemos; lo estamos explorando. Estoy buscando cualquier cosa inusual relacionada con Bobby Ryan".

"Era un buen tipo. Nos llevábamos bien y sabía vender".

"¿Se le ocurre alguien que quisiera hacerle daño?".

Arrugó la cara. "¿Cualquier cosa?".

Me incliné hacia delante. "Sí. Hasta lo más pequeño".

"Esto va a parecer una locura, pero hace unos seis meses, vendió el último Sidewalk".

"¿Qué es eso?".

"Una edición especial descapotable".

"Entendido. ¿Qué ha pasado?".

"Como dije, solo nos quedaba uno. Son muy codiciados y escasean. Bueno, tenía dos personas interesadas y lo vendió a un tipo en Bonita. Justo después de hacer el trato, la chica que lo quería vino. Le dijo que se había vendido. Se enfadó e hizo un escándalo".

Aunque había visto gente asesinada por unas zapatillas en Nueva York, era escéptico: "¿Llegó a los golpes con él?".

"No, no. Ella se fue y al día siguiente entra un tipo, con tatuajes por todas partes, y preguntó por Bobby. Le dice a Bobby que salga y se le echa encima. Lo golpeó contra la ventana, y yo salí corriendo y los separé".

"¿Le amenazó?".

"Oh sí, dijo que lo mataría si no le daba el auto a su hija".

"¿Era su padre?".

"Sí, y no lo sé de seguro, pero se suponía que era un traficante de drogas de Lehigh Acres".

"¿Vino alguna vez más al concesionario?".

"Solo una vez. Entró en el estacionamiento y empezó a tocar el claxon como loco. Bobby no salió, y el tipo se largó a los cinco minutos".

"¿Alguna vez Ryan lo mencionó?".

"Se lo quitó de encima, pero creo que estaba asustado".

Era algo que había que verificar. Le pedí al director general que buscara en los archivos el carné de conducir que utilizó la hija para probar el auto. Hablé con otras cuatro personas, pero eso era todo lo que tenía que investigar.

Salí a la luz del sol y comprobé la pegatina de un descapotable color hueso antes de volver a subir a mi aburrido auto.

Al pasar por el centro comercial Coconut Point, sonó mi móvil. Pulsé la consola para aceptar la llamada. "Detective Luca".

"Uh, hola, acabas de estar aquí, en el concesionario, ¿verdad?".

"Sí. ¿Quién es?".

"Frankie, trabajo en partes. Me dijeron que preguntabas por Bobby y quién lo mató".

"¿Tienes información?".

"Sí, creo que sé quién lo hizo".

CAPÍTULO VEINTISÉIS

Derrick levantó la vista del monitor cuando entré en la oficina. Le dije: "Tenemos dos pistas sobre el posible asesino de Ryan".

"Vaya".

"Uno de ellos es realmente interesante. Ryan se acostaba con otra mujer llamada Gloria. Su marido se enteró y se enfrentó a Ryan al menos tres veces".

"¿Hace cuánto tiempo?".

"Hace seis meses. La línea de tiempo no concuerda, pero el marido es Raymond Bolero".

"¿Bolero? No me digas que el de la familia de la mafia cubana".

"Bingo".

"Vaya. Esos tipos son viciosos, pero son una banda de Miami".

"Así es. Raymond Bolero no parece estar involucrado en sus actividades criminales, pero su hermano y su tío están en lo alto de la cadena alimentaria".

"¿Qué hace?".

"Es dueño de la cervecería frente al hospital".

"¿The Bone Hook?".

"Sí. No he estado allí desde que se ampliaron".

"Yo tampoco, pero arreglaremos eso".

"Primero necesitamos antecedentes".

"Pudiera ser que Bolero pidiera un favor, decidió que necesitaba a la familia".

"O actuaron por su cuenta. A estos mafiosos no les gusta que alguien deshonre a la familia".

"Eso es más probable; explicaría el desfase".

"Voy a llamar a mi amigo de Miami, Longo".

"Gran idea. Realmente ayudó en el caso Miller".

Marqué su número y contestó al primer timbrazo. "Detective Longo".

"Vinny, ¿cómo estás, amigo mío?".

"Frankie, ¿cómo está colgando?".

"Oh, está colgando".

Los dos nos reímos. Dijo: "¿Cómo está la niña? ¿Mary Ann?".

"Todo está bien. Jessie está a punto de irse a la universidad".

"Joder, hombre. El tiempo vuela. ¿Y cómo va Mary Ann con eso de la esclerosis múltiple?".

"Va bien".

"Qué maravilla".

"¿Y tú y Cathy?".

"Contando los días hasta que consiga mis veinte. Entonces será la buena vida; conseguir un barco, una nevera llena de cervezas y pasar el rato".

"Suena bien. Puede que me una a ustedes, pero voy a necesitar estar bebiendo vino".

"Lo que quieras, Frankie. Cualquier cosa".

"Oye, necesito otro favor".

"Lo que necesites, hermano".

Le puse al corriente de la situación y colgué.

Derrick dijo: "Parece que conoce a la banda Bolero".

"Los conoce, pero no está directamente involucrado. Va a preguntar por ahí, a ver qué sale a la superficie".

A TRAVÉS de las ventanas de la cervecera Bone Hook se veía una hilera de brillantes depósitos de acero inoxidable. No estaba seguro de lo cerca que estaba la elaboración del vino de la producción de cerveza. ¿Eran tanques de fermentación?

Una docena de personas disfrutaban de un almuerzo tardío. Olía a salsa barbacoa, no a cerveza. Detrás de la anfitriona, la pared estaba cubierta de gorras y camisetas con el logotipo del restaurante. Pregunté por Bolero, sabiendo que le iba bien. Económicamente.

La chica desapareció. Me acerqué a un sofá de terciopelo azul y pasé por delante de una pared de pizarras que anunciaban cervezas de barril.

Vi a un tipo que estaba comiendo un pretzel del tamaño de una pizza cuando Raymond Bolero se acercó pavoneándose. La hebilla de su cinturón era tan grande que probablemente podría usarse como pantalla de televisión. Tendió la mano. "¿En qué puedo ayudarte?".

"Tengo un par de preguntas para ti".

"¿De qué va esto?".

Bajé la voz: "Bobby Ryan".

Frunció el ceño. "¿Qué pasa con él?".

"Tengo entendido que tu esposa y él tuvieron una aventura".

Entrecerró los ojos y negó con la cabeza. "Eso terminó hace mucho tiempo".

"Seis meses no es mucho tiempo".

"¿Cuál es tu punto detective? ¿Crees que tengo algo que ver con lo que le pasó a esa bolsa de mierda?".

"Yo soy el que hace las preguntas, señor Bolero".

Su rostro enrojeció. "Adelante, entonces".

"Cuando descubriste que tu mujer salía con Ryan, te enfureciste".

"¿Qué se suponía que debía hacer? Por supuesto, estaba furioso".

"Estabas tan enfadado como para enfrentarte a Ryan".

"Sí, es cierto. Le dije que se mantuviera alejado de ella".

Se necesitaban dos para bailar el tango. "Me han dicho que se convirtió en algo físico".

"No fue nada. Solo un pequeño empujón y se acabó".

"Alguien tuvo que separarte de Ryan".

"No fue nada. Solo intentaba asustarle".

"¿Cuántas veces te enfrentaste con Ryan?".

"Solo una vez".

Estaba mintiendo. "¿Estás seguro de eso?".

Dudó. "Vale, fueron dos veces, pero eso es todo lo que hubo".

"¿Dónde estuviste el pasado martes por la noche?".

"Estaba aquí. ¿Dónde más iba a estar?".

"¿Hasta qué hora?".

"Estamos abiertos hasta la una".

No respondió a la pregunta. "¿A qué hora te fuiste?".

"Cierro casi todas las noches y no salgo de aquí hasta la una y media de la madrugada".

Comprobaría su coartada personal. "Tu familia tiene muchos recursos para lidiar con situaciones como la de Ryan".

"¿De qué estás hablando?".

"Vamos, ambos sabemos que tu familia dirige una empresa criminal".

"No tengo nada que ver con eso".

Era interesante que se distanciara de sus actividades ilegales pero no de la familia. "¿Te dieron el dinero para este lugar?".

"No. Me sobé el lomo para ello. Hasta hace un año, el banco poseía más que yo".

"Sin embargo, te ayudan, ¿no?".

"No. Están en Miami haciendo lo que sea que hacen".

"¿Qué sabes de sus operaciones?".

"Nada, ya tengo bastante con dirigir este lugar".

"¿Con qué frecuencia vas a Miami?".

"Cada dos meses. ¿Por qué?".

"¿Le pediste a tu familia que castigara a Ryan por la aventura?".

"Oh, vamos. Te estás agarrando a un clavo ardiendo".

"Responde a la pregunta".

"Mira, ¿estaba furioso más allá de lo que puede creerse? Claro que sí. Pero por mucho que odiara a ese bastardo, esto nunca habría pasado si mi mujer hubiera dicho que no".

Tenía ese derecho. "Pero aun así, fuiste tras Ryan".

"La eché de casa. ¿Qué otra cosa podía hacer?".

Lo sentí por él. "¿Has arreglado las cosas con ella?

"No. Quiero decir, ¿cómo podría?".

Se necesitaría un hombre mejor que yo para perdonarla. "Lo siento".

"Todo esto destruyó a mi familia. Mi hijo no quiere hablar con ella y está enfadado conmigo. Es un maldito desastre".

La voz en mi cabeza decía que era más que eso. Gritaba motivación.

27

———————

CAPÍTULO VEINTISIETE

Derrick estaba investigando la otra pista que había encontrado en el concesionario. El padre de la chica que quería el auto especial era bien conocido por el Departamento del Sheriff del Condado de Lee. Dupree Johnson tenía una hoja de antecedentes penales de la longitud de una pasarela de bodas.

Era corrupto, pero ninguna de sus infracciones era violenta. Eso significaba algo, pero fácilmente podría haber cambiado drogas por un asesinato. Era interesante que si Johnson o Bolero no habían matado personalmente a Ryan, ambos conocían a gente que lo haría.

Vi la hora. Longo dijo que me llamaría a las dos. Eso me daba veinte minutos para aliviar mi vejiga remodelada. Caminando hacia el baño, me pregunté si el año que había disfrutado libre de sustos médicos se debía a que seguía las órdenes del médico. Incluso cuando eran inconvenientes. Lo último que necesitaba la familia Luca era otro problema.

Sentado en el trono, pensé en lo mal que la pasó Mary

Ann la última vez que fuimos a la playa. La arena era una superficie difícil de pisar y la desconcertaba. Se quedó quieta cuando encontramos un sitio para poner las sillas. Cubrí todo lo que pude. Ella fingía no querer mojarse, pero yo sabía que no le apetecía meterse en el agua.

Al final la convencí, sujetándola por la cintura como a una adolescente, y funcionó. Estar en el agua le sentaba bien, y todos los días nadaba religiosamente en la piscina. Teníamos planes para ir a la playa a ver la puesta de sol de esta noche. Yo había perdido mi aprecio, pero sabía que ella lo atesoraba.

De regreso a la oficina, me recordé a mí mismo que debía salir del trabajo a tiempo. Sonó mi móvil. "Hola, Vinny, justo a tiempo".

"¿Cuándo he fallado?".

Me reí entre dientes: "Fiable como la lluvia de Florida en una tarde de verano".

"Sabes que vamos a ir, te lo prometo".

Llevaba años prometiéndolo. "Cuando quieras. La pasaremos genial".

"Claro que lo haremos. Solo asegúrate de que la nevera esté llena de cerveza".

"Considéralo hecho. ¿Qué has averiguado?".

"La banda del Bolero ha estado implicada en robos. Uno de sus secuaces será acusado de doble asesinato".

"¿Relacionado con drogas?".

"No. Si puedes creerlo, fue una pelea que estalló en un club que los Bolero tienen en la Pequeña Habana".

"¿Involucraba a un miembro de la familia?".

"No. Parece que dos tipos del bar no querían apartarse para que cupieran otros, se intercambiaron palabras y, antes de que te dieras cuenta, estalló una pelea. Fue una verdadera mierda. Un tipo fue golpeado en la cabeza con una botella y acabó en el hospital, pero lo que molestó a los Bolero fue el daño que causaron al local. Destrozaron el local y vaciaron dos cajas registradoras".

"Robar a esta banda no está en la lista de recomendaciones".

"Y hasta qué punto. Una semana después, dos de los de la pelea fueron encontrados en un contenedor con balas en la nuca. Estamos seguros de que Connie Rollin apretó el gatillo".

"¿Alguna señal de que pudieran haber eliminado a Ryan?".

"Nada concreto, pero vamos a apoyarnos en un par de informantes".

"Bien, bien".

"Y cuando arrestemos a Rollin, haré un trato si tiene información sobre tu víctima".

"Te lo agradezco. ¿Cuándo vas a traerlo?".

"El fiscal está esperando los registros telefónicos. Espera que pruebe que estuvo en la escena".

"¿Cuánto tiempo más?".

"La orden fue entregada ayer. Deberían tenerla hoy, y necesitarán triangular las torres celulares".

"De acuerdo. Agradezco tu ayuda, como siempre".

"Cuando quieras. Te llamaré en cuanto tenga algo".

Mientras repetía en mi mente la llamada, entró Derrick. Le dije: "¿Cómo te fue?".

"El padre tiene una coartada hermética".

"¿Cómo qué?".

"Estaba sentado en la celda de borrachos de Lee. Johnson fue detenido por conducir bajo los efectos del alcohol".

Sacudí la cabeza pensando en el ciclista muerto. "Es increíble lo peligrosas que son nuestras carreteras".

"Necesitamos algo para medir rápidamente la cantidad de droga en el organismo de alguien".

"Leí algo anoche; están evaluando una prueba de hisopado".

"Eso estaría bien. Quizá la chica que atropelló al ciclista no se saldría con la suya".

Se me ocurrió una idea. "Quería ver qué tipo de vigilancia por cámara tiene el complejo en el que vive".

"¿Qué te interesa?".

"Tal vez podamos atraparla conduciendo al azar. Vive en Positano. ¿Por qué no haces un par de llamadas y ves lo que tienen?".

"Daré una vuelta por allí".

"Mientras estás fuera, ¿te importaría revisar la coartada de Bolero?".

"No hay problema, pasaré por el Bone Hook, a ver si podemos verificarlo".

Se dirigió a la puerta. "Gracias. Voy a ver a Remin. Quiere saber dónde estamos. Quiere hacer una declaración sobre Ryan".

La sonrisa de Remin me desconcertó. "Adelante".

Me acomodé en una silla. "Gracias, jefe".

"¿Cómo está Mary Ann?".

Mi alerta se disparó. "Va bien. Gracias por preguntar".

"Es bueno oírlo. La salud es lo único que importa".

Instintivamente, me llevé una mano al abdomen. Después del cáncer de vejiga, no necesitaba el recordatorio. "Sin duda".

"¿Estamos listos para declararlo oficialmente un suicidio?".

"Me gustaría un poco más de tiempo".

"¿Por qué?".

"Estamos trabajando en una pista. Ryan tuvo una aventura con la esposa del dueño de la cervecería Bone Hook".

"¿Qué pruebas tienes de que el marido podría haber matado a Ryan?".

"Ninguna excepto...".

"¿Tiene una coartada para la hora indicada?".

"Sí".

"Entonces es un suicidio".

"Jefe, si me permites. El marido es miembro de la familia Bolero".

"¿La banda de Miami?".

"Sí. No parece estar involucrado en sus actividades delictivas, pero ya sabes cómo es esta gente".

"Es una conexión, pero tan fina como papel de arroz. Te doy cuarenta y ocho horas. Si no surge nada concreto, lo declaramos suicidio y seguimos adelante".

28

CAPÍTULO VEINTIOCHO

Derrick entró sosteniendo una memoria USB. "La tenemos filmada retrocediendo contra un árbol".

"¿Parecía intoxicada?".

"Sí. Después de golpear el árbol, estaba en el lado equivocado de la carretera. Un auto se desvió para evitar golpearla".

Sacudí la cabeza. "Espero que podamos usar esto".

"Deja que te enseñe".

Abrió la memoria y navegó hasta la ventana de tiempo. "Aquí viene".

Jackson estaba dando golpecitos en su teléfono mientras caminaba hacia su auto. Derrick dijo: "Parece inestable".

"Puede ser que esté pegada a su teléfono".

Jackson subió a su auto y dio marcha atrás, deteniéndose al chocar con una palmera. Una rama cayó sobre el auto. Lo puso en marcha y se alejó, manteniéndose demasiado a la izquierda. "Ni siquiera se bajó".

"Mira. Aquí viene un auto".

"Guau. Eso estuvo cerca".

"El tipo tuvo suerte".

"La tuvo, pero no Holt. Si hubieran tenido un accidente, Holt aún estaría vivo".

A la gente le gustaba decir: "Si me hubiera ido diez segundos antes, no habría pasado nada". Aprendí a pensarlo de otra manera. ¿Cuántas situaciones había evitado tomándome un segundo más para lavarme las manos?

"Pobre tipo".

"Quiero consultar esto con los fiscales. Dijeron que no a homicidio involuntario. Tal vez podamos hacer que se declare culpable de algo".

"¿Tú crees?".

"No puedo dejar que Holt sea una estadística más".

"Es una pena".

"¿Y Bolero? ¿Se comprobó su coartada?".

"No pude conseguir nada. Todo el día era de gente en turnos cambiantes. Voy a volver después del trabajo".

"De acuerdo. Necesitamos algo. Remin solo nos da dos días".

<hr>

Puse la toalla de playa sobre la silla. "Adelante, siéntate".

Se agarró de mí y bajó. Le dije: "Esta silla es mejor, ¿verdad?".

"Sí. Me gusta que sea más alta".

Nuestras viejas sillas estaban demasiado cerca de la arena, y entrar y salir de ellas era todo un reto. "Hacía tiempo que debíamos haber comprado unas nuevas. ¿Cuánto hace que las tenemos?".

"Unos seis años. Es tan hermoso, será una bonita puesta de sol".

"Una noche perfecta. El Golfo parece un lago".

"Hay mucha gente aquí".

"¿Recuerdas lo tranquilo que era hace diez años? Veníamos con Jessie y era como estar en el Caribe".

"Hace dos años que no vamos a la playa con ella".

"Le gusta Wiggins Pass, siempre le gustó. ¿Recuerdas cuando íbamos desde el estacionamiento por la zona arbolada? Fingíamos que habíamos descubierto una playa".

Mary Ann me tomó la mano. "Se ha ido tan rápido. No sé qué voy a hacer cuando se vaya a la universidad".

"Será una adaptación, pero vendrá a casa en los descansos e iremos a verla, si ella quiere".

"La casa va a estar vacía sin ella".

Era hora de cambiar de tema. Señalé el agua. "Mira allá afuera. No hay ni un barco a la vista".

"Tan tranquilo".

"¿Te das cuenta de que esta vista es la misma que hace mil años?".

"Eso es verdad. La gente, hace cien años, sentada justo donde estamos, lo veía igual que nosotros".

"Hace cien años, aquí no había nadie. No había nada entre Fort Myers y Everglades City".

"No puedo imaginármelo así".

"Ahí fuera, no hay cambio". Pasé el pulgar por encima de un hombro. "Allá atrás, toneladas de cambio".

Ella asintió, inhalando profundamente. "La inmensidad del océano te hace sentir pequeño. Es relajante, pacífico. Tranquiliza mis pensamientos".

En eso diferíamos. Algunos de mis mejores razonamientos los hice estando en la playa. Cuando vine por primera vez, solía caminar por el agua y resolver problemas. Sabía que en cuanto dejáramos de hablar, el caso Ryan se filtraría en mi cabeza.

Fue una falla mía. Necesitaba conocer los detalles de lo

que ocurría cuando alguien moría inesperadamente. Todo el mundo estaba obsesionado con quién era el responsable de una muerte. Yo lo entendía. No solo era lo más importante, era la esencia de mi trabajo.

Pero tenía que conocer los detalles del cómo y el por qué. Cuando estaban en duda, mi capacidad para relajarme y dormir se veía comprometida.

Remin añadía una presión innecesaria con su plazo. Suponíamos que Ryan había matado a Wright por el embarazo, pero no teníamos nada sobre la doctora Bigham, aparte de la especulación de que la relación de Ryan con ella se había deteriorado.

Era difícil vivir con ello, pero no operábamos en el vacío. Las investigaciones debían ser su propio medio para llegar a un fin. Pero la prensa, el público e incluso nuestro propio departamento ejercían presión para que se llegara a una conclusión. La mayoría de las veces pudimos mantenernos firmes y obtener las respuestas que necesitábamos para resolver un caso.

Pero hubo veces en que no pudimos. Veces en que una familia no obtuvo las respuestas que merecía. Momentos en los que un asesino se salía con la suya. ¿Íbamos a conformarnos con una suposición con Ryan y las dos mujeres que había matado?

Me rugió el estómago. "Alcancé a oír eso. ¿Por qué no comes si tienes hambre?".

Tomé la bolsa de Jason's Deli. "¿Quieres tu ensalada?".

"De acuerdo".

Le entregué su cena y le di un mordisco a mi wrap de pavo. "No me había dado cuenta de lo hambriento que estaba".

Mary Ann señaló. "Mira qué bonito está el cielo. Esa raya roja es increíble".

"Como un cuadro. El sol va a llegar al horizonte en cinco".

"Es precioso".

Mi móvil sonó, y Mary Ann me miró. "Lo acordamos, nada de teléfonos".

"Olvidé apagarlo".

Mary Ann se mofó y yo eché un vistazo. Era Derrick. Lo deslicé hacia un lado. El sol se había ocultado una cuarta parte del camino y la luz se había desvanecido. Desenvolví la segunda mitad de mi sándwich mientras recibía un mensaje de texto.

Era Derrick. Bolero había mentido sobre su coartada.

29

CAPÍTULO VEINTINUEVE

Al salir del camino de entrada, esperaba que llevar a Mary Ann a ver la puesta de sol me diera un pase para salir. Sabía que el sheriff había puesto una fecha límite, y no había forma de que pudiera dormir sin enfrentarme a Bolero.

Me hice a un lado mientras una ambulancia subía a toda velocidad por Immokalee Road, girando hacia NCH. El estacionamiento del Bone Hook estaba lleno. Pasé por delante de Komoon, un local tailandés que le gustaba a Mary Ann, y entré en el establecimiento Bolero's.

La banda estaba demasiado alta para mi gusto, pero tres mujeres bailaban como locas. Mientras esperaba a Bolero, un mesero me llevó dos platos de costillas. Mientras decidía yo si estaban ahumadas con nogal americano o con pacana, apareció Bolero.

"¿Qué puedo hacer por ti?".

"¿Quizá quieras hacer esto en otro sitio?".

"Vamos afuera".

Le seguí. Giró a la izquierda y se apoyó en el edificio. "¿Qué está pasando?".

"Lo que pasa es que me mentiste".

Parpadeó. "¿De qué estás hablando?".

"Sabes muy bien lo que quiero decir".

"Eh, hombre, tranquilo. No tengo ni idea".

"Dijiste que estabas aquí, trabajando, la noche que Bobby Ryan murió".

"Sí, ¿y?".

"Lo verificamos, y no estabas aquí".

"Estuve aquí".

"No toda la noche. Te fuiste a las ocho. ¿A dónde fuiste? ¿A hacerle una visita a Ryan?".

Meneó la cabeza. "No, no tuve nada que ver con eso".

"¿Dónde estabas?".

"Esto no puede saberse. ¿De acuerdo?".

"¿Qué no puede saberse?".

"Estaba con alguien".

"¿Quién? ¡Maldita sea!".

"Ella trabaja para mí".

"¿Vas a darme su nombre, o voy a tener que arrastrar tu trasero?".

"Debbie Conover".

"¿Está aquí esta noche?".

"Sí, pero ella es, uh, más joven, y, uh…".

"¿Qué tan joven?".

"Veinticuatro".

"¡Jesús! ¿No puedes encontrar a nadie de tu edad?".

"Es muy madura".

"Ahórrame la basura. Quiero hablar con ella".

"Por favor, si esto se sabe, será malo para la moral y...".

"No puedo ayudarte en eso. Deberías haberlo pensado antes".

"¿No podemos mantener esto en silencio?".

"Tráela aquí, o la traigo yo mismo".

Bolero se dirigió hacia la entrada y desapareció en el interior. Me entraron ganas de abofetearle. Tenía cincuenta y un años. Ella era una niña. Estaba utilizando su posición para atrapar a alguien con la mitad de su edad.

Una chica, apenas mayor que Jessie, salió con Bolero. Me señaló y ella se acercó.

"¿Señorita Conover?".

"Sí, pero llámame Deb".

"De acuerdo, Deb".

"Ray me dijo que querías hablar conmigo, pero ¿de qué se trata todo esto?".

"Es una larga historia, pero el señor Bolero dijo que tú y él estuvieron juntos la noche del miércoles pasado".

"Estábamos pasando el rato en su casa".

"¿Toda la noche?".

"Me mudé hace un mes. Quiero decir, todavía tengo mi departamento y todo pero...".

"Y estás segura de que él y tú estuvieron en su casa esa noche".

"No recuerdo exactamente los días". Ella sonrió. "Básicamente, hemos estado juntos veinticuatro siete, ya sabes".

"Tengo una hija un poco más joven que tú. Esto que tienes con el señor Bolero, bueno, ten cuidado. Está en una etapa diferente de su vida. ¿Entiendes lo que quiero decir?".

"Nos preocupamos por los demás. De verdad".

"No digo que no, pero la diferencia de edad te va a pasar factura".

"No es un problema. Ray tiene un espíritu joven; tiene más energía que yo".

"Eso es hoy, pero cuando tengas cuarenta, él tendrá sesenta y siete. A los cuarenta y cinco, tendrá setenta y dos.

Haz lo que quieras, jovencita, pero asegúrate de tener los ojos abiertos".

MARY ANN ESTABA en medio de otra película de Hallmark. Tomé una botella de agua y me acomodé en mi sillón. En el programa hubo una pausa para comerciales.

"¿Cómo estuvo?".

Negué con la cabeza. "Bolero mintió sobre su coartada porque no quería que se supiera que está saliendo con una empleada".

"No es raro".

"La chica solo tiene veinticuatro años, y él pasa de los cincuenta".

"A muchas mujeres les gustan los hombres mayores. Mírame a mí".

"Eso no es gracioso, Mary Ann. Esta chica no es mucho mayor que Jessie".

"Tienes que dejar de proyectar. Cuántas veces tengo que decírtelo, no puedes reflejar cada caso en ti, en nosotros".

"Lo sé, pero ¿qué harías si Jessie estuviera involucrada con un hombre mucho mayor?".

"Mientras ella sea feliz, me parece bien".

"¿Cómo puedes decir eso? ¿Quieres que se case con un viejo? ¿Qué cuando ella tenga cuarenta años, él esté cobrando la seguridad social?".

"Estás haciendo el ridículo".

¿Lo hacía? ¿Por qué no podía esperar que Jessie tuviera un camino similar al mío? Vale, deja fuera el divorcio. Y no querría que viviera en otro lugar que no fuera Naples.

La familia de Mary Ann era española y la mía italiana, más parecidas de lo que te imaginas. Todo lo que quería era que Jessie encontrara una pareja que tuviera los mismos ante-cedentes, o al menos, valores. ¿Estaba tan mal? ¿No quería eso todo el mundo?

Al igual que Mary Ann, lo que yo quería era que Jessie fuera feliz. Sabía que no importaba con quién estuviera, pero también sabía que elegir a alguien mucho mayor o de un entorno completamente distinto presentaba más obstáculos que superar.

Para mí, era un simple hecho que había aprendido con la experiencia. Una relación duradera ya era difícil de por sí; añadir problemas potenciales parecía una miopía. Me llegó un mensaje de Derrick.

Le respondí. "Lo siento. Olvidé llamar. Bolero estaba con una chica".

Aún teníamos que confirmarlo, pero sabía que era real. Teníamos una pista, pero era una posibilidad remota y nos llevaría más tiempo del que Remin dijo que tendríamos. Mientras la película de Mary Ann se alargaba, me planteé si decirle al sheriff que hiciera lo que creía que tenía que hacer.

30

———

CAPÍTULO TREINTA

ME ACOMODÉ EN MI SILLA. "SIGO SIN ENTENDER QUÉ demonios hace Bolero con una chica de la mitad de su edad".

Derrick dijo: "Él, lo entiendo. Es ella la que no tiene sentido".

"Dinero. Es el jefe, así que algo de poder, y quién sabe si esta niña perdió a su padre pronto o era un padre de pacotilla".

"O pudo haber tenido un buen padre, y gravita hacia hombres mayores como seguridad".

Tenía un punto que nunca consideré. "No querrías que tu hijo se involucrara en algo así".

"Lynn y yo decimos que mientras ella sea feliz, es lo único que cuenta".

"Hasta que pase". Me reí: "Entonces ella es feliz y tú no".

"Tenemos mucho tiempo hasta que tenga que preocuparme por eso".

Me levanté de la silla. "Voy a decirle a Remin que necesitamos más tiempo. Hablé con Longo y pasará una semana o más antes de que consigan algo".

Llamé a la puerta abierta del sheriff. Apoyaba la barbilla en la mano. "Adelante".

"¿Ahora es un buen momento?".

Dudó. "Tan bueno como cualquier otro".

"¿Todo bien, jefe?".

"Se trata del ayuntamiento. Buscan una reducción del 5 por ciento en todos los departamentos".

"¿No podemos obtener una exención?".

"Probablemente lo haremos, pero yo buscaba un aumento. Nuestros agentes merecen más; se juegan la vida todos los días".

No necesitaba venderme la idea. "Apreciamos tus esfuerzos".

Remin negó con la cabeza. "Nadie entiende lo duro que es trabajar en las fuerzas del orden. Tenemos que hacer nuestro trabajo bajo la mirada de la prensa y el público. Todo el mundo tiene una opinión sobre lo que deberíamos hacer".

Quería preguntarle qué estaba pasando realmente. Supuse que un par de recién llegados intentaban imponer su programa de reducir los fondos de la policía. Era otro concepto ilógico, como la despenalización de los robos de menos de mil dólares en California. ¿Exactamente cómo esas políticas iban a reducir la delincuencia?

"¿No hay forma de darle un turno al público?".

Remin se rió: "Ésa sí que es una idea que me gusta".

"Quería que supieras que la pista que teníamos sobre el caso Ryan no llegó a ninguna parte".

"¿Tienes algo más?".

"Seguimos esperando más información sobre la familia de Bolero. Mi contacto en Miami me dice que pasará al menos una semana antes de que salga algo tangible".

"¿Qué confianza tienes en ello?".

"Dada la familia de la que hablamos, es plausible, pero en este momento sigue siendo una posibilidad remota".

"¿Hay algo que deba saber antes de declarar a Ryan suicida?".

"Nada más que algo se siente mal".

"Necesito algo más que tu tirón en el estómago".

Solía ser detective de homicidios. Tirón en el estómago era otra palabra para instinto. A veces te llevan a un laberinto, pero él sabía que las corazonadas, filtradas por años de experiencia, generaban pistas que engrasaban las investigaciones exitosas.

"Ojalá tuviera más, pero llevará tiempo confirmar lo ocurrido".

"El médico forense dijo que fue un suicidio. Sigue trabajando en ello. Si resulta ser otra cosa, tenemos a Bilotti como tapadera".

No iba a tirar a mi amigo debajo del autobús. "El médico forense planteó preocupaciones".

"No ha alterado el certificado de defunción".

"No. No lo ha hecho. Solo quiero evitar una situación que ponga al departamento en una mala luz".

"No podemos esperar eternamente. A veces tienes que tomar la decisión basándote en lo que tienes".

Al bajar las escaleras de vuelta a mi oficina, supe que Remin tenía razón. A menudo había que tomar decisiones sin tener todos los datos. Sin un homicidio en el que trabajar, mis pensamientos se dirigieron a resolver la muerte del atropellado antes de sumergirme en los archivos de casos sin resolver.

André Bosock era uno de los fiscales que trabajaban en la parte penal del condado de Collier. Había jugado al baloncesto en Florida State, y luego estudió Derecho en Ave Maria antes de que la facultad se trasladara a Naples.

"¿Cómo está, detective?".

"Bien. ¿Qué pasa con el detective?".

Levanté la vista y le estreché la mano. "Los viejos hábitos son difíciles de romper".

Me di unas palmaditas en el estómago. "Dímelo a mí".

"¿De qué estás hablando? Te ves estupendo".

"Lo intento, pero la pasta y yo nos conocemos desde hace mucho tiempo".

Sonrió. "Hay que vivir un poco".

"Parece que tú todavía puedes jugar a la pelota".

Se dobló en una silla. "Es mi metabolismo. Como como un universitario de primer año".

"Tienes suerte. Hablando de suerte, con Holt, el ciclista, no podría ser peor".

"Es demasiado peligroso ir en bici por la mayor parte de la ciudad".

"Sin duda, pero debería estar tirado junto a la piscina, no en el cementerio. Fue asesinado, y no creo que fuera accidental".

"Eso puede ser cierto, sin embargo, el informe del experto en reconocimiento de drogas no apoya la conducción bajo la influencia".

"Falló el test de sobriedad".

"Estoy consciente de ello, pero los casos con consumo de drogas y conducción son imposibles de ganar en los tribunales sin el testimonio de un experto en reconocimiento de drogas".

"Esto es una locura".

"Estoy de acuerdo. Es frustrante. La legalización de la

marihuana para uso medicinal y, en algunos estados, recreativo, y la conducción bajo sus efectos, tiene que ser abordada por los legisladores".

"Tenemos que etiquetar a la conductora con algo o seguirá haciéndolo".

"Supongo que conducir sin cuidado no te satisfaría".

"Claro que no. Al subir a su coche, golpeó un árbol y casi se da de bruces en su estacionamiento, antes de matar a Holt".

Bosock se inclinó hacia delante. "¿Qué tienes sobre sus acciones antes del accidente?".

"Obtuvimos video de ella en su estacionamiento. Cualquiera podría decir que estaba imposibilitada. ¿Choca contra un árbol y ni siquiera sale del auto?".

"Sabes...".

"Sé que no es suficiente, pero ¿no podemos usarlo de alguna manera? Dile que está en más problemas de los que cree".

"Su abogado conocería la ley".

"Vamos, Andre, esto no puede estar peor".

"Podríamos acusarla de conducción temeraria. Ha mostrado una indiferencia deliberada y gratuita por la seguridad de la propiedad".

"¿Puedes acusarla de un delito grave?".

"Imprudente califica como uno".

"¿Cárcel?".

"Es dudoso, pero no descartable, aunque sería en el plazo de treinta a noventa días".

No sabía qué era peor para la señora Holt: si no se presentaban cargos, sería un accidente. Si se dictaba una sentencia corta, la dejaría intentando racionalizar el intercambio con la pérdida de su marido.

31

CAPÍTULO TREINTA Y UNO

"Derrick, ¿dónde está la memoria USB de Positano?".

Abrió un cajón del escritorio. "Aquí mismo. ¿Qué pasa?".

"Tenemos que llevársela a Bosock. Quiere ver si puede usarlo para ir por un cargo de conducción temeraria".

"¿Eso es lo mejor que podemos conseguir para los Holt?".

"Me temo que sí. No está bien, pero la ley es la que es hoy".

"Solo le caerá una multa o treinta en la cárcel".

"Lo sé. ¿Qué crees que es peor para la mujer de Holt? ¿Llamarlo accidente o acusar al conductor de imprudencia temeraria?".

"Eso es difícil".

"Llévalo arriba por mí. Que lo repasen y a ver qué dicen".

Derrick sacó la memoria y salió de la oficina.

Me quedé allí sentado, asqueado de que una vida se hubiera apagado tan descuidadamente. Entré en la página web de Madres contra la Conducción Bajo los Efectos del Alcohol y busqué información de contacto. Tenían presencia y esperaba que pudieran presionar a los legisladores para que promulgaran leyes contra la conducción bajo los efectos del alcohol.

Tan pronto como pulsé enviar, sonó el teléfono. "Homicidios, detective Luca".

"Frank, acabo de recibir una llamada. Un tipo encontró un cuerpo en Logan Woods. Es un varón".

"No conozco el barrio Logan Woods. ¿Dónde está?".

"Es un parque santuario, Logan Woods Preserve. Está en la esquina de Pine Ridge y Logan Boulevard".

Al oír "santuario", se me revolvió el estómago. "Entendido. Voy para allá".

"Bien, una unidad va para allá. El tiempo estimado de llegada es de tres minutos".

Mientras me ponía el saco, Derrick volvió a entrar. "Vámonos. Tenemos un cuerpo".

"¿Dónde?".

Le puse al corriente mientras nos dirigíamos al estacionamiento.

Al girar en Airport Pulling Road, Derrick dijo: "Nunca he oído hablar de ese parque". Sacó su teléfono y tecleó.

"Yo tampoco".

"Dice que todo el parque tiene menos de siete acres. Vete por Logan, está justo al norte de Pine".

"Creo que ese parque da a Vineyards. ¿Cierto?".

"Sí. ¿En qué estás pensando?".

"Solo tratando de trazar el acceso".

"¿Qué edad dijeron que tenía el cuerpo?".

"No lo dijeron. Es casi mejor cuanto menos tenemos. Vemos la escena, no tenemos ideas preconcebidas sobre ella".

"Sí".

Puse mis luces estroboscópicas y reduje la velocidad. "¿Ves una entrada?".

"No. Pero hay un auto patrulla ahí arriba. ¿Ves la parte de atrás?".

"Sí". Me detuve en la hierba, justo al lado del camino de la unidad marcada.

Cuando salimos, se detuvo otro auto señalizado. Me puse delante del auto mientras pasaba un camión. "Derrick, dile que bloquee todo el tráfico hasta que estemos seguros de que la zona es segura".

Me dirigí a un camino cubierto de mantillo que conducía a una zona boscosa. El aire olía a musgo húmedo. Unos treinta metros más adelante, con el teléfono en la oreja, un agente uniformado caminaba en círculo. Estaba delante de un cordón de cinta amarilla que cruzaba el sendero cuando éste se bifurcaba. Me vio y colgó.

"¿Fuiste el primero en llegar?".

"Sí, señor".

"¿Ves algo?".

"No".

"¿Dónde está el tipo que llamó?".

"Se fue. Tuvo que ir al baño, pero tengo su información de contacto, y tomé una foto de su licencia de conducir".

"Bien".

"Se llama Len Visick. Tiene setenta y dos años".

¿Me libraría yo de los problemas a los que se enfrentaban todos los hombres mayores, ya que habían reformado la fontanería? "Eso lo explica todo. ¿Va a volver?".

"Sí. Vive en el complejo residencial Vineyards".

"¿Dónde está el cuerpo?".

Levantó la cinta. "Agarra a la derecha. Está treinta yardas más adelante".

Con los brazos cruzados sobre el pecho, un agente unifor-mado montaba guardia. Mis ojos se fijaron en un banco de madera. Me detuve en seco y parpadeé. El cadáver estaba en posición vertical.

Esto me resultaba demasiado familiar. A medida que me acercaba, más azul me sentía.

"¿Detective?".

Levantando una mano, dije: "Espera".

Me concentré en las manos del cadáver. Había algo. Parecía que el cuerpo tenía cuatro puñaladas en el pecho. Las víctimas anteriores tenían tres. Me puse guantes. El cadáver estaba firme y frío. No era un experto, pero este tipo se encontró con su creador mucho después de la muerte de Ryan.

Ryan no era el asesino.

Me volví hacia el oficial. "Lo siento. Necesitaba asimilar la escena".

"No hay problema, señor".

"¿Ves algo inusual?".

"No, señor. He estado vigilando el bosque".

Asentí mientras Derrick se acercaba. "Cielos, el mismo modus operandi que Wright y la doctora".

"Sí. No parece que Ryan fuera el asesino".

"Podría ser un imitador".

Tenía razón, pero yo sabía que no. "No lo creo".

"Parecen cuatro heridas. Las otras tenían tres".

"Cierto, pero este es un varón. Quien lo haya hecho puede haber tenido que apuñalarlo otra vez para someterlo".

"No es un tipo tan grande".

"Yo diría que cinco pies, diez pulgadas. Ciento sesenta libras. Cuando tu vida está en juego, tu adrenalina se dispara".

"Me pregunto quién será; me resulta familiar".

"Sé lo que quieres decir. Lo he visto antes pero no puedo ubicarlo".

"¿Quieres ver si podemos agarrar su billetera o identificación?".

"No. No quiero molestar nada hasta que el cuerpo y la escena sean procesados".

Derrick se inclinó, señalando el muslo derecho del cadáver. "Eso parece sangre".

Me arrodillé y me centré en una pequeña mancha roja en la línea exterior de la costura. "Seguro que sí. Está en un sitio raro para venir de las heridas del pecho".

"Tal vez al sacar el cuchillo...".

"No lo sé. Todo lo que podemos esperar es que no sea de la víctima".

Inspeccioné los alrededores. "Va a ser difícil para los forenses con todo este mantillo. Parece que puede haberle atacado justo aquí". Señalé una zona donde las hojas y las agujas de pino parecían haber sido removidas.

"Sí, y lo subieron al banquillo. Hay mucha sangre".

"Tal vez otra aorta rebanada. El asesino sabe lo que hace".

"¿Pero por qué los apuñalamientos repetidos?".

"Él o ella podría haber necesitado someterlo, como dije, o podría haber sido personal".

"¿Crees que podría ser ella?".

"Probablemente no, pero nunca se sabe".

"Aquí vienen los forenses y Bilotti".

"Cuando termine, veremos qué es lo que tiene en las manos. Mientras tanto, hablemos con el hombre que llamó".

32

CAPÍTULO TREINTA Y DOS

CUANDO SALÍ, EL DOCTOR BILOTTI ENTRÓ EN EL CAMINO. "Frank, ¿qué tenemos?".

Le puse al corriente. "No alteramos la escena ni comprobamos la identidad de la víctima. Derrick está esperando".

"Bien. Veremos si hay algo que ayude a la investigación".

"Contamos contigo, Doc".

El primer oficial caminó hacia mí con un hombre enjuto; le tomé por el tipo que le había encontrado.

"Este es Len Visick. Es quien llamó".

Le estreché la mano. Era huesuda pero tenía un apretón firme. "No me lo puedo creer. Todavía me tiemblan las manos".

Visick tenía el rostro delineado, pero los ojos brillantes y despiertos. Señalé un banco a veinte pies de distancia. "¿Por qué no nos sentamos y hablamos?".

"Siento haberme tenido que ir. Sé que me hizo verme mal, pero cuando tengo que ir, tengo que ir".

No necesitaba saber de mis problemas para aliviarme. "Entiendo, está bien".

Nos sentamos y le dije: "Cuénteme lo que pasó, lo que vio".

"Bueno, vengo aquí dos o tres veces a la semana. Suelo llegar sobre las cinco de la mañana".

Un pájaro empezó a piar. "¿A qué hora vino hoy?".

"Un par de minutos antes de las cinco".

"Pero llamó justo después de las nueve".

"Así es".

"¿Estuvo aquí todo el tiempo?".

"Oh, no. Me fui sobre las seis".

"¿Y a qué hora volvió?".

"Oh, sobre las nueve".

"¿Por qué viene tan temprano?".

"Me gusta ver armadillos. Aquí vive una bonita colonia de nueve bandas, y como son nocturnos, hay que llegar pronto".

Las pasiones de la gente nunca dejaron de sorprenderme, pero un amante de los armadillos era la primera vez. "¿Dónde estuvo de seis a nueve?".

"Bueno, caminé hasta la sede del club para usar el baño y desayunar algo. Desde que Sandy murió, como la mayoría de mis comidas fuera".

"¿Y por qué volvió al parque? ¿Suele hacerlo?".

"No, no. Comí y me quedé un rato, hablando y, oh, leí el periódico. Luego, me fui a casa pero no encontré mi llave para entrar. Supuse que se me había caído al sacar la comida que traje para los armadillos".

Otra primera vez. "¿Qué les ha traído?".

"Uvas. Les gustan mucho".

Los armadillos tenían un mayordomo. "Volvió para buscar sus llaves".

"Sí y las encontré".

"¿Y cómo descubrió el cuerpo?".

"Iba caminando y sabía que algo no estaba bien. Tenía esa sensación. Pensé que era por haber perdido las llaves, pero entonces le vi".

"¿Lo tocó?".

"No. Vi toda esa sangre y entré en pánico".

"Cuando estuvo antes en el parque, ¿el cuerpo no estaba allí?".

"No lo creo".

Parecía que teníamos una línea de tiempo. "Se habría fijado en él, ¿verdad?".

"Sí, seguro".

"Entonces no estaba allí antes, ¿correcto?".

"No suelo ir a la derecha, donde estaba. La mayoría de las madrigueras están a la izquierda; hay muchos más insectos para que se alimenten".

Se oyó un coro de gorjeos. ¿Estaban los pájaros discutiendo lo confuso que era este hombre? "¿Por qué bajó la segunda vez?".

Se encogió de hombros. "Buscaba mis llaves y, a mi edad, no podía estar seguro de no haber bajado allí".

Algo estaba mal. "¿Cómo encontró su llave?".

"Después de verlo, me entró el pánico. Estaba buscando mi teléfono, para llamar al nueve-uno-uno, y mi llave estaba allí. ¿Sabe ese pequeño bolsillo dentro de un bolsillo? Estaba ahí todo el tiempo".

Los testigos eran a menudo poco fiables. La forma en que se estaba desarrollando este intercambio era más que preocupante. "¿Vio a alguien mientras estaba en el parque?".

"No".

"¿No había nadie más en el parque las dos veces que estuvo aquí?".

"No. Es raro que veas a alguien".

A las cinco de la mañana, no era de extrañar.

Terminé con él y saqué mi móvil. "Jefe, quería hacerte saber que Ryan no parece haber sido el asesino".

"Vaya".

"Tenemos otro cadáver con el mismo modus operandi. El doctor Bilotti está en el lugar y esperamos poder confirmarlo o desmentirlo con seguridad".

"Parece que tus instintos eran correctos".

"Ya veremos".

"¿Qué recursos necesitan?".

"De momento estamos bien, pero necesitaremos ayuda para hacer conexiones, si los asesinatos están relacionados. Si son al azar...".

"Lo que necesites. Reasignaré a tantos agentes como sea necesario y me esforzaré por obtener órdenes para avanzar en la investigación".

La amenaza había calado. "Agradecemos el apoyo, señor. De momento estamos bien".

"No trates de resolver esto por tu cuenta. Sé que puedes, pero no tenemos tiempo".

Quise decirle que no interfiriera, pero le dije: "Siempre es un trabajo de equipo, señor".

"Si este es el mismo asesino, quiero una fuerza abrumadora. ¡Esto tiene que terminar!".

Estaba de acuerdo con eso, pero quienquiera que estuviera detrás de esto era bueno. Basándome en las otras escenas del crimen, las posibilidades de que dejaran una pista para que Bilotti o los forenses la encontraran eran escasas. El último asesino en serie con el que había tratado era el criminal más inteligente que había encontrado:

Ethan Dwyer tenía un coeficiente intelectual que lo ponía a la altura de Einstein. Había sido metódico y me había despistado varias veces. Después de atraparlo, planeó una fuga de prisión que aún me asombra. ¿El responsable de dejar cadáveres posados en parques era de su clase?

Mientras caminaba de vuelta al cuerpo, mis instintos hacían sonar una campana de alarma que no podía ignorar; este asesino era al menos tan bueno.

CAPÍTULO TREINTA Y TRES

Lupas en mano, dos técnicos forenses peinaban la zona alrededor del cadáver. Encorvado sobre el cadáver, el cuerpo de Bilotti se enderezó. "Aquí está su cartera, Frank".

Me entregó la delgada funda de piel sintética que había sacado del bolsillo delantero del cadáver. La tecnología había reducido algo más que la capacidad de atención. "Gracias".

Deslicé el contenido. Una tarjeta de crédito American Express, su licencia de conducir y tres tarjetas de visita. Derrick se inclinó hacia mí mientras yo tocaba la tarjeta del Registro de Vehículos. "Víctor Trent. Tiene cuarenta y ocho años. Estoy bastante seguro de que esa dirección está en los Moorings".

Colocando la licencia detrás de la tarjeta de crédito, saqué una tarjeta de visita. "Ahora sé dónde lo he visto. Tiene esos anuncios en revistas, ofreciendo consejos de inversión".

"Ah, sí. Los he visto".

Recordando sus anuncios, negué con la cabeza. "Tiene dos hijos pequeños y una esposa".

"Están en todas las fotos".

Era una buena estrategia, presentarse como un hombre con una familia joven para atraer la confianza y el dinero. Todas las víctimas tienen familia, pero pensar que tendría que dar la noticia a alguien con niños pequeños me creaba burbujas en el estómago.

"Caballeros, aquí está el caso".

Se lo cogí y lo abrí. En un trozo de papel había escrito: "Falta uno antes de...".

"¿Antes? ¿Antes de qué?".

Derrick dijo: "Va a matar de nuevo".

"No si puedo evitarlo".

Derrick gritó: "¡Eh, tú!".

Un hombre corría hacia el bosque. Desenfundando mi pistola, salí corriendo. "¡Detente o disparo!".

El hombre se detuvo y levantó los brazos.

"¡De rodillas y con las manos en alto!".

Un agente se me adelantó y empezó a esposarle. "Eh, soy periodista. Comprueba mis credenciales".

Le palpé y le saqué la tarjeta de prensa. "¿Cómo te llamas?".

"Matt Grier. Trabajo para el *Daily News*".

Coincidía con su identificación. "¿Qué estás haciendo aquí? Esto es la escena de un crimen".

"Estaba dando un paseo en bicicleta. Vi la actividad y quise investigarlo. Es una locura, el asesino en serie atacó de nuevo".

"Andar a escondidas es una buena manera de que te maten".

"Solo quería tener la primicia. Esto es enorme. Envió un mensaje, como el asesino del Zodíaco. Esto es...".

"Mira, esta es una escena activa. Si no quieres que te arresten por obstrucción, será mejor que salgas de aquí".

"Vale, vale".

"Quítale las esposas".

"¿Estaría dispuesto a dar una entrevista?".

"No. Y te advierto que no divulgues ninguna información sobre un mensaje que él o ella pueda haber enviado".

"Pero tenemos derecho...".

"Esa información es confidencial. Tenemos que reservarnos un par de detalles para asegurarnos de que detenemos a las personas adecuadas".

"Entiendo sus preferencias, pero el público tiene derecho a conocer las amenazas en la comunidad".

"Tenemos que trabajar juntos aquí. Necesitamos tu ayuda para atrapar a los responsables, y puede que haya una forma de utilizarte como conducto".

"¿Tendremos una exclusiva?".

"No, no podemos hacer eso, pero alguien tiene que saberlo primero, ¿no?".

"Necesitaríamos garantías...".

"Le diré al sheriff que llame a tu jefe y resuelva los detalles, pero no puedes decir más sobre hoy que parece que el asesino atacó de nuevo".

Señaló el cuerpo. "¿Parece?".

"Depende de ti, si quieres publicar en portada una noticia que resulta ser incorrecta".

"¿Quién va a confirmarlo?".

"Lo haremos. Como he dicho, serás el primero en saberlo. Y si se filtra algo sobre los detalles, te prometo que encontraré la forma de acusarte de obstrucción".

"¿Has comido?".

"¿Cuenta una dona vieja?".

Mary Ann negó con la cabeza. "Puedo hacerte guisantes y macarrones".

Pasta e piseli, uno de mis platos reconfortantes favoritos. "No, está bien".

"Tardaré diez minutos. Ve a cambiarte".

"¿Te encuentras bien?".

"Me siento mejor que en meses".

"¿En serio?".

"Sí. Hace un par de días me sentí más estable y ha mejorado".

"Gracias a Dios. ¿Crees que son las inyecciones?".

"No lo sé. La próxima vez que vayamos, veremos qué nos dicen. Mientras tanto, crucemos los dedos".

Dirigiéndome al dormitorio, dije: "Amén".

MARY ANN DESLIZÓ un tazón humeante ante mí.

"Huele bien".

"Has tenido un día duro. Las noticias han estado publicando la historia del asesino en serie sin parar. WINK está haciendo un especial sobre ello".

"El maldito reportero se nos coló en la escena. Si no le hubiéramos visto, la pobre mujer se habría enterado de que su marido había muerto antes de que pudiéramos avisarle".

"¿Cómo ha ido?".

Aparté el tazón. "Todo el día fue un maldito espectáculo de terror".

Me frotó los hombros. "Lo siento".

"Y esa chica que mató al ciclista no va a cumplir ni un día. Hicieron un trato y le dieron cien horas de servicio comunitario. Gran cosa".

"Oh, lo siento. Has tenido un día muy duro".

"No pasa nada".

Volvió a poner la pasta delante de mí. "Come".

Paladeé una cucharada. "El Sheriff suspende todo el tiempo libre. Va a poner patrullas y oficiales por toda la ciudad. Va a parecer un estado policial".

"Pero eso está bien".

"No sé si ayudará. Hablé con Haines, del FBI, y está de acuerdo; no parece aleatorio".

"La elaboración de perfiles podría ayudar".

"Vamos a necesitar todo lo que podamos conseguir; quienquiera que lo esté haciendo es más que cuidadoso".

"¿Por qué la gente hace este tipo de cosas?".

"Si respondo a eso, ¿puedes decirme qué era Casper antes de convertirse en fantasma?".

COLGUÉ CON BILOTTI y salí corriendo por el pasillo. La autopsia confirmó que la misma persona estaba detrás de los tres asesinatos. Pero no había nada más. Ni fibras, ni pelos, ni fluidos corporales, excepto la mancha de sangre en la costura de los pantalones de la víctima.

La sala estaba abarrotada de agentes uniformados antes de sus turnos. El capitán Gesso hizo callar a la sala y yo subí al estrado.

"El sheriff Remin me pidió que les informara. Creemos que la misma persona o personas son responsables de los tres asesinatos. Todo el mundo debe estar alerta y especialmente vigilante con respecto a nuestros numerosos parques y santuarios naturales. Es probable que el asesino sea un hombre, caucásico y de unos cuarenta o cincuenta años.

"Eso no quiere decir que no pueda ser una mujer. Vamos a necesitar ayuda para buscar conexiones entre las víctimas, ya que la teoría es que no son asesinatos al azar. Agradeceríamos cualquier voluntario. Hablen con el detective Dickson si pueden ayudar".

202

34

———————

CAPÍTULO TREINTA Y CUATRO

Me dirigí por Mooring Line Drive, hacia el agua, y giré a la derecha en Bow Line Drive. The Moorings era un barrio caro con su propia playa privada, pero la casa de los Trent, frente a la iglesia luterana Emmanuel, estaba en la sección modesta de la zona.

Mientras me acercaba a la puerta, esperaba que los niños Trent estuvieran cerca para aligerar el ambiente. A punto de tocar el timbre, el estruendo gutural de un Ferrari me hizo girar hacia la calle. Antes de tocar el timbre, vi cómo el deportivo rojo aceleraba en una curva.

La puerta se abrió y Robin Trent me dedicó una pequeña sonrisa. "Adelante, detective Luca".

Era más fuerte de lo que esperaba. Me animó aún más el sonido de los niños jugando. "Gracias, señora Trent".

La seguí hasta la habitación principal. Con el pie apartó un auto de juguete y nos sentamos en un sofá gris.

"Gracias por recibirme tan pronto. Sé que es difícil. ¿Está bien?".

Frunció el ceño. "Mi madre vino a ayudarme con los niños". Juntó las manos. "Realmente no lo he asimilado".

"Lo siento, señora".

Parpadeó y supe que tenía que empezar a hacer preguntas o se me saldrían las lágrimas. "¿Se le ocurre alguien que quisiera hacerle daño a su marido?".

"No, es inconcebible. Víctor era un alma gentil. Siempre estaba ayudando a la gente".

"¿Cuánto hace que conoce a su marido?".

"Unos ocho años. Nos conocimos en el trabajo. Yo era asistente del gerente".

"¿Tuvo problemas con alguien allí?".

"No. Querían a Víctor".

"¿Y sus clientes? Era asesor financiero. La gente puede enfadarse cuando pierde dinero".

"Sus clientes le adoraban. Era como ese anuncio en el que invitan al asesor a los eventos familiares de un cliente".

Ella lo retrataba como un dios. Iba a ser un reto insinuar con delicadeza que tal vez no conocía a su marido tan bien como ella creía.

"¿Y un rival en la empresa o en el sector?".

"No entiendo qué quiere decir con eso. Vic no era una persona competitiva".

"Su marido tenía una carrera exitosa, ¿verdad?".

"Sí. La gente confiaba en él y hacía bien a sus clientes".

"¿Cómo conseguía a sus clientes?".

"No lo sé con seguridad, pero siempre estaba conociendo gente y le recomendaban, cosa que le gustaba mucho".

"¿Tenía clientes con mucho dinero?".

Sonrió. "Estamos en Naples; ¿cuál es su definición de mucho dinero?".

Tenía razón. La gente que había triunfado económicamente siempre decía: "Creía que me iba bien hasta que llegué a Naples". "Realmente no conozco ese mundo, pero digamos un cliente con diez millones para administrar. ¿Tenía muchos?".

"No hablaba de cuánto tenía éste o aquél, ya sabe, por confidencialidad, pero tenía al menos diez clientes así. Y había un cliente, al que llamaba una ballena, que tenía más de cien millones. Vive en Gulf Shore Drive, justo en la playa".

"¿Cuándo empezó a trabajar con ese nuevo cliente? ¿Recientemente?".

"Sí, en el último mes más o menos".

"¿Habló de recibir algún reproche o presión de alguien a quien le quitó el cliente?".

Lanzó un grito ahogado. "Cree que... no, no puede ser. ¿Por qué alguien haría eso?".

Con un uno por ciento anual en comisiones, a alguien le daba un millón de razones. Con esa cantidad de dinero, puede que la comisión solo pague medio por ciento. Aun así, eso era medio millón de dólares al año para un asesor. Motivación más que suficiente.

"Señora Trent, sé que esto puede parecer inusual, y no tiene por qué contestarlo, pero ¿cuánto dinero ganaba su marido?".

"Realmente no conozco los detalles. Vic era bueno con los números; era su trabajo y manejaba nuestras finanzas".

"¿Quiénes eran sus amigos más cercanos?".

"Jim Keystone. Él y Vic eran amigos desde la escuela primaria".

"¿Todavía eran cercanos?".

"Oh sí, cenaron menos de una semana antes...".

Le temblaba la barbilla. Quería preguntarle si su marido había tenido alguna aventura, pero no quería disgustarla, y su amigo probablemente lo sabría.

Tras repetir el número de la línea directa, hice una última petición de ayuda al público. La luz de la cámara se apagó y dije: "¿Qué te parece? ¿Estuvo bien?".

"Perfecto".

"Genial. Asegúrate de que llegue a todos los canales. Hoy, si es posible".

"Lo haré".

"Gracias. Tengo que irme".

Subí los escalones de dos en dos y salí al primer piso. Dudé, reprimiendo mis tendencias claustrofóbicas, antes de entrar.

Nuestra oficina estaba construida para dos, quizá tres personas. Los cuatro oficiales que se habían ofrecido voluntarios estaban de pie en un círculo alrededor del escritorio de Derrick.

"Oigan, agradecemos su ayuda. Acabo de hablar con Gesso. Va a preparar un área en el pasillo para que trabajen. En lo que me gustaría que se centraran es en las conexiones entre las víctimas.

"Hay que ir hasta diez años atrás, tal vez más si lo amerita". Sabemos que Wright y la doctora Bigham usaron el mismo agente inmobiliario, Stephen Ong. Derrick y yo investigaremos a Ong, pero ese es el tipo de conexión que necesitamos descubrir.

"No hay que enfocarse solo en relaciones románticas, hay que ver si pertenecían al mismo club social, si jugaban juntos al pickleball, si iban a la misma iglesia. Esa es la información que nos llevará al asesino. ¿Alguna pregunta?".

Negaron en silencio con la cabeza.

"Bien. Derrick tiene un archivo sobre Bigham y Wright. Todavía estamos armando uno para Trent, pero les daremos lo que tenemos. Puede que algo tenga sentido una vez que metamos a Trent en el grupo".

Después de que asintieran, les dije: "Derrick les ayudará a instalarse luego de que hable un momento con él. Gracias de nuevo".

Los voluntarios se marcharon. Le dije: "Remin me quiere en la rueda de prensa. Le dije que deberías estar allí".

"No pasa nada. Ya tenemos bastante que hacer".

Era mejor hombre que yo. "Claro que sí. Mira, después de la charla de relaciones públicas, voy a ver al mejor amigo de Trent".

35

CAPÍTULO TREINTA Y CINCO

Al avanzar hacia el este por Immokalee Road, necesité toda la compostura que pude reunir para no encender las luces y la sirena. ¿Por qué no había tomado Logan Boulevard en la ruta más transitada de la ciudad?

Se despejó después de pasar el intercambio de la carretera interestatal. Sabía por qué Walmart, Target y muchos otros querían estar junto a las rampas de la I-75, pero ¿por qué lo permitían los urbanistas? El tráfico se hizo más lento al acercarme a Collier Boulevard. Observando la nueva comunidad comercial y residencial que estaba a punto de abrirse en la intersección, no podía imaginar cuánto empeoraría.

Giré a la derecha y entré en Bent Creek Preserve. Me desvié hacia Glen Forest Drive, donde vivía Jim Keystone. Los precios de cualquier cosa habitable habían subido drásticamente, y me costó calcular el precio de la casa blanca y beige frente a la cual me estacioné.

Era una casa bonita, pero tenía demasiado garaje para mi

gusto. Tomé el camino de entrada multicolor hasta una entrada empotrada.

Keystone tenía una barba hirsuta. "¿Detective Luca?".

"Sí". Le enseñé mi placa.

"Entra".

Tenía una vacilación en su paso. ¿Mala cadera? "Bonita casa". Había largas vistas del lago a través de una pared de deslizadores.

"Nos mudamos aquí hace unos cuatro años. Muchas familias, pero el tráfico en Immokalee es, bueno, imposible a veces".

"Se supone que van a poner un paso elevado en Livingston".

"Van a necesitar un par más. Alguien debería plantearse hacer túneles bajo las carreteras como dijo Musk".

No estaba seguro de si lo vería en mi vida. "Ese hombre tiene un montón de grandes ideas. ¿Sabías que empezó Space X antes que Tesla?".

"¿En serio? Vaya. Creía que era al revés".

"La mayoría de la gente no lo sabe".

Se detuvo junto a la mesa de la cocina. "¿Aquí está bien?".

Prefería la terraza, pero me senté y asentí. "¿A qué te dedicas?".

"Logística". Sonrió. "Es una palabra elegante para transporte".

"Debes estar ocupado".

"Es más fácil conducir hasta Immokalee que traer mercancías de Asia hasta aquí".

"Tú y Víctor Trent eran buenos amigos".

Bajó la cabeza. "Sí, voy a echarle de menos. Es difícil entender qué demonios pasó".

"¿Tienes idea de quién pudo hacer esto?".

"No. Era un tipo encantador. Esto ha conmocionado a todo el mundo. Hay un lunático matando gente al azar. Nadie está a salvo".

La prensa impulsaba la narrativa del *azar*. Fuera real o no, asustar al público vendía periódicos. "Estamos tratando de obtener una imagen completa del señor Trent".

Su rostro adoptó una expresión inquisitiva.

"Me doy cuenta de que era un buen amigo, marido y padre, pero todo el mundo tiene defectos. ¿Entiendes lo que digo?".

"Claro. Tengo mi parte".

"Lo que me digas es confidencial. ¿De acuerdo?".

"Gracias".

"¿Tuvo Víctor alguna aventura extramatrimonial?".

"Mira, Víctor no era un ángel. Andaba por ahí a veces antes de casarse, y por lo que sé, se calmó".

"¿Ningún asunto reciente?".

"No que yo sepa".

"¿Tenía algún problema de dinero que tú sepas?".

"Se quejaba de lo mucho que le costaba comprar esa casa en los Moorings y mantener el estilo de vida que necesitaba".

"¿Por qué sintió la necesidad de mantener una apariencia?".

"Dijo que la gente quería trabajar con personas de éxito".

Comprendía la reticencia a entregar dinero a alguien que no era de la misma clase, pero eso no tenía nada que ver con la competencia. "Tenía grandes clientes. ¿Cómo los consiguió?".

"Descontando sus honorarios. Así era como construía su cartera de clientes".

"¿Así que no ganaba dinero?".

"En realidad no, pero pensó que el dinero atraía al dinero y al final subiría sus honorarios".

"¿Lo sabía su mujer?".

"Lo dudo. Me lo dijo hace como un mes. Sabía que algo le molestaba, y después de una segunda botella de vino, se abrió".

¿Vino? ¿De qué tipo? "¿Se sentía presionado?".

"Creo que sí".

"¿Dijo algo sobre lo que iba a hacer?".

"Vic dijo que tenía un par de ideas en las que estaba pensando".

¿Esquemas para hacerse rico rápidamente? "¿Las compartió contigo?".

"No".

"¿Tuviste la impresión de que iba a, uh, extender los límites?".

"¿Quieres decir, hacer algo ilegal?".

"O éticamente gris".

Dudó. ¿Sabía algo? "Realmente no lo sé".

EL FUNCIONAMIENTO interno de las finanzas era un agujero negro para mí. El dinero que tenía estaba en casa o en fondos de inversión. Mientras conducía de vuelta a casa, repasé mi agenda de contactos. Me moría de hambre. Iba a cenar, a ver cómo estaba Mary Ann y luego volvía a la oficina.

El sonido del televisor cubrió mi entrada. La llamé por su nombre y Mary Ann dio un respingo. "Me asustaste".

"Lo siento".

"No pensé que estarías en casa con lo que está pasando".

"¿Cómo te sientes?".

"Bien".

"¿Seguro?".

"Sí, Frank. Te lo diría si no me sintiera bien".

¿Estaba el universo igualando las cosas? ¿Podría conseguir un poco de ayuda con el asesino en serie?

"Solo lo comprobaba. ¿Viste el llamamiento que hice en la televisión?".

"No". Tomó el control remoto y puso la tele en modo silencioso.

"¿Qué estás haciendo?".

Me señaló. "Estás asando hamburguesas de pavo. Están en la nevera".

¿"Fresh Market"?

"Sí".

Se sentía lo suficientemente bien como para salir de nuevo. "Bien, pondré la parrilla".

Me dirigí a la terraza, encendí el asador y la televisión al aire libre. Otra vez el tiempo. Me perdí las minucias de los puntos de rocío y las tormentas a miles de kilómetros de distancia. ¿Tan aburrida estaba la gente que esto les interesaba?

Al abrir las puertas deslizantes, me quedé helado cuando el presentador mencionó el desastre de la rueda de prensa del sheriff. La pantalla cambió al video del sheriff en la rueda de prensa.

Con las manos a ambos lados del podio, Remin dijo: "La principal responsabilidad de mi oficina es la seguridad de los ciudadanos del condado. Hasta que se detenga a este asesino, vamos a desplegar todos los recursos a nuestra disposición.

"Muchos de los esfuerzos no son visibles para el público, pero he ordenado al departamento que aumente drásticamente su presencia en la comunidad. No solo vamos a salir a las calles, sino también a los parques y reservas naturales del condado.

"Aunque este caso es de máxima importancia, el público debe sentirse libre para hacer su vida sin miedo. Este asesino representa una amenaza, pero no es una que deba alterar su rutina. Hay que evitar ir solo a visitar los parques y santuarios naturales. En compañía de dos o tres amigos, creemos que la gente estará a salvo.

"Naturalmente, mantengan los ojos abiertos y los oídos alerta, e informen de cualquier cosa que crean es inusual. Aceptaré una o dos preguntas".

Una mujer alta se puso en pie. "Carol Wakefield de ABC. Dado que éste es el tercer asesinato, y quién sabe si hay más, ¿por qué han esperado tanto para tomar medidas, como aumentar la presencia policial?".

La cámara volvió a enfocar a Remin. Sus ojos se habían entrecerrado. "Respondemos a todas las amenazas; este departamento es proactivo...".

"Perdone, sheriff, pero han hecho falta tres asesinatos para que actúe".

"Eso no es cierto, señora. Hemos puesto en marcha medidas contundentes, muchas de las cuales no se hacen públicas, en la búsqueda del responsable o responsables de estos delitos".

"Perdóneme, sheriff, pero haya hecho lo que haya hecho, tres asesinatos en menos de un mes sugieren que no está haciendo lo suficiente".

"Siempre podemos mejorar nuestros procesos, pero permítanme recordarles que el condado de Collier tiene el índice de delincuencia más bajo de todos los condados metropolitanos del estado de Florida".

"Eso puede ser cierto...".

"Es un hecho, señora".

"Si usted lo dice. Pero con un asesino en serie suelto, ¿por qué no ha pedido ayuda a la policía estatal y al FBI?".

Remin señaló a otro reportero. Cuando el joven se puso

en pie, la reportera anterior le dijo: "¿Intenta evitar el escrutinio de la forma en que se ha llevado el caso?".

"Sáquenla de la habitación".

"¿De qué tiene miedo, sheriff?".

"Nada. Es el perpetrador quien debe temer a este departamento. Vamos por ti, y vas a enfrentarte a la justicia".

Remin bajó del estrado y se marchó enfadado.

CAPÍTULO TREINTA Y SEIS

PODÍA OLER LA COLONIA DE MI COMPAÑERO DESDE EL pasillo. Me recordaba a la Ralph Lauren Polo que solía llevar mi padre. "Buenos días".

"Buenos días, Frank".

Recogí el café que Derrick puso en mi escritorio. "¿Viste la conferencia de prensa?".

"Sí. Se le fue de las manos".

"No fue una crisis. Yo lo llamaría un intercambio irritable".

"Eso es bueno. Quizá haya un sitio para ti en Relaciones Públicas".

"Espero que Remin no empiece con ninguna política visceral".

El teléfono del escritorio de Derrick sonó. Habló un minuto, anotó algo y dijo: "Enseguida voy".

Colgó. "Tenemos una pista. Era un conductor de Uber. Conducía por Logan y vio un auto parado junto al santuario Logan".

"¿A qué hora?".

"Dos de la mañana".

"Podría ser el asesino".

"Se pone mejor".

Aquí vamos con los juegos que a Derrick le gustaba jugar. "¿Y cómo es eso?".

"Dijo que tenía una de esas cámaras grabando mientras conduce".

"¿Tiene video?".

"Eso es lo que dijo".

"Ponte en marcha. Voy a ver a Sully en la Unidad de Delitos Financieros".

Atravesé una puerta con el rótulo FCU. Una zona de trabajo en grupo, con seis escritorios, daba a dos despachos privados. Con ocho agentes a tiempo completo, era un testimonio de los incesantes esfuerzos por gastar el dinero de los habitantes de Naples.

Richard Sullivan era otro recién llegado que acababa de huir de los duros inviernos de Boston. Mientras terminaba una llamada, no pude evitar pensar que estar sentado detrás de un escritorio no le hacía ningún bien a su barriga.

Colgó. "Lo siento, Frank".

"No hay problema, Sully. ¿Todo bien?".

"¿Cómo puede no estar bien? El sol brilla y no llevo guantes".

Me reí. "Mira, estoy investigando los antecedentes de la última víctima. Era asesor financiero del Bank of America".

"¿Cómo puedo ayudar?".

"Parecía que le iba bien, pero parece que vivía por encima de sus posibilidades. No tengo pruebas de que hiciera nada malo, pero intento averiguar qué podría hacer alguien como él".

"Las grandes entidades, como Bank of America, Morgan

Stanley y Goldman, tienen un montón de puntos de control. Le resultaría muy difícil falsificar o robar a un cliente. Los lugares pequeños e independientes son mucho más susceptibles".

"¿Qué podía hacer? ¿Podría organizar una transferencia o giro desde la cuenta de un cliente?".

"Eso sería casi imposible. Tendría que falsificar declaraciones y ocuparse de la distribución de la declaración real. Eso requeriría involucrar a algunos otros en el esquema, y aun así no llevaría mucho tiempo descubrirlo".

"Vale, ¿qué más?".

"Lo más probable sería vender a alguien un producto inapropiado. ¿Era este tipo un CFP?".

"¿Un qué?".

"Planificador financiero certificado. Son raros, pero se les exigen normas de conducta mucho más estrictas".

"No lo creo".

"Vale. Vender productos que no son adecuados para un cliente pero que pagan enormes comisiones es algo que hacen los malos actores del negocio. También hacen operaciones dentro de la cuenta de un cliente. Operan mucho, generando comisiones".

"¿Y eso es bajo el radar?".

"Sí, hasta que alguien se queja. La otra cosa que podrían hacer, y no es tan común como solía ser, es vender a alguien una acción de centavo que se bombea hacia arriba, y cuando se derrumba, el cliente pierde".

"Como en esas películas de *Boiler Room*".

"Exactamente. Toman una acción que cotiza, digamos, a cincuenta céntimos, y compran un montón de ellas. Luego se la venden a otros mientras las acciones suben. Cuando se deshacen de sus acciones, se desploman".

"¿Algo más?".

"Bueno, también se puede abusar del mismo modo de las acciones privadas de empresas, y luego está el fraude descarado, en el que se vende algo que puede no existir o que está valorado de forma fraudulenta".

Sonó mi móvil; era Remin. No contesté. "Dame un ejemplo".

"Eres propietario de una empresa o de acciones en ella y haces que parezca que le va mejor de lo que le va. O con una propiedad, haces afirmaciones falsas sobre ella y un comprador paga de más".

"Gracias, me has dado un par de cosas en las que pensar".

"Cuando quieras, Frank".

"Tengo que irme. Remin está buscándome".

Llamé a la puerta, el sheriff me hizo señas para que entrara. "Cierra la puerta".

Acomodándome en una silla, me di cuenta de que Remin no me miraba a los ojos. ¿Estaba a punto de abandonarme? "¿Va todo bien, jefe?".

Golpeó un bolígrafo en el escritorio. "Seguro que lo has visto".

"No sé a qué te refieres".

"La rueda de prensa".

Asentí con la cabeza.

"Me avergoncé a mí mismo y a este departamento".

"Te pasaste de la raya".

"Eso no lo hace correcto. Ella hizo una acusación, y en lugar de responder con calma, me comprometí".

Tenía razón. Siempre pasan cosas. No puedes controlarlas, pero puedes controlar cómo respondes. Como oficial de la ley, era aún más importante mantener la calma o las situaciones se intensificarían. "Somos humanos, jefe".

"Fue poco profesional, y el ayuntamiento se me echa encima. La prensa está acosando a los miembros por ello, y esto tiene que parar antes de que se convierta en el foco de la noticia".

"¿En qué puedo ayudarte?".

"Necesito que seas la cara del departamento para este caso".

"¿Yo? No soy bueno con la prensa y...".

"Eres nuestro detective jefe de homicidios. Estás a cargo de la investigación, y depende de ti atrapar al perpetrador".

"Sí, y los atraparemos, pero sería una distracción. Necesito centrarme en resolver el caso".

"Trabajaste en homicidios en Jersey, ¿no?".

Sabía adónde iba. "Sí".

Sonrió. "Me has dicho en muchas ocasiones que llevabas varios casos a la vez, ¿verdad?".

Asentí con la cabeza.

"Ahora tienes un caso, y tratar con la prensa no te llevará mucho tiempo. Das una rueda de prensa; que sea breve, y ya está".

Mis hombros se hundieron.

"Estarás bien. La programaré para esta tarde".

"De acuerdo, jefe".

"Gracias. Te debo una".

Registré la deuda, con la esperanza de no tener que cobrarla.

37

CAPÍTULO TREINTA Y SIETE

Derrick sonrió de oreja a oreja. "El favorito de los medios ha llegado. ¿Dónde está tu séquito?".

"Sí, claro. No lo volveré a hacer".

"¿Por qué? Estuviste genial". Sostuvo el *Naples Daily News* de la mañana. El titular de portada decía 'El detective Luca promete atrapar al asesino del santuario'. "Te adoran".

Le di un sorbo a mi café. "Está bien, ya. Basta".

Derrick leyó el periódico. "Frank Luca, un detective de homicidios con aspecto de estrella de cine, dio una rueda de prensa, prometiendo cazar al Asesino del Santuario".

"Oh cielos, ¿estás bromeando?".

"Se pone mejor". Siguió leyendo: "El tono de Luca fue un refrescante descanso de la sesión informativa que dio el sheriff Remin. Aquel intercambio de palabras degeneró rápidamente cuando fue interrogado por una periodista de ABC. Luca defendió al sheriff, insistiendo en que el departamento había tomado varias medidas para atrapar al asesino. El veterano fue convincente, aludiendo a varias iniciativas que cree que darán fruto. Luca proyectó un aura de confianza muy necesaria para una población asustada".

Sacudí la cabeza.

Derrick sonrió. "Salvaste el día".

"Sí, ahora todo lo que tenemos que hacer es atrapar al bastardo".

"El laboratorio está intentando mejorar las imágenes de video de Uber. No era lo mejor".

Sacudí la cabeza. "Si los píxeles no están ahí, no puedes mejorarlo. Tenemos que trabajar con lo que sabemos".

"¿Tenía que ser un Honda?".

"¿Y blanco?".

"La mitad de los autos de Florida son blancos".

"Sin duda. Que el Departamento de Tráfico busque Hondas color blanco cuyas placas empiecen con K y Z. Lo reduciremos y empezaremos a llamar a las puertas".

"No puede ser una lista tan grande".

"Sabes utilizar hojas de cálculo. ¿Puedes hacer una con las edades de los propietarios? Si tenemos suerte, eliminaremos a unos cuantos de la lista".

"Lo haré".

"¿Qué tipo de auto tenía el conductor de Uber?".

"No lo sé con seguridad. ¿Por qué?".

"¿Qué estaba haciendo allí a las dos de la mañana?".

"Tenía un pasajero. Recogió a un universitario de un bar del centro comercial Gulf Coast que vivía en Sycamore Drive".

"Tenemos que comprobarlo. Podría estar desviando la atención".

"Me pondré a ello".

"Ahora no, la prioridad tiene que ser el Honda. Diles que lo necesitamos inmediatamente. Si se resisten, haré que Remin les llame".

"¿Remin? No lo necesitamos, tenemos al apuesto Luca".

Arrugué un trozo de papel y se lo tiré. "No te hagas el listo. Voy a la oficina de Trent. A ver qué puedo averiguar sobre él".

Cruzando Neapolitan Way, entré en el barrio de Park Shore. El Bank of America funcionaba en un edificio de cristal y estuco blanco de cuatro plantas, construido hace veinte años.

Trent tenía una oficina en el segundo piso. El director del complejo, Floyd White, tenía unos sesenta años. Me saludó con un acento rural. Cuando nos dimos la mano, me di cuenta de que era de Tennessee.

"¿Por qué no pasamos a mi despacho, detective?".

"Bien".

Mi teléfono vibró mientras le seguía. "¿Quiere un café?".

"No, gracias".

Se subió los pantalones antes de sentarse. "Este es un momento muy triste para nosotros. Víctor era un buen chico".

"Me interesan las relaciones que tenía con sus compañeros, clientes y competidores".

"Era un tipo de persona que se dejaba llevar. A veces, una directiva sale de Charlotte y puede no tener sentido. Yo recibía críticas del personal, pero nunca de Víctor".

"¿Había perdido algún cliente últimamente?".

"Ninguno que yo sepa".

"¿Y alguna queja contra él, en el último año?".

"Creo que puede haber habido una pero, eso no es inusual en este negocio. Verá, cuando manejas el dinero de la gente, se enfadan por las cosas más insignificantes".

"¿De qué se trataba?".

"Recuerdo que una chica estaba descontenta porque no podía beneficiarse de las prestaciones de las que disfrutaba una amiga suya. Le expliqué que no tenía los activos necesarios para ello. Ya sabe cómo es la gente: tiene cincuenta mil en una cuenta y, bueno, quiere que la traten como a la reina de Inglaterra". Se echó a reír.

Mi teléfono vibró de nuevo. Era Derrick. Lo ignoré, y antes de volver a guardarlo, me envió un mensaje: "Llámame. Estamos cerca en el auto".

Me puse en pie. "Le pido disculpas, pero ha surgido algo. Le agradecería que investigara a alguien con quien el señor Trent haya tenido un problema".

"Claro".

"Pregunte también en la oficina".

Evité el ascensor y bajé de dos en dos escalones. Tras cruzar la puerta del vestíbulo, saqué mi teléfono y llamé a Derrick.

"¿Qué tienes?".

"Obtuvimos la lista del Registro de Vehículos y la ordenamos, eliminando a un par de veteranos".

"¿Cuántos hay?".

"¿Adivina?".

Ugh. "Dos".

"Cerca". Solo hay tres. Todos varones, caucásicos y con edades comprendidas entre los treinta y los cuarenta y seis años".

"Eso coincide con el perfil".

"Lo sé. Parece que tuvimos suerte".

"Mantén esto en silencio. No quiero que nadie nos delate".

"No se lo dije a nadie. Mira, este reportero, Jimmy Braun del *Daily News,* llamó tres veces en los últimos veinte minutos, dijo que tiene que hablar contigo".

"¿Crees que sabe lo del auto?".

"A menos que tenga un contacto en el Registro de Vehículos que le avise, no veo cómo".

"Dame su número, le llamaré a la vuelta".

El prefijo era el 239, un número local. Arranqué el motor y marqué el número. Mientras sonaba por los altavoces del auto, arranqué. "Redacción".

"Jimmy Braun".

"Lo tienes. ¿Quién habla?".

"Detective Luca. ¿Llamaste?".

"Claro que sí. Recibí una llamada hace media hora. Era alguien que decía ser el Asesino del Santuario".

La sangre me latía en los oídos. "¿Qué ha dicho?".

"Dijo que te diera un mensaje. Dijo que nunca lo atraparás".

Puse mis luces estroboscópicas y me detuve. "¿Era una voz masculina?".

"Realmente no puedo decirlo. Estaba usando algún tipo de aplicación para encubrir la voz".

"¿Algún acento detectable?".

"No lo creo".

"¿Qué más dijo?".

"Eso fue todo. Eso fue todo lo que dijo".

"¿Eso es todo?".

"Sí, colgó justo después. La llamada no duró más de veinte segundos".

El asesino sabía lo que hacía. "¿Algún sonido de fondo que pueda darme una idea de dónde estaba llamando?".

"Sabes, escuché como una bocina, ¿conoces las que usan en los barcos?".

"Sí. ¿Algo más?".

"No lo sé, tal vez había gente hablando en el fondo".

"No grabas las llamadas, ¿verdad?".

"No. Eso desalentaría llamadas como ésta".

"Vale. Avísame si vuelve a llamar".

"Lo haré, pero vamos a trabajar con esto. ¿Quieres hacer algún comentario?".

Volví a meterme un no en la boca. Teníamos que atraer a quien fuera. Lo más antagonista que se me ocurrió fue: "Di que no me importa lo que piense. Vamos a llevarle ante la justicia, y no va a tomar mucho tiempo".

38

___

CAPÍTULO TREINTA Y OCHO

Una furgoneta de WINK News estaba parada delante de la estación de policía. Me estacioné en los espacios de los juzgados, atravesé un césped y entré por una puerta trasera.

Quitándome el saco, dije: "El *Daily News* recibió una llamada de alguien que dice ser el asesino".

Derrick saltó de su silla. "¡Santo cielo!".

"Dijo que no los atraparíamos".

"Eso es una sandez. ¿Hombre o mujer?".

Le dije que quien había llamado había disimulado su voz y colgó rápidamente. "El reportero dijo que oía la bocina de un barco de fondo y gente hablando".

"Tal vez por un muelle o algo así".

"Eso es lo que pensé; podría ser el muelle de Naples. A veces hay un montón de gente cuando atraca un barco de fiesta. Tendremos que comprobar si hay video de alguno de los negocios de allí".

"Si podemos conectar eso con uno de estos tipos que tienen estos Honda, estaremos en camino".

"Vamos a profundizar. ¿Qué tienes?".

"Eliminé a un par de conductores mayores y autos de antes de 2018. Cambiaron la parte trasera del auto, usando diferentes luces traseras. Quedan solo tres".

"Buen trabajo".

"Aquí están las búsquedas del Registro de Vehículos sobre ellos".

Derrick extendió tres hojas sobre el escritorio. Señaló una. El hombre tenía una cicatriz que le recorría la frente y se detenía en una ceja. "Apuesto por Brad Bailey. Tiene antecedentes. Adivina por qué".

"¿No pagar en el puesto de limonada de un niño?".

Derrick se rió: "Agresión con agravantes".

"¿Arma mortal?".

"Ha abierto dos cabezas con la culata de su pistola".

No fue un apuñalamiento, pero era una prueba sólida de que era violento y no temía empuñar un arma. "Puede que tengas un ganador".

Recogí la segunda hoja. "Mel Frost. No es exactamente un nombre floridano. ¿Algún registro?".

"Nada más que una multa por conducir bajo la influencia del alcohol".

Era descuidado. El asesino no lo era. "Sus ojos son raros. De aspecto malvado".

"Espeluznante".

Cambié el documento por el último. "Gene McGovern. ¿Algo sobre él?".

"Sin antecedentes. Solo un roce, un incidente de ira al volante hace dos años, pero no se presentaron cargos".

"Tiene problemas de ira pero...".

"Quieres empezar con Bailey".

"Sí. Averigua dónde está. Tengo que contarle a Remin lo de la llamada y pedirle ayuda para conseguir órdenes. Necesitamos acceso a los pacientes de Bigham y a quién le manejó Trent el dinero".

"Eso ayudaría".

"Volveré en cinco minutos".

"Te veré en el estacionamiento".

Después de ver al sheriff, subí al asiento del copiloto.

Derrick dijo: "¿Qué dijo Remin?".

"Dijo que hablaría con los fiscales y redactaría las solicitudes de orden judicial".

"¿Cree que lo atraparemos?".

"Dijo que era probable".

"Perfecto. ¿Y el mensaje? ¿El sheriff cree que es real?".

"Lo cree. Remin dijo que lo manejé mejor de lo que él lo hubiera hecho. Le gustó que lo retara, dijo que podría hacer que se acercara de nuevo".

"O matar de nuevo".

"Lo sé. Eso es lo que me temo". Había estado pensando en llamar a la doctora Bruno para saber su opinión sobre si el asesino atacaría de nuevo para demostrar que podía matar a voluntad.

"Tal vez deberíamos poner vigilancia en estos tres".

"Buena idea, pero estarán atentos cuando los veamos".

"Tal vez tengamos suerte".

Me burlé: "La suerte no es más que un subproducto del trabajo duro".

"Cierto".

"Si fracasamos con estos tres, tendremos que buscar Hondas registrados en el condado de Lee".

"Esperemos que no. La lista sería muchísimo más larga".

"Detente".

"¿Qué está pasando?".

Saqué mi teléfono. "Quiero llamar a la doctora Bruno antes de reunirnos con cualquiera de estos tipos".

Contestó al tercer timbrazo. "Doctora Bruno. Es Frank Luca".

"Hola, señor Luca. ¿Cómo está?".

"Bien. Mire, estoy trabajando en el caso del Asesino del Santuario".

"Vi las noticias".

"Bueno, quienquiera que sea se puso en contacto con el periódico, enviando un mensaje. Pidió que me dijeran que nunca los atraparíamos. Respondí que lo haría, tratando de atraerle. Pero ahora estamos entrevistando a un par de nuevas pistas, y quiero asegurarme de no provocarles para que vuelvan a matar".

"Ya veo".

"¿Puede darme algún consejo?".

"Eso es difícil de evaluar sin...".

"Supongamos que son una especie de psicópatas. ¿Algún consejo cuando hablemos con ellos para asegurarnos de que no les empujamos a matar?".

"Todo lo que puedo ofrecer son normas generales".

"Está bien".

"Tiene que controlar sus emociones. Si está frustrado o enfadado, no lo revele. Y nunca muestre que puede sentirse intimidado por ellos".

"Muy bien. ¿Algo más? ¿Qué los desencadena?".

"Varía, pero es importante señalar que, aparte de la rabia, los psicópatas tienden a mostrar pocas emociones. La falta de sentimientos y empatía es un signo distintivo. Sin embargo, cuando se enfadan, puede manifestarse con una rabia agresiva".

Terminé la llamada y colgué. "En resumen, estamos solos. Usa tu juicio pero no muestres emoción".

Justo después del aeropuerto, giramos por la avenida Esty. Brad Bailey vivía cerca del complejo del Ejército de Salvación, en una casa azul cuya pintura se había vuelto gris. Al acercarnos, oímos un televisor que retransmitía un acontecimiento deportivo.

Bailey tenía un tronco grueso, su constitución era sólida. No tendría problemas para someter a cualquiera de las víctimas. No pretendía saber quién se sentía atraído por quién, pero no veía a la doctora Bigham con un hombre tan corpulento.

No nos invitó a entrar. "¿Qué quieres?".

"¿Dónde estabas el martes por la noche?".

"¿Martes? Estaba bebiendo".

"¿Dónde?".

"Un par de sitios".

"Nombres".

"The Old Naples Pub y Sweetwater's".

Era mucho territorio que cubrir. "¿Quién estaba contigo?".

"Amigos".

"¿Vas a esos sitios con regularidad?".

"Sí. ¿Qué te importa?".

"¿Qué tan bien conoces a Melissa Wright?".

Su ojo derecho se crispó. "Solía ser camarera en Sweetwater's".

No respondió a la pregunta. "¿Qué tan bien la conocías?".

"Tanto como el que más. Fue una pena lo que le pasó".

"¿Conoces a alguien que creas que pudo haberlo hecho?".

"¿De qué estás hablando? Fue ese tipo Ryan".

"Tal vez. ¿Estás casado?".

"Divorciado. ¿Por qué?".

"¿Tienes un MINI Cooper?".

"¿UN MINI? No puedo entrar en esos pedacitos de basura".

Tenía razón. "Vas con la doctora Bigham, ¿verdad?".

"No tengo médico. Uso el lugar de emergencias cuando lo necesito".

"¿A qué te dedicas?".

"Soy mecánico".

"¿Dónde?"

"Tuffy's en el norte de Naples".

"¿Qué hacías en el boulevard Logan en mitad de la noche del martes?".

"¿Logan? No recuerdo haber estado allí".

"Conociste a Víctor Trent".

Se le nubló la cara. "¿Trent? Oye, ¿no es ese el último tipo que mató el Asesino del Santuario?".

Asentí con la cabeza. No era el tipo de hombre con el que quería que mi hija volviera a casa, pero tampoco creía que fuera el asesino.

39

───────

CAPÍTULO TREINTA Y NUEVE

Me animé mientras avanzábamos por la carretera del aeropuerto. "¿No hay tráfico? ¿Es un presagio?".

Derrick se rió: "Los dioses del crimen nos están dando un respiro".

"Ya era hora. Más despacio, ya casi llegamos".

Cruzamos un canal y entramos en Banyan Woods. Derrick mostró su placa y el guardia levantó la puerta. "Está en Post Oak Lane".

Había más espacio abierto de lo habitual. La urbanización se había levantado antes que gran parte del crecimiento que había experimentado Naples. Había cubos de basura a ambos lados de la calle. La casa de Gene McGovern daba a un lago. Un par de palmeras se erguían como centinelas a ambos lados de la puerta.

Los pájaros piaban por encima del ruido de la carretera mientras nos acercábamos. "Parece un vecindario a tiempo completo".

"Sí. Lynn tiene una amiga con dos hijos que vive aquí".

Con bolsas bajo los ojos y parado hacia atrás, McGovern llevaba un suéter y pantalones largos. Hacía unos ochenta grados. La casa daba al norte. Miré por encima de su hombro, ¿no entraba suficiente sol?

Dos cuadros de águilas calvas enmarcaban el vestíbulo. Le seguimos hasta una cocina iluminada con luces fluorescentes. Podría haber sido la iluminación, pero la cara de McGovern se veía pálida. ¿Se había aventurado a salir?

Derrick dijo: "Gracias por recibirnos".

"No sé por qué la policía querría hablar conmigo".

Le dije: "Hablamos con mucha gente. Empcccmos. ¿Estás casado?".

"No, mi esposa se fue cuando me enfermé".

Se había saltado la parte de "en la salud y en la enfermedad". Lo sentía por él. Quizá la depresión lo mantenía encerrado. "¿A qué te dedicas?".

"Estoy jubilado".

Era demasiado joven para eso. "¿Qué hiciste antes?".

"Solía comerciar con divisas".

"¿Mucha presión?".

"Casi me mata. Puedes ganar mucho dinero, pero puedes perderlo con la misma facilidad".

"Supongo que te fue bien si no tienes que trabajar".

"No vivo en las alturas".

"Si no te importa que te pregunte, mi mujer y yo estamos buscando un nuevo asesor financiero. ¿Con quién trabajas?".

"Utilizo fondos indexados. Nadie puede vencer al mercado año tras año".

"He escuchado eso. Entonces, ¿qué haces con tu tiempo libre?".

"Soy voluntario en Rookery Bay. Tienen un departamento de aviarios y así salgo al aire libre".

Una visión de él con un sombrero de tienda, cubierto de

pies a cabeza, apareció en mi mente. "¿Has ido alguna vez a la reserva de Logan?".

"¿Dónde está eso?".

"En la intersección de Vanderbilt Beach Road".

"Ah, claro. La he visto".

"¿Nunca has estado allí?".

"No".

"Tu auto fue visto allí el martes pasado".

"¿En serio?".

"Lo tenemos en cámara".

Preguntó: "¿Por qué estarías revisando eso?".

"Alguien fue asesinado en Logan Preserve".

"Oh sí, he oído hablar de eso. Terrible".

No fue la respuesta que esperaba. "¿Qué estabas haciendo hasta allá?".

"Puede que haya pasado por allí".

"¿En mitad de la noche?".

"Sufro de insomnio. Conducir me saca de la rutina; me relaja".

"¿A qué médico vas para eso? Mi mujer tiene problemas para dormir".

"Nada funciona. Su solución es repartir somníferos".

"¿Has oído hablar de una tal doctora Bigham?".

"No. No lo creo".

Terminamos con McGovern y volvimos al auto. Derrick dijo: "¿Qué te parece?".

"Era un poco demasiado caballeroso. Casi como si se forzara a parecer relajado".

"No capté eso. Probablemente sea inocente".

"A ver qué conseguimos con Mel Frost".

"No puedo superar ese nombre. Quizá la familia sea de Minnesota".

Me reí: "Eso encajaría. Mira, cuando acabemos con Frost,

tenemos que llevar unas fotos de estos tres a Alice Sweetwater, a ver si alguien los reconoce".

Al llegar a la puerta de Forest Glen, dije: "He estado aquí antes. ¿Y tú?".

Derrick dijo: "No. Pero he oído que es una comunidad masiva".

"Algo así como seiscientos acres".

Situado en Collier Boulevard, un largo camino de acceso proporcionaba un agradable remanso, lanzándote a una exuberante reserva a un lado y a un extenso lago al otro. Frost vivía en una casa con las habitaciones arriba del garage en Periwinkle Way. Estaba en la parte más septentrional de la comunidad, pasada otra rotonda.

Una garceta se erguía como una estatua a la derecha del camino de entrada. Todavía me maravillan sus plumas blancas como la nieve. Se alejó un par de pasos de avestruz cuando nos acercamos. La casa de Frost estaba en el segundo piso, frente a una reserva natural.

Derrick había dicho que Frost fue grosero intentando esquivar la visita. Cuando se hizo evidente que iba a suceder, se volvió amistoso.

Frost abrió la puerta de un empujón. "Pasen. ¿Puedo ofrecerles algo de beber?".

Declinando, entramos. El inconfundible olor de un hombre que vive solo llenó mis fosas nasales. La única luz natural provenía de un par de puertas deslizables con persianas verticales que cubrían la mayor parte del cristal. Estaba demasiado oscuro para mi gusto.

Señaló un sofá de cuero mientras se dejaba caer en un sillón reclinable. Al bajar, mis ojos se centraron en dos revistas: *Florida Sport Fishing* y *Angler's Journal*. Frost era pescador.

Señalé las revistas. "¿Te gusta pescar?".

"Sí. Cuando puedo".

Era una búsqueda solitaria. "No pesco mucho. Pero veo el encanto".

"No has venido aquí para hablar de pesca, así que, ¿qué querías preguntarme?".

Su sonrisa estaba reñida con su rostro. Los ojos no hablaban, pero los suyos gritaban odio. Si no hubiera visto su foto del Registro de Vehículos, lo atribuiría a su aversión por la policía. "¿A qué te dedicas?".

"Trabajo para la compañía de energía eléctrica FPL, leyendo contadores".

Era un trabajo de solitarios. "¿Buena compañía?".

"Apestan, para ser honesto".

Había un matiz amargo. "¿Se molestaron con tu multa por conducir bajo la influencia del alcohol?".

Sus orejas se aplanaron. "¿Tú qué crees? Tuve que gastarme cinco de los grandes en un abogado para recuperar mi trabajo".

Tuvo suerte de que le volvieran a contratar. "¿Dónde está tu territorio?".

"No tengo. Floto, cubro a cualquier imbécil que no se presentó".

"¿Trabajas en el área de Vineyards?".

"Sí, estuve allí hace un par de días".

"¿A qué hora?".

"Casi todo el día. Tienen dos mil perillas".

"Tu auto fue visto por el santuario Logan".

"¿Qué, me estás siguiendo?".

"Conoces a Víctor Trent, ¿verdad?".

"No".

"¿Estás seguro?".

Sus ojos destellaban una maldad que a un actor le encantaría invocar. "Te dije que no lo conozco".

"Solías ir con la doctora Bigham...".

"No, no. Ella no. El mío es el doctor Samuelson. Están en el mismo grupo de médicos".

"Oh, no conseguimos un desglose, solo una lista de pacientes de la consulta. Reglas de privacidad, ya sabes".

Asintió con la cabeza. "Es una locura lo que le pasó. ¿Crees que es uno de sus pacientes?".

"Estamos estudiando esa posibilidad".

"Nunca la tuve, ni siquiera una vez. Tuve a ese otro tipo, um, Frederiks, o algo así".

"Doctor Fredrickson".

"Sí, es él. Era bueno".

Jugamos al gato y al ratón un rato más antes de ponerme en pie. "Gracias por tu tiempo, señor Frost".

Cuando subimos al auto, Derrick dijo: "Me sorprende que hayas terminado la entrevista".

"No quería ponerle en guardia más de lo que está".

"Tenemos que comprobar las imágenes de la cámara de seguridad en la puerta. Vamos a ver si realmente está fuera a altas horas de la noche".

"Compruébalo con los guardias. A esa hora, sabrían de sus excursiones fuera de horario, si son reales".

"Lo haré, ¿y qué hay de la referencia a Bigham? Tenía que conocerla".

"Desde luego lo verificaremos. Pero primero, tratemos de identificar quién hizo la llamada al periódico".

CAPÍTULO CUARENTA

Derrick estaba al teléfono con Forest Glen cuando Freddy García entró en la oficina. "Hola Frank. Aquí están las imágenes de dos lugares junto al muelle de Naples".

Tomé los sobres del voluntario. "Gracias".

"Les dije que lo recortaran a treinta minutos antes y después de la llamada".

"Estupendo. Te lo agradezco".

"Espero que ayude".

Abrí una con el nombre The Boathouse en Naples Bay y un dispositivo con la etiqueta Entrada/Estacionamiento. Hacía tiempo que Mary Ann y yo no íbamos al restaurante. Si conseguías la mesa adecuada, la vista mejoraba la comida.

Metí la memoria USB en mi computadora, Derrick colgó. "Frost es un ave nocturna. Dicen que sale cuatro o cinco veces a la semana en mitad de la noche".

"¿Pero solo está dando vueltas o no?".

"Esa es la cuestión. Tenemos que indagar". Se acercó a su escritorio. "¿Las imágenes de vigilancia?".

"Sí, esto es del Boathouse". No había ni un alma en la foto.

"Ese lugar puede estar lleno. Tenemos suerte de que no sea la hora de comer".

Aceleré al máximo. "No tengo gente esperando una hora por una mesa. En ningún sitio".

"Supongo que van al bar".

"Si bebiera durante una hora, sin comer, estaría acabado. Me quitaría el apetito".

"No puedes estar con los grandes juerguistas, Frank".

Mantuve los ojos fijos en la pantalla. "Tienes razón. Pero lo mejor es que no quiero".

"Pero tú y Bilotti van a esas cosas de cata de vinos".

"Sí, pero el vino es diferente". Sonreí. "Al menos, eso es lo que me digo a mí mismo".

Se rió y le dije: "Ese tipo se me hace conocido". Pulsé la pausa y amplié la imagen.

"Creo que no le conozco".

Me incliné hacia la pantalla. "Yo tampoco". Le di al botón de play y vi el resto sin sacar nada en claro. Inserté la siguiente memoria con grabaciones desde el muelle de Crayton Cove.

Derrick preguntó: "¿Vas allí?".

"No".

"Tienen una gran hamburguesa. Me encanta. Viene con una salsa casera que haría que el cartón supiera bien".

"¡Es él!" Hice pausa. "No hay duda de que es McGovern. Incluso lleva un suéter".

"¡Santo cielo!".

Aminorando la marcha, vimos a McGovern subir por un sendero bordeado de pilotes de muelle, hasta el restaurante.

"Sí, pero la marca de tiempo es de veinte minutos antes de la llamada".

"Quizá la cámara está mal o el tipo del periódico se equivocó".

Nos quedamos mirando la entrada. Dije: "Ahí viene alguien". Apareció un miembro del personal y encendió un cigarrillo.

"Es una hora rara para comer".

"A mi amigo le gustaba decir que tu estómago no sabe la hora".

"Cierto. Aquí viene".

Vimos la espalda de McGovern. Pasó rozando al fumador y desapareció de la pantalla. "Va a hacer la llamada. Coincide con la hora".

"Tenemos al bastardo".

"No es suficiente. Necesitamos pruebas físicas".

"¿Quieres traerlo?".

"No. Se escabulliría si lo hacemos. Vamos a su casa. A ver qué dice sobre estar en la zona. Puede que se confunda. Si no, pediremos una orden para registrar su casa".

"Vamos".

Le lancé las llaves. "Conduce tú. Quiero ver cómo está Mary Ann".

"¿Todavía le va bien?".

"Ella dice que sí".

"¿Crees que esconde algo?".

"No especialmente, pero como decía el presidente Reagan: "Confía pero verifica".

Se rió. "Ella va a estar bien".

"¿Y qué hay de ti? Te mueves como un colegial".

"Los nuevos medicamentos realmente marcaron la diferencia".

Entre los fármacos experimentales de Mary Ann y el cambio de Derrick, pude ver en primera fila los avances de las empresas farmacéuticas. Por desgracia, no era barato. "¿Son caros?".

"No está mal. Mi copago es de cuarenta y cinco dólares, pero pagaría diez veces más si tuviera que hacerlo".

Mantuve la boca cerrada. Aunque no podía compararse, a diez veces, seguía siendo una cuarta parte de lo que pagábamos por las inyecciones de Mary Ann. Saqué mi teléfono. "El dolor no es divertido".

Circulamos lentamente por Airport Pulling Road. ¿Se me estaba acabando la suerte? Vi la señal de Banyan Woods. Cuando llegamos a la puerta, mi corazón empezó a latir más deprisa. Repasé nuestra primera conversación con McGovern.

Un jardinero había estacionado su camión y su remolque frente a la casa de McGovern. No sabía qué era peor: el ruido ensordecedor de los sopladores o el olor a gas que desprendían.

McGovern arqueó las cejas cuando abrió la puerta. "¿En qué puedo ayudarles?".

Me desempeñé como Colombo. "Nos olvidamos de hacer una pregunta ayer".

Sus hombros se relajaron. "No tengo mucho tiempo. Tengo cita con el médico".

Iba a sugerirle que pidiera una inyección de B12 para darle color. "Esto no tomará mucho tiempo".

McGovern se hizo a un lado y cerró la puerta tras nosotros. No se movió del vestíbulo. "¿Cuál es la pregunta?".

"Estuviste en el muelle de Naples hace dos días".

Cambió su postura. "Sí. ¿Y por qué es asunto tuyo?".

"Ese fue el día en que alguien que se hacía pasar por el Asesino del Santuario llamó al *Naples Daily News* para decir que nunca lo atraparían".

"¿Y?".

Me puse a tiro. "La llamada fue rastreada al área del muelle de Naples".

"¿Y? Hay mucha gente allí. Es un imán turístico".

Derrick saltó: "¿Qué estabas haciendo en el muelle de Crayton Cove?".

Fue un error. No debería haberle hecho saber que sabíamos que estuvo allí.

"Fui a comer. ¿Hay alguna ordenanza que haya violado?".

"¿Qué ordenaste?".

"Mi consumo dietético no es asunto tuyo".

Quería decirle que empezara a comer filete, que podría mejorar su color, cuando Derrick dijo: "Debes de comer rápido. Entraste y saliste en diez minutos".

"Si quieres saberlo, entré para hacer una reservación. ¿Está bien eso en tu universo?".

"¿A qué hora volviste?".

"No lo hice. No había nada disponible antes de las ocho y detesto comer tarde".

Teníamos eso en común. "¿Desde dónde hiciste la llamada?".

Su vacilación fue reveladora. "No hice ninguna llamada".

Iba a decirle que conseguiría una orden, pero necesitábamos que se sintiera cómodo por habernos despistado. "Muy bien, señor McGovern. Has respondido satisfactoriamente a nuestras preguntas. Sentimos haberte molestado".

Asintió con la cabeza y abrió la puerta. Salí a la luz del sol pensando que era muy probable que McGovern fuera nuestro hombre.

41

CAPÍTULO CUARENTA Y UNO

Cerré el registro de asesinatos diciendo: "Parece como si estuviéramos haciendo un rompecabezas y no pudiéramos armar el marco. Necesitamos algo".

Derrick dijo: "Lo conseguiremos".

Un voluntario entró con un grueso sobre de papel manila. Le pregunté: "¿Qué tienes?".

"La lista de pacientes de la doctora Bigham".

Lo entregó. "Es más gordo de lo que esperaba".

"¿Quieres que lo devuelva?".

"Ser voluntario no te da licencia para ser un listo, Ramírez".

Derrick dijo: "Sí, ese es *mi* papel por aquí".

"Todo el mundo es un comediante".

"Muy bien chicos, pásenla bien".

Deslicé el informe de una pulgada de grueso. "Vamos a tener que dividir esto".

"¿No podemos tener una versión digital? Podemos buscar nombres concretos en un santiamén".

"Al menos está ordenado alfabéticamente".

Derrick se acercó a su escritorio. "Genial".

Abandonando el enfoque metódico que tan bien me había funcionado, pasé tres cuartas partes de la página. Al llegar a los apellidos que empezaban por L, pasé tres páginas más. Siguiendo mi índice por la última, dije: "McGovern era un paciente".

"Vaya. ¿Cuándo fue la última vez que la vio?".

"No dice".

"¿Era su médico habitual?".

"Supongo que sí. La consulta es familiar".

"McGovern mintió sobre ir a verla".

Las teorías eran la moneda de cambio de un detective de homicidios, pero me costaba encontrar una razón para que McGovern mintiera. "Lo único que tiene sentido es que quería mantenerlo en secreto".

"Pensó que las leyes de privacidad nos impedirían averiguarlo".

"Es una conexión que habíamos estado buscando. Ahora, ¿qué lo relaciona con las otras víctimas?".

Pasé a las páginas en las que los nombres de los pacientes empezaban por F.

Derrick dijo: "Los voluntarios no encontraron nada".

"Tenemos que profundizar, ser creativos". Escaneé la lista. "Bueno, qué te parece; Frost también fue paciente de Bigham".

"Dijo que fue al consultorio, quizá una vez ella sustituyó a su médico... ¿cómo se llamaba?".

"Samuelson". Me sorprendió que se me ocurriera tan rápido. ¿Se estaba disipando por fin la niebla de la quimio?

"Es él. Si Frost está al nivel, no debería importarle pedirles que divulguen información que respalde su historia".

"Cierto. Pero no hace obvia la conexión. Interactuó con

Bigham al menos una vez. Tenemos que averiguar si fue un encuentro inocente o si se desencadenó algo".

"¿Cómo?".

Si lo supiera, te lo diría. El teléfono de mi escritorio sonó mientras decía: "De vuelta a lo fundamental".

Derrick se levantó y asintió. "Tengo que mear".

Contesté la llamada. "Homicidios, detective Luca".

"Sé quién mató a esas personas".

Me acerqué al borde de la silla. "¿Qué personas?".

"Las que el Asesino del Santuario mató".

"¿Y cómo lo sabes?".

Era la tercera persona que llamaba en los dos últimos días afirmando conocer al asesino. Las otras eran típicas: una era una mujer bienintencionada a la que se le había ido la imaginación, la otra era alguien que no controlaba plenamente sus facultades.

"Porque el tipo vive al lado mío".

Una ligera vibración recorrió la base de mi cráneo. "¿Y quién podría ser?".

"Brad Bailey".

Me puse rígido, tomé su nombre y dirección y le dije que iría enseguida.

Bailey había caído de lo alto de la escala de sospechosos, pero tenía antecedentes y conocía a Melissa Wright. Abrí el libro de asesinatos y hojeé la sección dedicada a Bailey. Mirándole la cara, me pregunté cómo se había hecho la larga cicatriz que le marcaba la frente.

UN ELEGANTE JET privado chilló mientras ascendía en un ángulo de cuarenta y cinco grados. Antes de que desapareciera, apareció otro avión. El aeropuerto de Naples estaba cada vez más concurrido a medida que crecía la zona. Pero, ¿no había un límite para el número de personas que podían volar en aviones privados?

Pasando el restaurante Beach House, giré hacia la avenida Esty. Empezó a lloviznar mientras me estacionaba. Roger Turner vivía a la izquierda de la casa de Bailey.

La puerta principal estaba abierta. Turner abrió la puerta mosquitera, haciéndome señas mientras miraba hacia la casa de Bailey. Entré. La casa era compacta pero ordenada.

Nos dimos la mano. "Te lo digo, es él".

"¿Qué te hace creer eso?".

"En primer lugar, es raro. Y ruin".

"Necesito detalles sobre tu afirmación de que es el Asesino del Santuario".

"Sale hasta tarde todas las noches, incluidas las del asesinato de esas mujeres".

"Eso no es suficiente para acusar a alguien...".

"La noche que asesinaron a Trent. Le vi volver. Eran como las dos de la mañana. Yo estaba fuera; me olvidé de llevar la basura a la acera, y él estaba saliendo de su auto. Tenía algo enrollado alrededor de la mano, como si estuviera sangrando".

Mi mente se fue a la gota de sangre en los pantalones de Trent. "¿Cómo sabías que estaba sangrando?".

"Se notaba. Lo tenía levantado, así". Levantó la mano como si hiciera un juramento. "Le pregunté si estaba bien y se volvió hacia mí. Fue entonces cuando lo vi".

"¿Ver qué?".

"El cuchillo".

"¿Qué tan grande es el cuchillo?".

Separó las manos unas ocho pulgadas. "Más o menos así de grande".

Me tomé mi tiempo para hacer preguntas, pero Turner

nunca vaciló en los detalles. Ver a alguien fuera tarde, incluso con un posible corte y un cuchillo era circunstancial. Pero el hecho de que Bailey tuviera antecedentes lo puso en la cima de los sospechosos.

Bailey necesitaba una mirada más cercana. Mucho más de cerca. Saqué mi móvil para llamar a Derrick, y empezó a sonar.

Era el doctor Bilotti. La llamada lo cambió todo.

42

CAPÍTULO CUARENTA Y DOS

EL SUSTO POR LO QUE OÍ ME DEJÓ PARADO BAJO LA LLUVIA. Salté al auto mientras la lluvia se intensificaba. "¿Qué tan confiables son los resultados?".

"Tan seguros como podemos estar".

"¿En serio?".

"Sí. Las probabilidades de que esté mal son de una entre diecinueve mil millones".

"No tiene sentido".

"Puede que no, pero la sangre en el pantalón de Trent era de mujer".

"¿Cuánto tiempo crees que estuvo allí? ¿Podría ser de hace mucho tiempo?".

"No. Lo pasamos por un espectroscopio Raman; era fresca".

"No puedo creerlo".

"Créelo".

"¿La has subido para ver si coincide con algo del sistema".

"Sí. Hice la petición inmediatamente".

"Gracias, Doc".

"Siento que esto ponga patas arriba tu investigación".

"Ojalá fuera al revés. No tenemos adónde ir; partimos de cero".

"Aguanta, Frank".

"Lo intentaré".

"Si puedo ayudar, házmelo saber".

"¿Quieres decírselo a Remin por mí?".

"Lo que necesites, amigo mío".

"Gracias, es broma".

Encendí el motor y el limpiaparabrisas. Al repasar la investigación, me alegré de que no hubiera sido un descuido o una torpeza lo que me impidió pensar que la responsable era una mujer.

Seguimos las pistas que teníamos e incluso los perfiladores del FBI creían que era un varón. No nos habíamos equivocado, pero ¿y qué? Necesitaba averiguar hacia dónde dirigir el caso antes de decirle al sheriff que nos habíamos equivocado.

Al alejarme, supe que había llegado el momento de pensar con originalidad. Conduje despacio. Lo primero que haríamos sería comprobar la lista del Registro de Vehículos de mujeres conductoras de Hondas color blanco. Ampliarla a los registros del condado de Lee. El comienzo de un plan de acción me sentó bien. Por un momento. Hasta que me vino a la cabeza la llamada al periódico.

Habían pensado que era una voz masculina. ¿Era una mujer, disfrazada a propósito de hombre? Fuera quien fuera, era formidable, pero si había ocultado su sexo, su invencibilidad se acercaba a lo legendario.

Dejé de lado la muerte de Ryan. Aunque había dudas de que fuera un suicidio, parecía más fácil centrarse en las otras muertes. Esto había empezado con las mujeres víctimas. ¿Qué tenían en común? ¿Un amante aparte de Ryan?

Al acercarme a Aeropuerto Pulling, la sensación de melancolía que había tenido desde que Bilotti me llamó se oscureció. Atribuí parte de ello a tener que contárselo a Remin, pero la razón principal era el creciente temor a que hubiera más de un asesino.

El olor a curry flotaba en el aire. Remin había almorzado comida india. El enrojecimiento de su rostro inducido por el picante se desvaneció cuando me negué a tomar asiento. "¿Hay algún problema?".

"Me temo que ha habido un avance".

Remin dirigió los ojos hacia el techo. "¿Y ahora qué?".

"La sangre en los pantalones de Víctor Trent era femenina".

Sus hombros se hundieron. "¿El asesino es una mujer?".

"Eso parece".

"¿Calcularon el tiempo que tenía en la ropa?".

"Sí, era fresca. Coincide con la hora de la muerte".

Golpeó el escritorio con la palma de la mano. "Maldita sea".

"Es un contratiempo pero estamos pivotando...".

"¿Qué mujeres estás mirando?".

"Estamos echando otro vistazo a los registros de Honda y ampliándolo para incluir el condado de Lee".

"Esto es un desastre. Me dijiste que te estabas acercando. ¿Qué demonios ha pasado?".

"Es un giro inesperado, pero hemos acumulado muchos datos. Lo haremos público y...".

"¿Cómo demonios vamos a pedir ayuda al público? Pareceremos payasos".

"Nunca mencionamos el género del sospechoso".

"¿Te acuerdas de Ryan?".

"Lo sé, pero no estoy seguro de su papel".

"¿Qué? ¿Ahora crees que fue un suicidio?".

"No estoy seguro, pero no podemos descartar la posibilidad de que haya dos asesinos".

"¿No podemos atrapar a uno, y ahora infieres que hay dos?".

"Es factible, jefe. Hay cuatro víctimas. Dos hombres, dos mujeres. Si dejamos fuera a Ryan, nos quedamos con Trent y las mujeres. Hemos desarrollado conexiones entre...".

"No digo que estés equivocado, pero a menos que tengas algo concreto, estás eligiendo víctimas para encajar con un sospechoso".

Era una apreciación válida. "Entiendo tu preocupación. Lo siento si no lo expresé correctamente; la cuestión es que tenemos que explorar todos los escenarios imaginables".

"Los ciudadanos exigen una solución. No podemos decirles que empezamos de cero. Caray, ni siquiera podemos corregir el género".

"Los atraparemos, aunque sea lo último que haga".

"Elogio tu compromiso, pero quizá sea hora de pedir ayuda al FBI".

"Esa es tu decisión. Pero los perfiladores del FBI también estaban seguros de que era un hombre. Podemos hacer esto sin ellos. Tú has manejado casos donde los federales estaban involucrados. La burocracia lastrará la investigación".

"Me importa un bledo la burocracia; quiero que se resuelva este caso. Toda la buena voluntad que este departamento se ha ganado está en juego. ¿Lo entiendes?".

Asentí con la cabeza. Siguió despotricando.

Dejé que descargara su frustración, como había aprendido de la doctora Bruno. La buena sensación que había tenido al mantener la calma se evaporó antes de llegar a la escalera. La presión había aumentado.

Bajando las escaleras, busqué algo en lo que centrar nuestra atención. Me quité de la cabeza el billete de lotería premiado. Si había una coincidencia de ADN, sería una sorpresa total; yo no pillaba oportunidades así. Iba a costar trabajo. Mucho.

Teníamos el ángulo del Honda, pero aún no sabíamos lo suficiente sobre cada víctima. Tenía que haber una conexión. Tenía que avisar a Mary Ann de que iba a pasar muchas horas en la estación. Llegué a nuestro piso y fui directo a la puerta del estacionamiento. No sabía si era el calor que necesitaba después de Remin o alguna combinación de consuelo y ánimo.

Podría haber sido el sol, pero la voz de Mary Ann sonaba más dulce que nunca. "¿Está todo bien?".

"Hay otro giro en el caso del santuario natural".

"¿Qué ha pasado?".

Le dije que el asesino era una mujer. "Dios mío. Eso es inusual".

"Lo sé.

"¿Qué vas a hacer?".

"Los fundamentos. Sabes que el noventa por ciento de este trabajo es sobre el proceso. Nos atenemos a él, y estaremos esposando a alguien antes de que te des cuenta".

"Espero que tengas un respiro".

"Agoté todos mis descansos cuando te conocí".

"Oh. Eso es dulce, Frank".

"Lo digo en serio".

"Los dos tenemos suerte".

"La tenemos. ¿Cómo te sientes?".

"Bastante bien".

Entre la vacilación y lo bastante bien, supe que había resbalado. "¿No tan bien como el último par de días?".

"No es nada".

No lo era. "¿Tienes dolor?".

"En realidad no, solo me siento como si llevara una mochila de cien kilos".

"¿Llamaste...?".

"Sí, se lo dije a la doctora. Me dijo que le diera unos días, a ver si mejora".

Aunque lo dudaba, dije: "Mejorará. Dijeron que no es una línea recta con las inyecciones".

"No te preocupes, estoy bien. Tienes que atrapar a un asesino".

"Me avisas si empeora, ¿vale?".

"Lo haré".

"Hasta que esto termine, va a ser una locura".

"Lo sé. Si puedo ayudar, házmelo saber".

"¿Quieres hablar con los medios por mí?".

43

CAPÍTULO CUARENTA Y TRES

GEORGE GOFF SE ENCARGABA DE LAS RELACIONES PÚBLICAS del departamento del sheriff. Como había trabajado en Washington antes de venir al paraíso, sabía hablar durante treinta minutos sin decir nada. Aunque lo encontraba frustrante, era una habilidad útil para desplegar cuando era necesario.

Le había pedido consejo y, mientras caminaba por el pasillo, no dejaba de recordarme que debía mantenerme optimista, centrarme en las nuevas pruebas y, al mismo tiempo, aludir a nuevas pistas.

Una hilera de cámaras se alineaba en la parte trasera de una sala llena de periodistas. Había visto a muchos de ellos a lo largo de los años, pero seguía sintiéndome como en una balsa durante un huracán: un descuido y tendría que luchar para volver a tierra firme.

Temiendo que mi sonrisa fuera demasiado brillante, bajé el tono y subí al podio.

"Buenas tardes, damas y caballeros. En nuestro continuo esfuerzo por informar al público, me gustaría ponerles al día sobre el caso conocido como el Asesino del Santuario.

"Estamos avanzando en la detención del individuo o individuos responsables de los asesinatos. Nuestra unidad forense recogió una muestra de sangre de una de las escenas del crimen. Un análisis de esa muestra determinó que procedía de una mujer".

Un murmullo recorrió la multitud.

"Pedimos a la población que tenga en cuenta el cambio de sexo cuando piense en el caso. Si tiene alguna información que crea que puede ayudar, llame a la línea directa. Su ayuda es fundamental para llevar a este asesino ante la justicia. Recuerde que su llamada será confidencial".

Observando las caras, sentí que había ido bien. Hasta el momento. Quería irme, pero Goff había dicho que contestar un par de preguntas era una forma eficaz de poner a los medios de tu parte.

"Estaré encantado de responder a una o dos preguntas". Las manos se alzaron. Señalé una cara conocida.

"Gracias. Sandy Baker de WINK News. Detective Luca, hasta hoy, usted creía que era un hombre, ¿correcto?".

"Esa era la suposición".

"Dado el cambio abrupto de un sospechoso a una sospechosa, ¿hasta qué punto está seguro de que el asesino es una mujer?".

"Creemos que, o bien el asesino es una mujer, o una mujer estaba presente en, o cerca de, el momento de la muerte".

"Entonces, ¿ahora dice que hay más de una persona haciendo esto?".

"No tenemos pruebas que lo corroboren, pero no podemos, ni queremos, descartar la posibilidad". Señalé a un periodista mayor que había cubierto el primer caso en el que trabajé en Naples.

"John Griswald, del *Naples Daily News*. ¿Usted o alguien de la oficina del sheriff ha vuelto a saber algo del asesino?".

"Aunque no hemos tenido más contacto, es importante señalar que no tenemos pruebas de que el individuo que hizo la llamada estuviera implicado en ninguno de los asesinatos".

"¿Siente que la persona que llamó le estaba desafiando, haciéndolo personal?".

"Cada crimen cometido en el condado es una afrenta personal para mí. Cuando me asignan un caso, especialmente un homicidio, lo vivo, lo como y lo respiro. Es la única forma que conozco".

"Usted ha tenido una larga y distinguida carrera. ¿Es este caso el más difícil que ha encontrado?".

"Cada caso presenta sus retos. Permítanme terminar diciendo que confío en que detendremos a los responsables".

"¿Cómo puede decir eso con al menos cuatro muertes conocidas?".

"Porque he podido resolver todos los homicidios que me han asignado".

"Pero hay miles de asesinatos sin resolver en todo el país".

En realidad eran doscientos mil. "Eso es verdad".

"¿Es este el caso que arruinará su expediente?".

Lo había pensado, pero antes de que pudiera responder, siguió con: "¿Es este asesino demasiado bueno para ser atrapado?".

¿Era este periodista un lector de mentes? "No. Eso es todo por hoy. Tengo que volver al trabajo". Dirigiéndome a la puerta, tarareé para no oír las preguntas que me gritaban.

EL SHERIFF me había cedido cinco agentes y el uso de una sala de conferencias durante el tiempo que fuera necesario. Entraron en la sala y se sentaron alrededor de una mesa ovalada.

De pie, dije: "Nos hemos despistado con los resultados de la sangre. En lugar de deprimirnos por ello, tenemos que seguir indagando. Profundizar y ampliar las vías de persecución".

El detective Dickson tiene una lista revisada del Registro de Vehículos sobre el Honda visto en el santuario natural Logan. Hay seis mujeres a las que tenemos que echar un vistazo. Si no sale nada, trabajaremos en las registradas en el condado de Lee. Con dos de nosotros tomando tres cada uno, investigarlas no debería llevar mucho tiempo.

"¿Quién quiere ayudar con eso?".

Un par de manos se levantaron. "Bien. Casey y Blake cubrirán eso". Derrick entregó la lista y yo dije: "No hubo una coincidencia directa con el ADN sanguíneo, pero quiero seguir el ángulo del ADN familiar. Entre los bancos de datos federales y estatales, podríamos encontrar un pariente que nos permitiera rastrear de quién era la sangre que estaba en el pantalón de Trent. Foley, tú tienes experiencia de laboratorio, ¿puedes ayudar?".

"Definitivamente. Incluso veré lo que tienen los sitios comerciales de ADN".

"Creía que habían destituido por completo a las fuerzas del orden".

"La mayoría sí, pero unos pocos piden a los clientes que se excluyan, así que merece la pena comprobarlo".

"De todos modos, si podemos aumentar las probabilidades, puede hacer una diferencia. Eso deja a Cobalt y Willis.

Ahora, sé que hemos estado buscando conexiones con las víctimas. No conseguimos mucho, así que, quiero ir más atrás. Verifiquen a qué escuela primaria fueron. Este es un asesino serial organizado, uno que podría estar guardando resentimiento por algo que pasó en sexto grado.

"Tiene que haber algo que vincule a estas víctimas, y si resulta que no lo hay, sabremos que es aleatorio. Subrayen cualquier cosa, incluso si se aplica solo a dos víctimas. Y asegúrense de incluir a Ryan".

Miré a cada uno de los miembros del equipo y les dije: "Nuestra misión es atrapar al bastardo que está haciendo esto. No tengo que decirles lo importante que es hacerlo rápido. Esta es nuestra ciudad, y que me condenen si un lunático va a matar a su antojo".

44

CAPÍTULO CUARENTA Y CUATRO

Oí el teléfono a unos metros de nuestra oficina. Derrick se adelantó corriendo y se abalanzó sobre el auricular.

"Homicidios. Detective Dickson".

"Necesito hablar con el detective Luca".

"¿Quién habla?".

"Jimmy Braun del *Daily News*".

"Espera".

"Frank es ese reportero de las noticias, el que recibió la llamada".

Con un brazo aún en el saco, tomé el teléfono. "Soy Frank Luca".

"Hola, detective. El Asesino del Santuario llamó de nuevo".

"¿Qué dijo?".

"Que no lo van a atrapar, y aunque lo hicieran, no irá a la cárcel".

"¿Algo más?".

"No. Fue otra llamada rápida".

"¿Qué tan seguro estás de que era la misma persona que te llamó antes?".

"Estoy noventa, noventa y cinco por ciento positivo".

"¿Podrías decir si era una mujer?".

"Podría haber sido. Es realmente difícil; de nuevo, está usando algo para disimular su voz".

"¿Equipo de distorsión?".

"Tal vez una de esas aplicaciones".

"¿Pudiste detectar ruidos de fondo o algo que pudiera ayudar a identificar desde dónde se hizo la llamada?".

"Estoy casi seguro de que fue afuera".

"¿Qué te hace pensar eso?".

"Se oía el viento".

"De acuerdo. Déjame preguntarte, ¿por qué crees que se dirigen a ti y a nadie más?".

"Nunca pensé en eso. A caballo regalado no se le ve el colmillo".

"Piénsalo. A ver si se te ocurre algo".

"Lo haré".

"¿Hay algo más que creas que pueda ser útil?".

"En realidad no, pero ya sabes, tiene confianza, no está nervioso ni nada".

"¿Qué te ha dado esa impresión?".

"La forma en que hablaba. Calmada y deliberada".

"Quienquiera que sea, mejor que no se ponga demasiado cómodo. Vamos a darles caza y recibirá la pena de muerte por esto".

"¿Cómo va la investigación?".

"Bien. Estamos siguiendo varias pistas prometedoras".

"¿Puedes compartir algo? No usaríamos tu nombre; sería una fuente bien situada".

"Lo siento. No puedo hablar de una investigación activa".

"¿Hay algo que puedas decirme extraoficialmente?".

No solía hablar extraoficialmente y, en este caso, no podía decirle que no teníamos ni idea de quién estaba detrás de los asesinatos. "No en este momento, señor Braun".

Después de darle las gracias, dejé caer el auricular en su soporte. Derrick dijo: "¿Ha vuelto a llamar?".

"Sí. Se está volviendo descarado. Braun dijo que sonaba confiado".

"¿Confiado? ¿No sabe que Luca está en el caso?".

Nunca me sentí invencible. De hecho, atribuía las dudas que se agolpaban en mi cabeza al éxito que había conseguido reunir. No era inseguridad total, sino la sensación de que el éxito nunca se tenía, sino que se alquilaba. "Sí, claro. Y no olvides que esto es un trabajo de equipo".

"Lo sé, pero tú tienes la experiencia, Frank".

"No te subestimes, Derrick. Eres un maldito buen detective. Podrías reemplazarme mañana, y el departamento no perdería el ritmo".

"Te lo agradezco, pero ambos sabemos que no es verdad. Necesito uno o dos años más trabajando a tu lado".

Quería decirle que este caso equivalía a un máster en homicidios, pero me preocupaba no estar cerca para resolverlo. Si no atrapaba pronto a ese loco, Remin se vería obligado a sustituirme y pedir ayuda externa. "Si puedes aguantarme, estaré encantado de transmitirte todo lo que sé. Pero mucho de lo que hace a un buen detective de homicidios es proceso e instinto".

"Sin duda".

"Muy bien, basta de plática, tenemos que ponernos a trabajar. Nunca indagamos más allá del último año en las cuentas de redes sociales de la víctima".

"¿Con quién quieres que empiece?".

"Tú llévate a Melissa Wright y yo investigaré a la doctora Bigham".

"Deberíamos empezar por Facebook. Dada su edad, y dado que retrocedemos un par de años, tiene sentido".

Yo no estaba en Facebook y, aparte de mantenerme en contacto con gente que había quedado a la deriva en el mar de la vida, no lo entendía. Mary Ann lo miraba una vez al día y Jessie solía estar ahí, pero se había pasado a Instagram.

Como Bigham era doctora, esperaba que sus mensajes fueran de carácter general. La mayoría eran citas motivadoras. Estaba claro que creía que los pensamientos positivos y sin estrés fomentaban la salud.

Mary Ann solía recordarme que dejara de ser negativo. En mi negocio, eso era difícil. Hacía tiempo que no me decía nada. Preguntándome si se había dado por vencida conmigo, hice clic en las fotos de Bigham.

Las cinco primeras líneas eran puestas de sol o fotos tomadas desde un barco. No recordaba si había pruebas de que tuviera un barco. Tomé nota y me desplacé hacia abajo. Me llamó la atención una foto de una pareja mayor tomada cinco años atrás. El parecido con la mujer me hizo pensar que se trataba de sus padres.

Las siguientes fotos eran de un gato gordo atigrado. El felino también debía de haber muerto. Hice clic en una foto de dos mujeres y me incliné hacia ella. Eran la doctora Bigham y una mujer de hombros anchos y pelo muy corto. Se estaban besando, y no era un beso de saludo informal.

Hice clic con el botón derecho y pegué la imagen en un documento de Word. Al desplazarme por más puestas de sol y escenas de playa, me detuve en otra foto de la pareja. La mujer misteriosa tenía la cabeza apoyada en el hombro de Bigham, y la doctora tenía el brazo alrededor de la cintura de la mujer. La mujer llevaba un top que era más de rejilla que de tela.

Después de guardar la foto, le di a imprimir y me levanté. "Derrick, Bigham puede haber tenido una amante femenina".

"¿Bateaba por los dos lados?".

Saqué papel de la impresora. "No lo sé, pero mira esto".

Asintió con la cabeza. "Oh sí, estas dos son más que amigas. Parece una atleta".

"Tenemos que averiguar quién es".

"¿Crees que pudiera ser la asesina?".

"¿Por qué no? Podría ser que Bigham la rechazara por otra persona. Voy a la consulta de la doctora. Que todos busquen señales de que Wright pudo haber tenido una relación lésbica".

"Pudo haberlos liquidado para alejarlos de Bigham o Wright".

"Es posible. Después de identificar quién es esta mujer, veremos si Trent o Ryan tienen conexiones con ella".

"Parece una exageración".

"Puede ser, pero, A, nada está fuera de la mesa, y, B, podría haber dos asesinos".

45

CAPÍTULO CUARENTA Y CINCO

LA SALA DE ESPERA ESTABA VACÍA Y FRÍA. COMO LA GRIPE DE este año era más contagiosa, las consultas médicas habían adoptado protocolos para frenar la propagación. En este caso, te sentabas en tu auto y enviabas un mensaje diciendo que estabas allí. Cuando estuvieran listos, te llamarían.

Tenía sentido, pero algunas de las normas que separaban a los enfermos y ancianos de sus seres queridos eran horribles, cuando no crueles.

Pegué mi placa contra la ventanilla corrediza y le dije a la enfermera que quería hablar con Lisa Bonn: la enfermera que llevaba más tiempo trabajando con la doctora Bigham. Dos minutos después, entró en la sala de espera una mujer bajita vestida con ropa médica azul y una mascarilla.

"Hola, soy Lisa".

Saqué la mano. "Detective Luca. Lo que tengo que preguntar es de naturaleza privada. ¿Podemos salir?".

"Claro". La seguí y se quitó el cubrebocas.

"Como dije por teléfono, estoy aquí por la doctora Bigham".

"Aún me cuesta creer que se haya ido".

"Me interesan sus relaciones. Especialmente, las de tipo romántico".

"Espero poder ayudar".

"¿Tenía la doctora Bigham amantes femeninas?".

La cara de Lisa enrojeció, y tuve mi respuesta. "Puede que así haya sido".

Saqué las fotos de Facebook. "¿Sabe quién es esta mujer?".

Ella tragó saliva y asintió. "Sí. Es Diane Milbury".

"¿Tenía una relación con la doctora Bigham?".

"No lo sé con seguridad, pero ha estado aquí un par de veces y, bueno, la doctora Bigham no quería que pasara por la consulta. Sabe, la doctora Bigham era muy profesional. Nunca mezcló su vida personal con la práctica. Trabajé con ella nueve años y nunca socialicé con ella".

"¿Pero conoce usted a esta Diane Milbury?".

"No la conozco, solo la vi aquí, y sé que a la doctora Bigham no le gustó que viniera".

"¿Dijo algo sobre ella?".

"No directamente, pero estaba disgustada después de que vino aquí".

"¿Sabe dónde vive o trabaja?".

"No, lo siento".

"Está bien. Ha sido de mucha ayuda, señora".

Tan pronto como volvió dentro, llamé a Derrick. "Parece que hemos encontrado a esta mujer. Su nombre es Diane Milbury. Pásala por el sistema. Estoy en camino".

"Lo haré". Oh, Remin quiere verte. Shirley llamó dos veces".

"Probablemente quiere una actualización. Iré directamente a verle".

Remin llevaba corbata roja y el ceño fruncido. Sacudió la cabeza mientras me sentaba. "Eres peor que yo".

"¿Perdón, jefe?".

"¿Le dijiste al periódico que te asegurarías de que colgaran al Asesino del Santuario?".

No era mala idea, pero no era la mía. "De ninguna manera. Nunca dije eso".

"¿Qué les dijiste?".

"Nunca hice una declaración. Querían que lo hiciera, pero me negué. Fue justo después de la rueda de prensa".

"Que el asesino vio y llamó al periódico".

"Seguro que sí".

"Temo que vaya a atacar de nuevo. No podemos burlarnos de ellos".

"Soy consciente de ello, jefe. Todo lo que dije fue que íbamos a cazar al asesino".

"¿No dijiste que lo colgarían?".

"No. Nunca diría eso". Omití la parte de la sentencia de muerte.

"¿Estás diciendo que se lo inventaron?".

"Puede que se haya sacado de contexto. Mencioné que un asesino en serie podía ser condenado a muerte, pero no dije nada de la horca". Al menos eso era cierto.

Sabía que le estaba dando vueltas a las cosas. "Esto desaparecerá si atrapamos al bastardo".

"No es *si,* jefe. Es cuándo".

"¿Tienes algo nuevo?".

"De hecho, sí. Hay una nueva persona de interés. Es pronto, pero es una mujer y estamos a punto de centrarnos en ella".

"¿Conectada a una víctima?".

"Al menos una en este momento: la doctora Bigham".

"Bien. Ponte a ello".

Al bajar las escaleras, me pregunté cómo sería el titular de mañana. Debería haber sabido que no debía expresar una opinión a un periodista, pero él tomó lo que dije y lo empapó de sensacionalismo. Era la razón por la que la mayoría de los estadounidenses no confiaban en los medios de comunicación. Mi relación era más complicada; desempeñaban un papel en la resolución de algunos crímenes, pero también avivaban los movimientos antipoliciales.

Entrando en la oficina, Derrick golpeó el aire. "Estamos en algo. Milbury no es un ángel".

"¿Tiene antecedentes?".

"Sí. Agredió a otra mujer".

"¿Hace cuánto tiempo?".

"Hace cinco años. Pero adivina qué más he encontrado".

"Solo dímelo".

"Hay dos órdenes de alejamiento contra ella. Y escucha esto, ambas protegen a mujeres".

"Me pregunto si tenía una relación con ellas".

"Apuesto por el sí".

"¿Dónde vive?".

"En Palm River".

"Eso está cerca de donde dejaron el cuerpo de Wright".

"Creo que hemos dado con algo".

"¿Qué hace?".

"Es entrenadora personal en LA Fitness en Vanderbilt Beach Road".

Tenía la fuerza para dominar a alguien. "Mira si está trabajando y le haremos una visita".

"Ya lo hice. Está entrenando a alguien y terminará en veinte".

Tomamos Goodlette Frank norte. Siempre había menos

tráfico que en Airport Pulling. Al llegar cinco minutos antes de que terminara su sesión, le dije: "¿Por qué no entras? Puede que me reconozca de las noticias".

"Claro".

"Tenemos que ir despacio con ella. Quizá nos dé una muestra de ADN voluntariamente".

"No si ella tuvo algo que ver".

"Un hombre puede soñar, ¿no?".

Derrick se rió y abrió la puerta del auto. "En cuanto la saque fuera, ven".

Le vi abrir la puerta del gimnasio, preguntándome cómo iría la entrevista con Milbury. Necesitábamos un respiro y, aunque inesperado, podría ser éste.

Con los ojos puestos en la puerta, mis esperanzas se desvanecieron cuando se abrió de golpe. Milbury se sacudió la mano que Derrick tenía sobre su codo. Salí del auto mientras ella caminaba hacia la derecha.

CAPÍTULO CUARENTA Y SEIS

Con los brazos cruzados sobre el pecho, Milbury estaba de pie a unos metros de Derrick. Se habían quedado a la deriva frente al escaparate de la pizzería Crust original cuando llegué a la acera.

"Señora, soy el detective Luca".

Hizo una mueca digna de una niña de dieciséis años. "¿Qué quieres?".

"Solo tengo un par de preguntas".

Milbury mascaba chicle. "¿Sobre qué?".

"La doctora Bigham".

No pude detectar si eso fue una sorpresa para ella. "No es asunto tuyo".

"Señora, el hecho de que fuera asesinada hace que sea asunto mío. Esperamos que coopere, pero si decide no hacerlo, podemos obligarla a venir a la comisaría".

Ella se burló: "Haz tus preguntas, pero si son personales, no contestaré".

"Sabemos que tenía una relación con la doctora Bigham".

"¿Tienes algún problema con eso?".

"En absoluto. Mi interés radica en lo que les separó".

"La misma basura que rompe cualquier relación".

Mi primer matrimonio había acabado en divorcio. Sabía lo que quería decir. "Voy a necesitar que sea específica".

Me fulminó con la mirada. "Te he dicho que no voy a entrar en lo personal".

El sonido de su chicle tronando me estaba afectando. En el milisegundo que me detuve para calmarme, Derrick dijo: "El detective Luca te dijo que te detendríamos si no cooperabas".

"¿Qué crees que es esto, Rusia o algo así?".

Le dije: "¿Discutieron entre ustedes?".

"¿Quién no?".

Ella dijo otra verdad. "¿Alguna vez llegó a ser un altercado físico?".

"Yo no maté a Sarah. La amaba. Era la persona más cálida que había conocido".

"Como doctora, no le gustaba mezclar su vida personal con la profesional".

"No podía aceptar quién era, siempre estaba preocupada por lo que pensaran de ella".

"¿Y usted no es así?".

"De ninguna manera. Si vives tu vida así, nunca serás feliz".

Ella tenía razón. "¿Diría que la doctora Bigham era feliz?".

"Cuando estábamos solas, ella era feliz. Era todo lo demás lo que interfería".

"¿Podría explicarse mejor?".

"No vale la pena desenterrar el pasado".

Milbury competía con Buda. Me abstuve de decir amén y cambié de tema. "¿Qué tan bien conoce a Melissa Wright?".

"¿Es la chica que solía trabajar en Alice Sweetwater's?

Era una forma extraña de responder. Sabía que no podía negar conocerla si había una conexión. "Sí. ¿Ustedes dos eran amigas?".

"No. Fui un par de veces".

"Yo también. Tienen hamburguesas bastante buenas".

Ella asintió.

Derrick preguntó: "¿Cómo conoció a Bobby Ryan?".

Por la forma en que formuló la pregunta, supe que el departamento estaba en buenas manos. Milbury dijo: "Le alquilé un auto hace mucho tiempo".

Milbury conocía al menos a tres víctimas. Le pregunté: "¿Le gusta el MINI Cooper?".

"Era divertido de conducir pero no tenía cajuela".

"¿Hace cuánto tiempo tuvo uno?".

"Hace como cinco años".

Lo corroboraríamos con el Registro de Vehículos. De momento, un SUV Kia estaba registrado a su nombre.

"¿Cuándo terminó la relación con la doctora Bigham?".

Sacó un chicle nuevo, metió el viejo en el envoltorio y lo tiró en un bote de basura. Fue un movimiento suave, que le permitió calcular un margen de tiempo. Si era una historia real o una para encajar en un perfil inocente era la cuestión. "No estoy segura; fue algo intermitente durante un tiempo".

Ella no contestó. "No hemos podido evitar darnos cuenta de que hay dos órdenes de alejamiento contra usted".

Sus ojos se entrecerraron. "Jodidamente ridículo".

Uno tal vez, dos era un patrón. "No para las mujeres que se sintieron amenazadas. ¿Por qué buscaron protección?".

"Todo lo que hice fue tratar de verlas, de hablar las cosas".

Fue un replanteamiento de primera clase. "Estas discusiones tuvieron lugar al final de las relaciones".

"Sí, ¿y qué?".

No quería enemistarme con ella; hablaríamos con las mujeres y obtendríamos su versión. "Solo digo que es normal cuando las cosas se tuercen".

Ella asintió.

Metí la mano en el bolsillo del pecho y saqué un kit. "¿Estaría dispuesta a darnos una muestra de su ADN?".

"¿ADN? ¿Para qué?".

"Es el protocolo. Eso es todo. Nada de qué preocuparse".

"Sí, claro. Así pueden plantarlo y culparme de algo".

Ojalá Hollywood dejara de propagar el mito de que las fuerzas del orden plantan pruebas. "Eso es injusto, señora. He sido policía la mayor parte de mi vida adulta y nunca vi a un compañero colocar una prueba incriminatoria".

"No me importa lo que digas. Además, mi ADN es privado".

"Entiendo, señora. Le agradecemos su tiempo hoy".

Subimos al auto y Derrick dijo: "No me gusta. Ella está ocultando algo. ¿Qué piensas?".

"No necesitamos ir a cenar con ella. Solo necesitamos averiguar si está involucrada en estos asesinatos. El hecho de que conozca a tres de las víctimas y no nos dé su ADN me preocupa".

"Exactamente. Y se saltó las órdenes de protección como si hubiera pisado a alguien".

"Hablaremos con las mujeres, pero primero, tomemos el chicle que puso en la papelera. El laboratorio sacará su ADN de ahí".

TRAS DEJAR el chicle en el laboratorio, nos dirigimos a Spanish Wells. La comunidad de Bonita Springs lindaba con

Naples y era donde Sheila Lake vivía. Lake había pedido una orden de protección que mantenía a Milbury al menos a cien yardas de ella.

Lake vivía en una casa rodante a un minuto de la entrada de Bonita Spring Road. Abrió la puerta vestida con ropa ajustada para hacer ejercicio. Lake tenía más curvas que una pista de eslalon.

"Hola, señora Lake, hablamos antes".

Nos miró por encima del hombro. "Sí, pasen".

"Como mencioné, estamos interesados en Diane Milbury. ¿Cuándo la conoció?".

"Oh, hace unos cuatro años. Solía ir a LA Fitness y la veía allí. Después de un tiempo, llegamos a conocernos, y luego, ya sabes, empezamos a salir".

"¿Por qué pidió una orden de restricción contra ella?".

"Diane era muy controladora. Me asfixiaba. Y era muy celosa. Se enfadaba si hablaba con alguien en el gimnasio".

Derrick dijo: "¿Tiene mal carácter?".

"Sí, ella me asustó. Tenía miedo de que me hiciera daño".

"¿Llegó a lo físico?".

Se encogió de hombros. "Me empujó muy fuerte una vez. Me lastimé el hombro".

"¿Fue entonces cuando pidió una orden de alejamiento?".

Ella negó con la cabeza. "No. Fue cuando vino por mí con un cuchillo".

"¿Qué pasó?".

"Estábamos en la cocina y se puso como una fiera cuando se enteró de que había venido a verme un chico que conocía de mi antiguo vecindario. No fue nada, solo un hola, pero se volvió loca y sacó un cuchillo del bloque" —señaló la encimera— "dijo que me mataría si me encontraba con él".

47

CAPÍTULO CUARENTA Y SIETE

COLGUÉ EL TELÉFONO. NECESITÁBAMOS CONFIRMAR SI EL ADN de Diane Milbury coincidía con la sangre encontrada en los pantalones de la última víctima. "El Sheriff dijo que iba a hacer que el laboratorio priorizara la muestra de chicle".

Derrick dijo: "Parece que va a ser Milbury".

"Conseguimos una coincidencia de ADN y, con suerte, confesará los otros asesinatos. Si no, tendremos que obtener pruebas sólidas para conseguir algo más que una condena por el asesinato de Trent".

"Necesitamos un motivo para Trent. ¿Qué piensas, algún tipo de triángulo amoroso?".

Antes de que pudiera contestar, el agente Casey entró en el despacho. El voluntario dijo: "Revisamos la lista de mujeres con Hondas blancos. Dos se destacaron, Riley Addison y Tina Dreman. Las investigamos rápidamente".

Me entregó dos hojas de papel.

"¿Addison trabaja en el mismo Bank of America donde trabajaba Trent?".

"Sí. Y se pone mejor, Dreman cumplió condena en Nueva York por apuñalar a alguien en un andén del metro. He pedido el expediente".

Me levanté de la silla. "Buen trabajo, Casey. Vamos a saltar sobre estas dos".

Derrick dijo: "¿Debemos esperar hasta que tengamos el ADN de Milbury?".

"Va a ser un día o dos. No podemos esperar".

"Bien, ¿quieres empezar con Dreman? Ha sido violenta".

"Sin duda".

Dreman vivía en Lago, un nuevo complejo de departamentos situado en el cruce de las carreteras Livingston y Radio. Su piso estaba en la planta baja de un edificio blanco de cuatro plantas. Rodeamos una concurrida zona de piscina y asadores y llamamos a su puerta.

Intentó cerrar la puerta cuando Derrick mostró su placa. Puso el pie contra la puerta. "Si no hablas con nosotros ahora, volveremos con una orden".

"¿Qué quieres?".

Levantó un pulgar detrás de él. "¿De verdad quieres hacer esto aquí?".

Exhaló y se hizo a un lado. Era un lugar pequeño, amueblado de forma barata. Pero tenía armarios blancos y granito en la cocina, lo que le daba un aire fresco. La mesa del comedor estaba adornada con una botella de vino cubierta de cera de vela.

Dreman no ofreció que nos sentáramos. Apoyada en un mostrador, tiró de un hilo del dobladillo de sus pantalones cortos. "¿Qué quieres?".

Derrick dijo: "Tienes un Honda blanco".

"Es una porquería. Nunca debí cambiar mi MINI".

Bingo. Le dije: "Me encantan los MINIS. ¿Compraste el tuyo en MINI of Fort Myers?".

"No. Se lo compré usado a Germain".

"Estoy pensando en comprarme uno. ¿Le hacen el mantenimiento en el concesionario de Fort Myers?".

"Sí, pero son estafas".

"Gracias por avisarme. Dime, ¿conoces bien a Víctor Trent?".

"¿Víctor Trent? No le conozco".

"¿Con quién gestionas tu dinero?".

Ella se burló: "¿Qué dinero? Apenas puedo permitirme vivir aquí. Están subiendo los alquileres en toda la ciudad. Tuve suerte subarrendando esto de un amigo".

"¿Dónde trabajas?".

"Soy asistente del gerente en Spencer Gifts en el centro comercial".

Me sorprendió que la cadena de novedades siguiera en activo. "¿Qué estabas haciendo en el santuario natural Logan el martes primero de febrero?".

"¿El primero? Estaba visitando a mi hermana en Jacksonville".

"¿A qué hora te fuiste?".

"Después del trabajo, sobre las seis. Me quedé toda la noche".

Comprobaríamos su coartada, pero no era raro que un familiar mintiera para proteger a un pariente. "¿Podemos tener la información de contacto de su hermana?".

Frunció el ceño pero nos lo dio. Le dije: "Háblame del apuñalamiento por el que te condenaron".

"Se acabó. Cumplí mi condena y pagué mi deuda".

"¿Qué pasó?".

"No tengo que hablar contigo y no voy a hacerlo".

Era inútil presionarla; conseguiríamos el expediente. Le dimos las gracias y nos fuimos. De vuelta en el auto, Derrick preguntó: "¿Qué te pareció?".

"Difícil de decir. Podría haber conocido a Ryan en el concesionario MINI".

"Tenemos que investigar su coartada, pero es su hermana".

"Da la vuelta al estacionamiento. A ver si encontramos su auto".

El Honda estaba estacionado junto a una barda. Salí, miré dentro y volví a subir al auto. "Ella tiene una cuenta de peaje SunPass. Si lo usó, tendremos una línea de tiempo de dónde estuvo. Vamos a ver a Addison".

Conducimos hacia el este por la Ruta 41 y giramos hacia Isles of Collier Preserve. Nunca había estado en la nueva comunidad y estaba deseando visitarla. Se estaban construyendo docenas de casas. ¿Qué significaba esto para las infraestructuras de la ciudad? "Me pregunto cuántas casas habrá aquí".

Derrick dijo: "Al menos ochocientas".

"¿No hay fin a la demanda?".

El sol brillaba en un enorme lago. Lo rodeamos y llegamos a Tobago Drive.

Derrick se detuvo frente a una amplia casa con un garaje para tres autos. "A Addison le está yendo muy bien. No puedo ver a alguien arriesgando todo esto".

Los últimos días, mi compañero me había impresionado con lo buen detective que se había vuelto. El comentario le hizo retroceder. "Incontables personas con más que ella, lo echaron todo a perder haciendo alguna estupidez".

Al acercarnos a la casa soplaba una fuerte brisa tropical. Cuando toqué el timbre, Derrick olfateó. "¿Eso es marihuana?".

"No, huele a incienso".

Con pantalones blancos, Riley Addison no se parecía a la foto de su licencia de conducir. Parecía algo así como una Hugh Jackman femenina y tenía una bonita sonrisa. "¿Puedo ayudarle?".

Derrick mostró su placa, explicando que teníamos que hablar con ella.

"Claro".

Mientras la seguíamos dentro, intenté decidir si se había sometido a cirugía estética. La casa era muy luminosa y estaba muy bien amueblada. Me gustaron especialmente las paredes blancas del salón principal. Lo que no me gustó fue un olor a almizcle que se hizo más fuerte a medida que nos acomodábamos en las sillas frente a un televisor más grande que una sábana.

Divisé la fuente de aroma, un difusor sobre una mesa auxiliar. Me incliné hacia otro lado. "Conocías bien a Víctor Trent".

Estaba aturdida por saltarse la charla o por el nombre de la víctima. "Trabajaba en el complejo".

Addison estaba poniendo distancia entre ellos. "Tenemos entendido que tenía reputación de mujeriego".

Sus mejillas se tiñeron, pero no dijo nada.

"¿Tuviste una relación con el señor Trent?".

Susurró: "Fue cosa de una vez, un error".

"¿Cómo sucedió eso?".

"Se aprovechó de mí. Acababa de romper con alguien. Tenía el corazón roto y él, él...".

"¿Te enfadaste porque te manipuló?".

"Sí. Pero estaba más decepcionada conmigo misma. Nunca debí permitírmelo. Sabía que no debía, pero él era tan, ya sabe...".

Podía imaginar la vulnerabilidad. Trent puede haber sido un depredador, pero ¿Addison se vengó por ello? "Su auto fue visto en el santuario natural Logan en mitad de la noche, horas antes de que se descubriera el cuerpo del señor Trent".

"No, no fui yo. Yo no estaba allí".

"¿Dónde estabas esa noche?".

Se aclaró la garganta. ¿Era legítimo o una táctica dilatoria? "Estaba en casa de un amigo".

"¿Hasta qué hora?".

"Me quedé a dormir y volví a casa a la mañana siguiente para cambiarme para el trabajo".

"¿Quién es este amigo?".

"Prefiero no decirlo. Es... delicado".

"Lo siento, pero tendrás que decirnos".

Ella bajó la cabeza. "Está casado".

"¿Y te quedaste a dormir en su casa?".

"Sí, su mujer no estaba".

A la gente le gustaba vivir peligrosamente. "Necesitaré su nombre y dirección".

Su rostro se tensó. "Por favor. Si van allí, ella se enterará, y...".

Las relaciones extramatrimoniales eran algo que no aprobaba, pero ese no era mi trabajo. "Dame su nombre y número; lo veremos en terreno neutral".

Al anotar el número, me invadió la sensación de que algo estaba a punto de romperse. La sensación se fue tan rápido como vino.

48

CAPÍTULO CUARENTA Y OCHO

ME ESTREMECÍ AL ENTRAR EN LA SALA DE CONFERENCIAS. "Derrick, sube el termostato. Está helando".

"Frank siempre tiene frío".

Mi compañero jugueteó con el dial y yo me puse en pie, dirigiéndome al equipo de agentes asignados al caso. "Tenemos mucho terreno que cubrir. El laboratorio ha dicho que tendremos los resultados del ADN de Milbury hoy más tarde, así que concentremos nuestros esfuerzos en Addison y Dreman".

Llamaron a la puerta. Casey se levantó y la abrió. Le dieron un sobre de papel manila. Me lo entregó. "Es para ti".

Un zumbido recorrió la base de mi cabeza. Pegadas en el exterior había recortes de letras que decían Detective Luca - Urgente. Estaban subrayadas.

Al mirarlo a la luz, se veía una sombra rectangular. Al pasar un dedo por ella, parecía inofensiva. Abrí el cierre y saqué el contenido.

Era una carta de tarot. Mirando fijamente el mensaje,

Derrick se acercó a la mesa. "Este bastardo se está volviendo demasiado audaz".

Cogió la tarjeta y le dije: "No la toques. Dudo que haya huellas, pero nunca se sabe".

Hicimos fotos de la carta mientras el resto del equipo se encorvaba sobre la mesa. Había nueve espadas en la carta. Busqué en Google. "Está en el palo de espadas; se llama Nueve de Espadas".

"¿Qué demonios significa?".

El calor me subió del cuello a los ojos. "Impotencia, ansiedad y desesperación".

Derrick dijo: "El bastardo se está burlando de nosotros".

Dijo "nosotros", pero yo sabía que era un mensaje para mí. "No quiero que esto nos distraiga de nuestra misión. Puede enviar y decir todas las estupideces que quiera; vamos a llevarle ante la justicia".

Casey dijo: "Claro que lo haremos".

Mi compañero dijo: "Sin duda. Sabes, esto podría ser Milbury tratando de irritarnos. Hombre, si conseguimos esa coincidencia de ADN, voy a disfrutar cuando arrastre su trasero".

El recordatorio de que estábamos esperando los resultados del ADN me levantó el ánimo. Aunque esperanzado, dije: "No podemos sentarnos a esperar a que nos llegue; tenemos que ir a buscarle. Tenemos que descartarla o centrarnos en Dreman y Addison".

Casey dijo: "Volví a pedir el expediente del caso Dreman. Les dije que se ha convertido en una prioridad. Dijeron que lo están escaneando. Deberíamos tenerlo antes de que acabe la reunión".

"Bien. Investiga su cuenta SunPass. Dice haber estado en Jacksonville visitando a su hermana. Su hermana confirmó que estuvo allí, pero no tengo que hablarte de coartadas familiares".

"Yo me encargo".

"Blake, me gustaría que investigaras en la comunidad psíquica. Céntrate en los lectores de cartas, los que usan cartas del tarot. Podría no ser nada, pero no lo parece".

Blake dijo: "Lo haré. Hay una mujer en Venecia que lee las cartas del tarot en su casa. Se supone que es una auténtica chiflada con antecedentes. No sé si vale la pena subir...".

"No importa; tenemos que verla. De hecho, que sea una prioridad. Derrick y yo vamos a investigar a Addison. Cobalt y Willis, necesito que mapeen cualquier conexión que Dreman y Addison pudieran tener con las víctimas".

Blake se puso de pie. "Me voy. Venecia está a dos horas".

"Buena suerte. Foley, sé que estamos esperando los resultados de Milbury, pero ¿cuántas bases de datos más podemos aprovechar?".

"Veintitrés estados han dado negativo. Sigo esperando los demás, así como la aprobación para hacer pruebas familiares".

"Muy bien, ¿por qué no ayudas con los lectores de cartas mientras Blake está de viaje?".

"Encantado de echar una mano".

"Muy bien, manos a la obra".

Derrick estaba más confiado que yo y, mientras caminábamos de vuelta a la oficina, le dije: "Voy a salir un momento para entrar en calor".

"¿Todavía tienes frío?".

Asentí con la cabeza. "Luego tengo que contarle a Remin lo de la carta de tarot".

"Hasta luego".

No era solo del aire acondicionado de lo que quería escapar; necesitaba oír la voz de Mary Ann. Una vez a la intemperie, me volví hacia el sol para entrar en calor y saqué el móvil.

"Hola, ¿cómo estás?".

"Bien. ¿Cómo va todo?".

"Todo bien, solo quería saludar".

"¿Pasó algo?".

Me conocía demasiado bien. "No es nada. No quería que lo oyeras en las noticias, pero recibimos una carta de tarot por correo".

"Dios mío, qué raro".

"No digas nada".

"No me gusta esto, Frank. Es demasiado descarado".

Tenía razón, pero le dije: "Yo lo llamaría descuido. Acabará ayudando a atraparle".

"¿Hizo alguna amenaza?".

"No. Solo está tratando de restregarnos en la cara el hecho de que no lo hemos atrapado".

"Lo apresarás. Siempre lo haces".

"Supongo que sí".

"¿Lo supones? Eres el mejor detective del mundo. Siempre solucionas los casos".

Agradecí el voto de confianza, pero no había nadie con un historial intachable. ¿Iba a ser la primera vez para mí? "De todos modos, llamé para ver cómo estabas, no para hablar del caso".

"Estoy bien. Estaba a punto de nadar un par de vueltas".

Un par de vueltas. La conocía casi tan bien como ella a mí. No se sentía tan bien como decía. Los dos estábamos mintiendo. "Adelante. Tengo que decirle a Remin sobre el contacto".

"Vale. Pero ten cuidado".

"No me guardes la cena".

Me empapé de otros treinta segundos de vitamina D antes

de subir. El sheriff estaba leyendo un informe cuando me hicieron pasar. Lo dejó a un lado. "¿Qué pasa, Frank?".

"Parece que el asesino envió un mensaje. Recibimos un sobre que contenía una carta de tarot".

Se inclinó hacia delante. "¿Qué significa esto?".

"Por lo que veo, parece una burla. La carta simboliza la desesperanza y la desesperación".

Remin golpeó el escritorio. "¿Quién demonios se cree que es?".

"Lo atraparemos, jefe. El contacto es bueno".

"Tienes razón. ¿Crees que también se acercó a los medios de comunicación?".

"No que yo sepa".

Se dejó caer en su silla. "Probablemente vamos a tener que hacer una declaración".

"No lo sé. Puede estar buscando atención. Si no lo mencionamos, puede hacer otro contacto".

"O volverá a matar".

"Cierto, pero si recibe cobertura de la prensa, quién sabe lo que hará después".

"Tendré que pensarlo. Dile a todo el mundo que lo mantenga en secreto".

"La tiene el laboratorio. Dudo que tenga huellas, pero nunca se sabe".

"Esperemos que el ADN de Milbury coincida y podamos acabar con esta tontería".

Me puse de pie. "Muy bien. Tenemos muchas pistas que estamos siguiendo. Tengo que ponerme en marcha".

Bajé las escaleras, sopesando las ventajas de no declarar que el asesino se había puesto en contacto, cuando sonó mi teléfono. Era el laboratorio.

CAPÍTULO CUARENTA Y NUEVE

ME DETUVE EN EL RELLANO. "¿HOLA?".

"Frank, soy Geary del laboratorio".

"¿Tienes buenas noticias para mí?".

"Me temo que no. El ADN extraído del chicle no coincide con la sangre encontrada en los pantalones de la última víctima".

Nuestra sospechosa más creíble estaba descartada. Me apoyé en la pared.

"¿Frank?".

"¿Estás seguro de esto?".

"Al mil por cien".

"De acuerdo. Gracias".

"Lo siento, amigo".

"Nos vemos, Geary".

Me senté en las escaleras. Teníamos un par de pistas, pero estábamos lejos de resolver el caso. La mayoría de las investigaciones de homicidios eran maratones, y aunque la línea de meta estaba a la vista, me veía obligado a empezar de nuevo.

El ruido de pasos me hizo levantarme. Salí al pasillo hacia mi oficina. Me obligué a no pensar en la incompatibilidad y entré en el despacho.

Derrick miró por encima de su monitor. "¿Qué dijo Remin?".

Maldita sea. Había que informar a Remin de que Milbury ya no era sospechosa. "Se lo tomó bastante bien. No está seguro de si deberíamos hacer una declaración pública, así que, tenemos que mantenerlo en secreto".

Cogió el teléfono. "No hay problema. Avisaré a los demás".

"Espera un segundo".

"¿Qué pasa?".

"El ADN de Milbury no coincide".

"¡Diantre! ¿No podemos tener un respiro?".

Levanté las manos y se me ocurrió una idea. "¿Y si la sangre fue plantada?".

"Oh. ¿Crees que es posible?".

"¿Por qué no? Este asesino es bueno".

"Sería coherente con la burla".

"Podría estar tratando de despistarnos".

"Tenemos que tener cuidado".

Asentí con la cabeza. "Tuvimos un caso justo antes de que llegaras. Mary Ann y yo trabajamos en él. El asesino plantó pruebas que apuntaban a otros. Lo hizo bien".

"Pero lo atraparon".

"Lo hicimos".

"¿Qué quieres hacer?".

"Comprueba si Milbury ha donado sangre recientemente o si tiene algún amigo que trabaje en algún lugar donde se recoja o almacene sangre. Incluso en hospitales".

"Todo el mundo conoce a alguien que trabaja en el campo de la medicina".

"Lo sé, pero tendrías que estar muy cerca o tener algo contra alguien para que te ayude".

"La sangre era fresca, así que tuvo que haber ocurrido en un día".

La línea de tiempo hacía que la probabilidad fuera remota. "Sí, o tenían un vial, que bien guardado duraría un tiempo".

"Que alguien investigue los sitios de Quest y LabCorp. A ver si les ha faltado algún vial en las últimas dos semanas".

"Estoy en ello".

"Que los demás sepan lo del ADN de Milbury; tenemos que encontrar algo".

"Entendido".

"Muy bien, voy a contarle a Remin lo del ADN".

MI MENTE ESTABA llena de pensamientos. Chocaban entre sí, impidiéndome pensar sistemáticamente en las posibilidades. En lugar de volver a la oficina, giré a la izquierda en Mooring Line Drive.

Cuando terminó, giré a la izquierda, a lo largo del agua. El estacionamiento del parque Lowdermilk estaba abarrotado. Me detuve junto a la banqueta, coloqué un cartel en el tablero y me dirigí hacia la arena.

Con los zapatos y calcetines en la mano, caminé hacia el sur. El Golfo bañaba la costa. Inhalé profundamente. El aire salino tenía un toque dulce. Mi mente empezó a calmarse; no me extraña que la gente acuda en masa a la playa.

Un pelícano se elevó y se zambulló en el agua, salió con comida. La vida era sencilla. ¿Cómo hemos podido los humanos complicarla tanto? Observé a la multitud; la mayoría de la gente charlaba o leía.

Parecían despreocupados y, sin embargo, yo estaba a cargo de mantenerlos a salvo. Rodeé a dos niños que construían un castillo. Tenían derecho a vivir sin preocuparse de que un asesino desquiciado pudiera aprovecharse de ellos.

Mi voto de proteger y servir se había filtrado en mis genes. Lo quisiera o no, tenía que hacerlo. Todos los casos parecían difíciles, pero este sería difícil de superar. Mientras un par de pájaros playeros picoteaban la arena en busca de un bocadillo, sacudí la cabeza. Era hora de volver a lo básico.

Había cuatro cadáveres. Al menos tres eran homicidios. El asesino o asesinos andaban sueltos. Parecía que una mujer estaba detrás de los asesinatos. Era inteligente, pero también era alguien a quien le gustaba molestar, restregártelo en la cara.

¿Fue un único individuo o un grupo el responsable de las muertes? ¿O se trataba de un asesino imitador? Comprender si perseguíamos a una o a varias personas era fundamental para el caso.

El otro hecho básico que necesitaba aclararse era si la sangre en el pantalón de Trent procedía del asesino o la habían puesto allí para distraernos. Si era del asesino, ¿se dio cuenta de que la había dejado?

Si era del asesino, al final lo atraparíamos. El problema era cuántos más tendrían que morir hasta que eso sucediera. El otro punto que exigía una respuesta era si el asesino había elegido a sus víctimas. Si no, cazar a un asesino al azar, uno tan cuidadoso como este, era un reto exponencial.

Este asesino había decidido irse a lo personal conmigo. Ya fuera por miedo o por entrenamiento, me inclinaba a que había cuentas que saldar. Las cartas de tarot estaban sujetas a interpretación, pero tenían un significado. El problema era que había poca evidencia de conexiones entre los muertos.

No recordaba si habíamos comprobado si las víctimas

pertenecían al mundo cósmico o al psíquico, pero tendríamos que volver sobre nuestros pasos si no lo habíamos hecho. También teníamos que profundizar con las dos primeras víctimas. Si había un segundo asesino, habría aparecido después.

Al pasar por el Colonial Club, mi teléfono vibró. "Habla Luca".

"Frank, soy Casey".

"¿Qué hay?".

"Tengo los registros de SunPass de Dreman, y no hay indicios de que fuera a Jacksonville o cerca de una cabina de peaje".

"Su hermana está mintiendo".

"La llamé. Admitió que Dreman le pidió que dijera que estaba allí. También tiene una condena por transporte de narcóticos".

Me di la vuelta. "De acuerdo. Vigílala. Voy de regreso".

50

CAPÍTULO CINCUENTA

DERRICK LLAMÓ A LA TIENDA DE NOVEDADES DEL CENTRO comercial Coastal. Dreman no trabajaba hoy. Subimos a toda velocidad por Livingston, giramos en Davis Boulevard y entramos en el estacionamiento de Lago. Dije: "¿Me estás tomando el pelo? ¿Mandaron un auto marcado para vigilar a Dreman?".

"Deben haber estado cortos de personal debido a la gripe. Oí que un par de agentes llamaron diciendo que estaban enfermos".

"Un poco de sentido común es todo lo que pido".

Derrick señaló. "Ahí está su Honda".

Me alejé unos cuantos espacios. "Ella podría estar mirando. Tú ve a la izquierda y yo iré a la derecha".

Un grupo de treintañeros estaba junto a la piscina, bebiendo cerveza. Me hizo pensar que uno nunca sabe quiénes son realmente los vecinos. Toqué el timbre y me hice a un lado.

"¡Está abierto, Julio!".

Temiendo una trampa, no me anuncié y volví a tocar el timbre. "¡Está abierto!".

Golpeé la puerta con la palma de la mano. Una voz, que murmuraba maldiciones, se hizo más fuerte. Dreman abrió la puerta. Si hubieran sido gorilas en vez de nosotros, no se habría sorprendido más.

"Pensé que era Julio".

"¿Podemos entrar?".

Ella recuperó el equilibrio. "¿Qué quieres?".

"Tu coartada no concuerda. No fuiste a Jacksonville la noche que Víctor Trent fue asesinado".

"Oye, solo porque cumplí una condena no significa que vayas a culparme de esto".

"¿Quieres hacer esto aquí? ¿O debería...?".

"Está bien, está bien".

Se hizo a un lado y entramos en su departamento. Percibí un olor acre a marihuana. Mi esperanza de que esta mujer tuviera la sensatez de no conducir cuando consumía estaba perdida.

Dreman dio un portazo. Le dije: "Mentiste sobre ir a ver a tu hermana en Jacksonville".

Su mueca me recordó a lo que solíamos hacer a espaldas de un profesor en el colegio. "Me confundí de fecha".

"¿Dónde estabas la noche del 1 de febrero?".

"Estoy bastante segura de que estaba en Miami".

"Tu cuenta SunPass no tiene constancia de que hayas ido allí".

"¿Y? No usé el pase".

"¿Esperas que me crea que tenías un pase que ahorra tiempo y descuenta peajes y no lo usaste?".

"Todavía es un país libre, ¿no?".

"Seguro que sí, pero no eres libre de mentir a la policía".

Derrick dijo: "Se llama obstrucción. Vamos a llevarla".

El tono de voz de mi compañero no alteró su expresión de suficiencia.

Le dije: "Si estuviste en Miami, necesitaré nombres, lugares y horas para respaldarlo".

"Solo me fui de fiesta. Esto está demasiado tranquilo".

"¿Con quién y dónde?".

"No tengo que decirte nada. He terminado de hablar".

Estaba ocultando algo. "Mira, respeto tu derecho a la privacidad pero tengo un trabajo que hacer. Si no vas a cooperar, pediré a los fiscales que vean qué tipo de cargo...".

"Eso es mentira. No puedes culparme de nada por ir a Miami".

No tenía sentido continuar la guerra de voluntades. "Dime a qué hora fuiste y volviste, y revisaré las cámaras de la cabina de pago de Alligator Alley".

Se animó. "Salí de aquí a las ocho y volví por la caseta alrededor de las cuatro de la mañana".

"¿Estás segura?".

"Sí".

"Si vuelves a mentir, te juro que te arrestaré por obstrucción, como mínimo".

La forma en que se rió tenía una similitud con la naturaleza burlona de la persona que se acercó a la sala de redacción. ¿Dreman envió la carta de tarot?

Caminamos en silencio entre los bebedores de cerveza hasta nuestro auto. Le di las llaves a Derrick. En cuanto subimos, le dije: "Asegúrate de que la vigilamos. Voy a llamar a Remin y pedirle que se ponga en contacto con el Departamento de Transporte. Tenemos que ver si Dreman realmente fue a Miami".

"No me fío ni un pelo de ella. Para alguien que cumplió condena, tiene un aire de superioridad".

Tenía razón. Llamé al sheriff y le dije: "Como de alguien que está matando".

Colgué. "Dijo que son todas digitales, y que tendría las imágenes del peaje al final del día".

"Bien. Necesitamos investigar la coartada de Addison".

Saqué mi cuaderno. "Déjame llamarle. Si está trabajando, iremos ahora".

"¿FRANK?".

"Sí, soy yo".

Mary Ann se reunió conmigo en la cocina. "No te esperaba en casa tan temprano".

Eran poco más de las ocho. "Me cansé de darme cabezazos contra la pared".

Me rodeó con los brazos. "Me alegro de que estés en casa. Acabo de poner la pasta *fagioli* en el refrigerador".

"Suena bien".

"Cámbiate; voy a calentar un tazón".

"¿Dónde está Jessie?".

"Partido de fútbol".

Aunque llevaba aquí más de una década, seguía sin entender la fascinación por el fútbol de preparatoria. Me puse unos pantalones cortos y una camiseta de los Beatles casi tan vieja como yo y volví a la cocina.

Respiré hondo. "Esto huele muy bien. ¿Lo has hecho tú?".

"¿Quién más?".

"Solo pregunto". Tomé tres cucharadas antes de salir a tomar aire. "Es el mejor que has hecho".

Sonrió. "Un día duro, ¿eh?".

Asentí con la cabeza. "No podemos avanzar. Se suponía que íbamos a conseguir la grabación de vigilancia para descartar a alguien que pudiera ser el asesino, pero ahora, es mañana. El ADN no coincide con otro, y ahora tenemos que esperar las posibilidades familiares".

"Oh, lo siento".

"Y el tipo con el que tenemos que hablar sobre una coartada para otra persona de interés estaba en Tampa".

"Lo conseguirás, Frank".

Me encogí de hombros y bajé la cuchara. "Empiezo a pensar que no. Y me da mucho miedo".

"No pasa nada. Nadie tiene un expediente perfecto. Seguirás siendo el mejor detective que el suroeste de Florida haya visto".

Aunque sí me inquietaba, dije: "No me preocupa mi reputación; este es nuestro trozo de paraíso y quiero que siga siéndolo".

Me apretó la mano. "Es el miedo a fallar a los demás, a defraudarles lo que te molesta".

Tardé un segundo en darme cuenta de que eso tenía mucho que ver. En parte era ego, pero me importaba nuestra comunidad. "Supongo que sí".

"Va a funcionar. Siempre sale bien".

No estaba seguro y me di cuenta de que no le había preguntado cómo se sentía. Le besé la mano. "Basta de hablar de mí. ¿Cómo te sientes?".

"Estoy bien".

Sonreí. "¿A qué hora termina el fútbol?".

"Alrededor de las nueve. ¿Por qué?".

"¿Te sientes bien para ya sabes qué?".

51

CAPÍTULO CINCUENTA Y UNO

ME QUEDÉ MIRANDO LA COPIA DE LA CARTA DE TAROT pegada al tablero. El asesino seguía siendo cuidadoso, ni una huella en ella ni en el sobre en el que venía. Derrick entró sosteniendo dos tazas de café. "Has llegado pronto. ¿No podías dormir?".

"Dormí bien. Tuve suerte anoche".

Sonrió. "Diablo, tú".

Le di un sorbo al café. "Haría un trato con Satanás para atrapar a este bastardo".

Derrick golpeó el teclado. "¿Has visto esa película en la que ese tipo, creo que es Brad Pitt, hace un trato con el diablo?".

"No". Contesté al móvil que sonaba: "Detective Luca".

"Hola, soy Paul Madewell. Llamaste ayer mientras estaba en Tampa".

"Sí, gracias por devolverme la llamada. Me gustaría hablar contigo, en el trabajo".

"¿Sobre qué?".

"Es un asunto personal, que involucra a una tal señorita Addison".

Suspiró. "Oh. Vale. Soy el dueño de Elementos Alterados en Green Tree Center, cerca de Immokalee. ¿Lo conoces?".

"No, pero lo encontraré. ¿Digamos, dentro de media hora?".

"Eso funciona".

Colgué y me puse de pie. "Es el tipo con el que Addison dijo que estaba".

"¿Vas a verle?".

"Sí. Es dueño de una tienda llamada Elementos Alterados, en…".

"¿En Green Tree?".

"Sí, ¿por qué?".

"Es uno de esos lugares místicos, uh, metafísicos. Venden cristales y piedras curativas".

"¿Venden cartas de tarot?".

"No lo sé, pero probablemente. Antes de conocer a Lynn, salí con una chica que solía ir allí. Decía que tenían piedras curativas que te hablaban".

"¿Piedras que te hablaban?".

"Eso es lo que ella dijo".

"Menos mal que conociste a Lynn".

Contestó el teléfono del escritorio. "Dímelo a mí".

Derrick dijo: "Gracias", y colgó. "La grabación de la cabina de peaje está llegando ahora".

"Muy bien, revisa eso mientras voy a ver a este tipo a su tienda de rocas".

"Cristales, Frank. Se llaman cristales".

Me reí y salí. Cuando llegué al estacionamiento, la jovialidad había desaparecido. Aunque esta tienda no vendía cartas de tarot, para mí, las cosas metafísicas y la adivinación eran de la misma familia.

La experiencia me enseñó que la mayoría de los asesinos eran "muy simpáticos", y mi mantra de que "nunca conoces realmente a alguien" era indiscutible. Luego estaban los psicópatas que se veían impulsados a matar por las voces en su cabeza.

Al considerar el poder curativo de los cristales, no era descabellado pensar que alguien pudiera creer que una fuerza superior, universal, les ordenaba asesinar. Tal vez por eso colocaron a las víctimas en medio de un santuario natural.

Pero, ¿cómo se eligió a las víctimas? ¿Hicieron algo que pudiera interpretarse como contrario al universo?

Al entrar en el estacionamiento, no se me ocurría ninguna razón que una mente retorcida pudiera esgrimir para justificar el asesinato.

Abrí la puerta. Una música que me recordaba al Planetario Bishop, al que habíamos llevado a Jessie, llenaba el ambiente. Sobre un mostrador había una colección de cristales de color púrpura. El lugar tenía un ambiente que no podía describir. Por otra parte, nunca había estado tan cerca de piedras parlantes.

Un hombre con una camiseta teñida se acercó. "¿Puedo ayudarle?".

"Vengo a ver al señor Madewell".

"Ese soy yo. ¿Por qué no salimos?".

El centro había sido renovado recientemente. Señaló un banco frente a una fuente.

"¿Querías hablar de Riley?".

"Sí. La señorita Addison te usó como coartada".

El horror se extendió por su rostro. "¿Hizo algo...?".

No creí que estuviera involucrado. "Seguimos el protocolo. Ahora, ¿estaba la señorita Addison contigo la noche del primero de febrero?".

Asintió con la cabeza.

"¿Dónde estaban?".

Susurró: "En mi casa".

"Estás casado, ¿no?".

"Mi mujer no estaba en casa".

Lo dijo como si eso lo arreglara. "¿Cuánto tiempo estuvo allí?".

"Se quedó toda la noche".

"¿Vendes cartas de tarot?".

"No. El mundo metafísico es mucho más preciso para ver el futuro".

Quería preguntarle si podía prever que atraparía al Asesino del Santuario. "¿La señorita Addison cree o tiene interés en la adivinación?".

Se encogió de hombros. "La adivinación no es la forma correcta de describirlo. El universo ofrece innumerables señales de lo que nos espera. Por ejemplo, tu signo astrológico viene con una serie de predisposiciones. Por supuesto, tienes libre albedrío para influir en tu vida, pero ignorar las energías superiores del mundo hace más difícil comprender tu lugar en el cosmos".

Cuándo naciste sonaba importante y probablemente lo era en muchos aspectos, pero no tanto como dónde naciste. "¿Le interesan a la señorita Addison los signos que predicen el futuro?".

"¿A quién de nosotros no? Es un deseo fundamental de todo habitante del universo".

Como siempre me cubría las espaldas, no le pregunté si su mujer había mirado hacia el futuro y le había visto engañándola. "Somos conscientes del temperamento de la señorita Addison. ¿Con qué frecuencia pierde el temple?".

"Ha mejorado con la gemoterapia. La amatista tiene fuertes propiedades holísticas. Es transformadora para conseguir que la gente abandone los malos hábitos".

Bueno, había algo que los guardias de todo el mundo podían usar. "¿Hay algo que sepas sobre la señorita Addison que pueda apuntar a que ha hecho daño a alguien?".

"No, no. Ella no es así. Para nada".

Aunque tenía un sistema de creencias muy alejado del mío, creí que decía la verdad. Lo único que persistía era utilizar su casa para un encuentro sexual. Era atrevido, pero también la única forma de ser intachable. Si fuera un hotel, habría recibos y cámaras. Me guardé la idea en un bolsillo y me fui.

Iba a girar por Airport Pulling cuando sonó el teléfono. Al pulsar el botón del volante, llegó la voz de Derrick: "Frank, ¿dónde estás?".

"En camino. ¿Qué pasa?".

"Revisé las imágenes del peaje. Dreman se fue media hora antes de lo que dijo, pero no la encuentro volviendo".

"Qué raro".

"Lo sé. ¿Quizás volvió de otra manera?".

"¿Por qué desviarse de su camino? Debe haber vuelto antes o después".

"Si fue antes, acaba de ascender en la escala de sospechosos".

52

CAPÍTULO CINCUENTA Y DOS

DERRICK DEJÓ UNA TAZA DE CAFÉ Y EL *DAILY NEWS* SOBRE MI mesa. Le quité la tapa, le di un sorbo y deslicé el periódico. Sacudí la cabeza ante el titular. "El Asesino del Santuario guarda silencio". Leí el primer párrafo. Era más de lo mismo: el asesino andaba suelto y la policía no había identificado a un sospechoso principal.

Aparté el periódico, me detuve y volví a cogerlo. Al abrirlo, vi la tabla con las secciones del periódico, busqué la página del horóscopo y leí el mío: Hoy puedes experimentar un clímax emocional. Las cosas podrían llegar a un punto crítico. No te sorprendas si te encuentras con una oposición seria. Distribuye tu energía libremente, pero no te preocupes si otros intentan llevarte en la dirección contraria. La flexibilidad es clave para ti.

Sentado, me pregunté si no habría algo en el mundo místico. Las estrellas estaban reconociendo la dificultad que presentaba este caso. Prometían un clímax emocional, pero no había ni una pista de lo que traería. El único consejo que ofrecía era permanecer flexible.

Tenía la mente abierta con el caso, dándole vueltas como una aspiradora Roomba. Repasando las líneas de investigación, no pude ver dónde había sido rígido o no había estado dispuesto a seguir una pista. Pensando si el universo se refería a mi vida personal, me conecté a la computadora.

Había treinta y dos correos electrónicos en espera. Escaneé la lista y abrí uno con un enlace a las detenciones del día anterior. Aparecían quince personas. Escaneé los nombres y me atraganté con el café.

No podía ser. Hice clic en el nombre y apareció una foto. Era Jonathan Ong. Fue detenido por alteración del orden público. El cargo estaba relacionado con su interferencia en la detención de una mujer. Hice clic en el caso relacionado y me quedé paralizado.

La mujer a la que Ong había intentado proteger era Riley Addison. Comprobé la hora de la detención; era la 1:37 a.m. No me extrañaba que no me hubieran avisado. Addison había sido detenida por agresión. Había clavado el extremo de un paraguas en el vientre de una mujer, mandándola al hospital.

Era violenta. Tenía un Honda blanco como el visto en la escena del asesinato de Víctor Trent.

Revisé el archivo. Le habían tomado muestras de ADN. Había que compararlo con la sangre del pantalón de Trent. Imprimí la hoja de registro y me dirigí al laboratorio.

Subiendo los escalones de dos en dos, me preguntaba por Stephan Ong. ¿Él y Addison habían estado trabajando juntos? Si era así, llenaría más agujeros que una cuadrilla de baches. Antes de entrar en el laboratorio, llamé a Derrick.

"Puede que hayamos tenido suerte. Addison fue arrestada por apuñalar a una mujer con el extremo de un paraguas".

"Mierda".

"Y adivina quién fue con ella". Era algo que él me habría dicho a mí.

"No me digas que Milbury".

"No, Stephan Ong".

"¿El agente inmobiliario?".

"Bingo". Con la sangre procedente de una mujer, nos echamos atrás. Pero, ya sabes, nunca aclaramos su coartada".

"¿En qué estás pensando? ¿Los dos están trabajando juntos?".

"Honestamente, no sé qué pensar". Me encogí al usar la palabra *honestamente.* Era un prefacio estúpido, que daba a entender que todo lo demás era mentira.

"Esto es una locura, es increíble".

Quería decirle que el horóscopo decía que hoy tendría un clímax emocional, pero me daba vergüenza. "Lo es, pero tenemos trabajo que hacer. Necesito que subas con los fiscales. Diles que hay personas de interés en el asesinato del santuario. Tenemos que retenerlos. No quiero que los procesen y los pongan en libertad. Necesitan saber que pueden estar involucrados en homicidios múltiples".

"Les explicaré la situación. No van a ir a ninguna parte".

Después de decirle al laboratorio lo que necesitábamos, fui a ver al sheriff. Sonrió cuando entré.

"Te estás acercando, ¿eh?".

"Aún no está claro, pero necesito tu ayuda para aclarar las cosas".

"Lo que necesites".

Le expliqué que Addison y Ong fueron arrestados fuera del Blue Martini en Mercato.

"¿Cuáles son las probabilidades de eso? ¿Dos personas de interés, arrestadas juntas por asalto?".

"Es extraño, sin duda".

"¿A qué hora es su comparecencia?".

"No lo sé. Los trajeron sobre las dos de esta mañana".

"Tenemos tiempo en el reloj de veinticuatro horas".

"Me gustaría entrevistar a cada uno de ellos. Si pudieras aclararlo con los oficiales que los arrestaron...".

"Hecho. ¿Qué más?".

"Para que sepas, Derrick fue a notificar a los fiscales y pedirles que los retuvieran después de la lectura de cargos".

"Eso lo decide el juez".

"Lo sé, pero...".

"Veré quién lo lleva y me aseguraré de que estén conscientes de que pueden estar implicados en el caso del Asesino del Santuario. ¿Algo más?".

"Le pedí al laboratorio que comparara el hisopo que tomaron al fichar a Addison con la sangre encontrada en la última escena del crimen. Sería de ayuda si pudieras darle prioridad".

"Me ocuparé de ello".

"Gracias, jefe. Me gustaría hablar con ellos lo antes posible".

"Dame diez minutos como mucho. Veré que su comparecencia se retrase lo más posible y que el capitán Gesso sepa que estás hablando con ellos".

Di vueltas por el pasillo fuera de las salas de interrogatorio. Addison y Ong estaban encerrados en habitaciones separadas, reunidos con sus abogados. No habría oportunidad de hablar con ellos sin un abogado. No era lo ideal, pero me moría de ganas de ver qué tenían que decir.

Mi teléfono vibró; era Derrick. "Hola, ¿qué hay?".

"Recibí las imágenes de Lago, y Dreman volvió. Pero eran las diez y cuarenta".

"Vaya". No podía recordar la hora de la muerte de Trent. "¿Cuándo dijo Bilotti que murió Trent?".

"Está en el rango. ¿Pero quieres oír lo raro?".

No, no lo sé. "¿De qué estás hablando?".

"Cuando Dreman volvió, su cajuela estaba abierta, era apenas una rendija. Estaba atada con una cadena y cerrada con candado. Llevaba algo importante".

"¿Qué puede ser?".

"¿Crees que era el cuerpo de Trent?".

"Eso no encaja. El asesino ha sido demasiado cauteloso. No andaría por ahí con un cuerpo".

"Tal vez, pero a veces el mejor lugar para esconder algo es a plena vista".

Tenía razón. "Sí, pero...".

"Pudo haberlo matado en otro sitio, y cuando fue a posarlo en el santuario Logan, alguien podría haber estado allí. Ramírez dijo que echó a un par de amantes de allí una semana antes del asesinato".

"¿Pero por qué ir a casa con el cuerpo?".

"Conducir con un cadáver me parece más arriesgado".

"Consigue un par de oficiales y baja a Lago. Habla con todos en el complejo. Y consigue los registros de la entrada; mira si se fue más tarde esa noche".

53

CAPÍTULO CINCUENTA Y TRES

LA PUERTA DE LA SALA DE INTERROGATORIOS SE ABRIÓ. "¿Detective Luca? Estamos listos para usted".

Era Fred Moresco, el abogado de Ong. Nos dimos la mano y entré en la habitación. Ong parecía más fresco que yo. Estaba de pie. Los pliegues de su pantalón podían cortar un filete. Asintió y se sentó.

Encendí los dispositivos de grabación y, tras recitar las formalidades, dije: "Señor Ong, me gustaría escuchar tu versión de los hechos".

"Fue un malentendido".

"Mi cliente solo intentaba asegurarse de que nadie saliera herido".

"Exactamente. Intenté calmar a Riley y le pedí que coopere, pero los agentes estaban empeñados en hacer algo de nada".

"Fue más que nada. Mandó a una mujer al hospital con el abdomen perforado".

"No estoy minimizando la lesión, aunque solo fue un moretón, pero ella empezó".

"Mi cliente mantiene que la mujer fue la agresora, y hemos empezado a identificar testigos que lo corroboren".

"¿Qué estaban haciendo tú y la señorita Addison esa noche?".

"Estábamos disfrutando de una noche en la ciudad".

"¿Por qué quedarse fuera hasta tan tarde?".

"Riley y yo somos noctámbulos. La estábamos pasando muy bien hasta que esa zorra, uh, mujer, lo arruinó".

"¿Qué ha pasado?".

"Estaba borracha y tenía las manos sobre mí. Riley intentaba quitármela de encima".

"¿Cómo estalló la pelea?".

"Intentábamos irnos y ella nos siguió fuera. Ocurrió tan rápido que no puedo decirlo con exactitud. Estaba en mi teléfono llamando a un Uber y lo siguiente que sé es que vi a Riley usando el paraguas para alejarla. Luego se cayó y Riley usó el paraguas para que no se levantara".

"El informe indica que la punta del arma estaba afilada".

"Espere, detective. Esto era un simple paraguas, no un arma, y mi cliente no tiene conocimiento de que la virola, o punta, estuviera afilada".

Virola. Tenía una nueva palabra para Derrick. "¿Por qué tenías un paraguas?".

"El pronóstico daba probabilidad de lluvia".

Según el hombre que da el tiempo, podría llover todos los días. "¿Era tu paraguas?".

"No. Nos encontramos en casa de Riley. Revisamos como iba a estar el tiempo para ver si necesitaba una chaqueta. Vimos que podría llover y lo tomamos".

"La señorita Addison tiene un problema de temperamento".

"No, eso no es verdad. Solo es sensible a ciertas cosas. Todos lo somos".

Addison parecía tener muchos amigos varones. Y algunos estaban casados, lo que creaba mujeres enfadadas.

"A tu amiga le van las cosas místicas, como la astrología, los cristales y la adivinación".

Se burló de la adivinación. Era la segunda vez que me rechazaban usando ese término. "Cada ser y cosa en este universo están conectados. Riley entiende la conexión, las señales que debemos abrirnos a recibir".

Pensé en las vibraciones que sentía en la base de la cabeza. Era algo que atribuía a mi instinto. ¿Estaban estas personas diciendo que venía de un poder superior? "¿Le gusta usar un tablero de ouija o cartas de tarot?".

Se rió: "¿Una tabla ouija?".

"¿Y las cartas del tarot?".

Moresco interrumpió: "No veo la pertinencia de esta línea de interrogatorio. El señor Ong fue un espectador de los hechos. Simplemente intentó reducir la tensión en la pelea. Si tiene preguntas relacionadas con el incidente de anoche, las abordaremos, pero eso es todo".

"Si su cliente tiene información sobre la señorita Addison, y no se limita a anoche, hablaremos con los fiscales, recomendando su liberación, si la comparte con nosotros".

Moresco sonrió. "No estoy seguro de a qué alude, detective, pero confío en que se retiren los cargos contra el señor Ong".

No podía culpar al abogado; no tenía ni idea de que su cliente iba a ser retenido después de la lectura de cargos por sospechar que estaba relacionado con los asesinatos en serie. Sin saber si Ong tenía algo que ver con los asesinatos, terminé el interrogatorio sin revelar mi motivo. Hablaría con Addison y seguiría a partir de ahí.

Tragando lo que quedaba de café, tiré el vaso a la basura y miré el video. Addison sonreía a su abogado como en una cita. Tras llamar rápidamente, abrí la puerta de golpe. Gabe Noto se alisó la melena y se levantó. Me tendió la mano. "Detective Luca".

Noto no estaba entre los mejores abogados penalistas, pero servía bien a sus clientes. Me había topado con sus tácticas dilatorias, que se fundieron en dos ocasiones con la negociación de los cargos. Si su clienta era el Asesino del Santuario, estaba sobrepasado. Muy por encima. "Abogado". Señalé con la cabeza a su clienta. "Señorita Addison".

Me dedicó una sonrisa brillante. "Hola. Sabes, realmente te pareces a George Clooney".

Estaba coqueteando. Algo andaba mal con esta mujer. Muy raro. Encendí el dispositivo y registré la fecha y la hora y quién estaba presente. "Cuéntame lo que pasó anoche".

"Esa mujer estaba borracha; estaba encima de Stephen. Se nos acercó y empezó a manosearlo como si yo no estuviera allí".

"¿Conocía a la señora?".

Dudó. "La verdad es que no".

"Explica eso".

"La he visto por ahí. Es una maldita cazafortunas".

Tenía mucha compañía en Naples. "Podrías haberte marchado".

Addison se encogió de hombros. Ong dijo que lo habían intentado. O no habían resuelto sus historias, o había testigos que aclararían las cosas. "¿De dónde sacaste el paraguas?".

"No lo sé. Lo tenía". Luego añadió: "Alguien lo dejó en mi casa".

Sabía que le iba a preguntar sobre la punta filosa. "¿Quién lo dejó?".

"No lo sé; lleva mucho tiempo en el armario".

No llovía cuando salieron de casa. No tenía sentido llevar un paraguas que no se doblara. Averiguaríamos si lo llevaba como arma. "¿Iba ella al Blue Martini a menudo?".

Frunció el ceño. "Sí. Es una auténtica zorra".

Addison seguía actuando de forma diferente a la entrevista anterior. ¿Era esta la verdadera ella? "Tu novio, el señor Madewell, dijo que te gustan los cristales y las cartas del tarot, ese tipo de cosas".

Addison asintió y estaba a punto de hablar cuando Noto dijo: "Nos estamos alejando un poco, detective. ¿Dónde está la relevancia?".

No podía revelar que el asesino había usado cartas de tarot. "Señorita Addison, ¿sigue empleada en el Bank of America?".

Otro ceño fruncido. "Así es. Pero por culpa de esa zorra, voy a tener que limpiar mi nombre o me dejarán ir".

"¿Quién es tu médico? ¿La doctora Bigham?".

Algo pasó por su rostro. Noto le puso la mano en el antebrazo y le dijo: "Eso es un asunto privado, detective. Sabe que no puede preguntar sobre información médica".

"Lo siento, abogado, tiene razón. Se me ha escapado".

¿Había alguna conexión o la pregunta la había pillado por sorpresa? Nunca habíamos investigado los antecedentes de Addison. Tenía un Honda blanco, trabajaba con Víctor Trent y se acostaba con un tipo que tenía una tienda metafísica. Además, su forma de actuar planteaba preguntas.

Tras hacer un par de preguntas sin sentido, di por concluida la entrevista. Me apresuré a ir a mi oficina, ansioso por examinar todos los aspectos de la vida de Addison. No tenía sentido esperar a que llegara el ADN. Al encender el teléfono, vi dos mensajes de Derrick y lo guardé en el bolsillo.

54

CAPÍTULO CINCUENTA Y CUATRO

DERRICK SE INCLINÓ HACIA SU MONITOR. "FRANK, ECHA UN vistazo a esto. Es Dreman. La placa coincide".

Miré la pantalla. "Definitivamente es ella y solo son las nueve y cuarto".

"Tuvo tiempo más que suficiente para matar a Trent".

"Sin duda. Me hace preguntarme por qué mintió".

"Para protegerse".

No tenía ningún problema en enfrentarme a los sospechosos, pero la idea de interrogar a Dreman sobre la diferencia en las horas me hizo desear estar en la cola del Registro de Vehículos. "No tengo ganas de hablar con la señorita Personalidad".

"Si buscaras la palabra recalcitrante en el diccionario, habría una foto de Dreman".

"¿Escogiste otra palabra de diez dólares?".

"Era la palabra del día de hoy. Y si no las uso, las olvido enseguida".

"No sé si le queda bien, pero desagradable seguro que sí".

"Sin duda".

"Oh, tengo una nueva palabra para ti, virola. ¿La has oído alguna vez?".

Casey entró. "¿Estás ocupado?".

"Voy a hablar con Dreman de nuevo, pero ¿qué tienes?".

"Repasamos los diez primeros años, buscando conexiones, pero ahora estamos peinando los diez anteriores, y tenemos un par de cosas que podrían significar algo".

"¿Qué has encontrado?".

"Una conexión está relacionada con la medicina. Cuando tenía veintiséis años, Melissa Wright trabajó en un lugar llamado Universal Phlebotomy. Es un lugar de extracción de sangre, y Víctor Trent tuvo un trabajo, por un corto período, en un laboratorio médico".

"Y tenemos a la doctora Bigham. ¿Qué hacían Wright y Trent en estos trabajos?".

"Ambos ocupaban puestos administrativos: Wright registraba a los pacientes y Trent se ocupaba del papeleo del laboratorio".

"¿Hace cuánto fue eso?".

"Para Wright fue hace diez años y para Trent hace unos nueve".

"Es un hallazgo interesante. ¿Podemos determinar si Bigham utilizó los servicios de las empresas para las que trabajaban?".

"Creo que podríamos conseguirlo sin una orden".

"Bien. ¿Qué más tienes?".

"La doctora Bigham estaba en el equipo de tenis de su universidad. No pertenecía a ningún club que hayamos podido encontrar, pero sus vecinos decían que jugaba en su comunidad. Víctor Trent era miembro de la Academia de Club de Natación y Tenis de Naples. Wright no parecía jugar, y Ryan jugaba en el equipo de su preparatoria pero no pertenecía a ningún club".

Derrick afirma: "Aquí hay muchos torneos. Los clubes y las comunidades compiten entre sí todo el tiempo. Los caminos podrían haberse cruzado".

"Necesitaríamos identificar los equipos o competiciones en los que participaron y los plazos".

"Iba a hacerlo pero quería ver si pensabas que merecía la pena".

"No podemos dejar pasar nada. Podría haber sido algo competitivo o vergüenza, engaño, celos, ¿quién sabe?".

Derrick dijo: "Todo lo que tienes que hacer es recordar a las patinadoras sobre hielo Nancy Kerrigan y Tonya Harding. No fue un asesinato, pero seguro que fue algo retorcido".

"Sin duda. ¿Eso es todo?".

Casey dijo: "Una cosa más, Wright y Trent practicaban el paddle board de vez en cuando".

"¿Algún indicio de que la doctora Bigham lo hiciera?".

"No que pudiéramos encontrar, pero ella practicaba kayak, y sabemos que a Ryan le gustaba".

"Vamos a ver dónde pueden haber alquilado o desde dónde salían. No sé qué podría poner a alguien en marcha...".

Derrick dijo: "Hubo un caso loco en Nueva York. Una pareja navegaba en kayak por el Hudson y el hombre se ahogó. Acusaron a la mujer porque quitó el tapón del desagüe. A ella le cayeron dos años, pero cobró el seguro de vida de él".

Le dije: "Hubo muchas más cosas en ese caso. Era octubre y el agua estaba a cuarenta grados; no llevaba chaleco salvavidas y había otras circunstancias atenuantes. No digo que ella no fuera responsable, pero no fue todo tan sencillo".

Derrick dijo: "Tal vez, pero creo que ella le tendió una

trampa. Ella le hizo beber alcohol, prometiéndole sexo, y había algo mal con su paleta y....".

"Está lejos de la situación que estamos tratando, pero es un recordatorio de que hay muchas maneras de matar a alguien. Mantengámonos en el punto. Casey, revisa todo lo que desenterraste, vamos a ver a Dreman".

Estábamos a un minuto de Lago, el complejo de departamentos que Dreman llamaba hogar. Derrick dijo: "¿Estás bien?".

No había dicho una palabra en todo el viaje. "Sí, solo trato de trabajar a través de las conexiones que Casey desarrolló. Ninguna de ellas parece encajar con todas las víctimas".

"Es temprano".

"Lo sé, pero me hace pensar que puede haber dos asesinos".

La puerta se levantó y Derrick se detuvo en un lugar. "Eso explicaría muchas cosas".

Salimos y nos dirigimos hacia el edificio. La música subía de volumen a medida que nos acercábamos a la zona de la piscina. Derrick dijo: "No soporto esta música rap".

"No se puede poner rap y música en la misma frase".

"Tienes razón. No lo entiendo. Es violento y denigra a las mujeres. ¿Por qué lo escuchan los niños?".

"Línea de bajo fuerte es lo que me han dicho".

"Puedo sentir la vibración desde aquí".

"Yo percibo el olor de costillas".

La cubierta de la piscina estaba abarrotada. No había ni un alma menor de cuarenta años y todo el mundo llevaba una copa en la mano. ¿Es que nadie trabajaba? Alguien bajó la música. ¿Era obvio que éramos la ley?

Pulsé dos veces el timbre y nos pusimos a ambos lados de la puerta. Dreman abrió y frunció el ceño. "¿Qué quieren?".

"Nos gustaría hablar un momento contigo".

"¿Sobre qué?".

"Tu coartada".

"Te dije...".

Pasó alguien que parecía de mantenimiento. "Vamos a hacer esto dentro".

Exhaló y se hizo a un lado. "Adelante".

Caminé por el pasillo y ella dijo: "No. Haz tus mugrientas preguntas aquí mismo. No estoy de humor".

Un tablero de ouija estaba en la mesa de café.

"Y no estamos de humor para que nos mientan. Primero, dijiste que estabas en Jacksonville con tu hermana. Comprobamos que no estabas ahí, y cambiaste tu coartada, diciendo que fuiste a Miami".

"Fui a Miami".

"Puede que sí, pero pasaste por la caseta de Alligator Alley a las nueve de la noche".

Me fulminó con la mirada.

"¿Qué hiciste el resto de la noche?".

"No es asunto tuyo".

"Un homicidio hace que sea asunto mío".

Ella se rió: "Me fui a dormir".

Conducir de ida y vuelta a Miami era agotador. Si no hubiera mentido, me lo habría creído. "No te creo, lo habrías dicho la primera vez que te preguntamos".

"No me importa qué demonios creas".

Derrick dijo: "Si no contestas, conseguiremos una citación y te arrastraremos a la estación".

"Fuera. Ahora".

Levanté la cabeza hacia la puerta y nos fuimos. Derrick refunfuñó en voz baja mientras volvíamos al auto. Una vez dentro, le dije: "Consulta con la dirección de este lugar. Tienen acceso controlado. Averiguaremos si volvió a casa como dijo".

"Apuesto a que no".

No aposté pero mi instinto me dio la razón. "Tenía una tabla ouija".

"¿De verdad? ¿Dónde has visto eso?".

"Estaba en su mesita".

"Se juntan las piezas. Menos mal que la tenemos vigilada".

CAPÍTULO CINCUENTA Y CINCO

Despojándome del saco al entrar en la oficina, dije: "Derrick, tenemos que investigar muy profundo a Addison; algo le pasa".

Derrick se puso de pie. "Dreman dejó su casa a la una y cinco de la mañana".

"¿Qué demonios está tramando?".

"Un par de vecinos dicen que es antipática y recibe visitas que describen como —citó con el dedo— 'aterradoras'".

"¿Aterradoras?".

"Sí. Dijeron que es extraña, y este tipo con tres perros, dijo que Dreman va y viene en medio de la noche".

"Necesitamos los registros de la puerta de los días en que se cometieron cada uno de los asesinatos".

"Sin duda. Sabes que el chico de los perros dijo que Dreman conduce un par de autos diferentes, y uno de ellos es una furgoneta".

"¿Verificaste con el Registro de Vehículos?".

"Sí, nada más está registrado a su nombre".

"De acuerdo. Tendremos que identificar cualquier vehículo que salga del complejo a altas horas de la noche. Lago debe tener una lista de vehículos registrados a inquilinos. Si un auto no está en la lista, podría ser ella conduciendo el de otra persona".

"¿Cuándo vamos a conseguir el ADN de Addison?".

"Remin dijo que le dijo al laboratorio que le dieran prioridad. Voy a darles otras dos horas antes de presionarlos".

Derrick sonrió. "Si esto fuera *CSI,* lo tendríamos en cinco minutos".

"Ojalá".

"Me voy a Lago".

"Hasta luego".

Abrí el libro de asesinatos y pasé a la página de Addison. No teníamos casi nada sobre ella. Primero, necesitábamos hablar con su familia y vecinos. Delegaría esos, pero quería hablar personalmente con sus compañeros de trabajo.

Me había reunido con el director de la sucursal después del asesinato de Trent, pero su lealtad estaba con el Bank of America, y eso significaba mantenerlo fuera de las noticias. El protocolo me obligaría a notificárselo, pero mientras me preguntaba cómo enfocar la situación, Willis y Cobalt entraron en la oficina.

Cobalt dijo: "¿Tienes un minuto?".

"Cuando quieras. ¿Qué pasa?".

"Investigamos la conexión con el tenis y descubrimos que había mucha mala sangre entre Trent y Addison. Y, escucha esto, Ong y Bigham tuvieron un accidente de auto en la entrada del Club de Natación y Tenis de Naples".

"¿Qué tipo de accidente?".

"Ong se dirigía al norte por Airport, y Bigham salió del club. Los testigos dicen que Bigham estaba hablando por teléfono y salió sin detenerse. Chocó contra un Mercedes nuevo que Ong acababa de comprar".

"¿Hubo una pelea o algo físico?".

"No, pero Ong estaba muy enfadado".

"¿Quién no lo estaría? Pero no creo que signifique mucho".

Willis dijo: "Yo también me sentí así, pero como el auto era pérdida total, escarbé un poco. Ong solo había recogido el auto una semana antes y no tenía cobertura GAP".

"Así que era responsable de la diferencia entre lo que debía y el valor depreciado que pagaría la aseguradora".

Cobalt dijo: "En cuanto sacas el auto del concesionario, baja un veinte por ciento".

"Podría haber perdido veinte de los grandes".

"Mira, he visto a gente matar por un teléfono, pero Ong es profesional inmobiliario; tiene que estar ganando mucho en este mercado. No parece que encaje".

"Revisé las fotos. Bigham hizo trompo con el auto. Pudo haberse lastimado la espalda o algo".

Le dije: "¿Por qué no iba a demandar?".

"Tal vez lo hizo. Tenemos que buscar más".

"Vale, compruébalo, pero ¿qué más tienes sobre la rivalidad Trent-Addison?".

"Según el profesional del club, empezó durante un partido. Addison se acercó a la red, y Trent le lanzó una pelota, golpeándola en la cara. Le desprendió la retina".

"¿Cuánto hace de esto?".

"Hace dieciocho meses".

"¿Algo más entre ellos?".

"No jugó durante mucho tiempo, pero hace cuatro meses golpeó a Trent en la cabeza con su raqueta. Necesitó seis puntos".

"¿Ella lo agredió?".

"No hubo testigos. Trent dijo que fue intencionado. Addison dijo que iba por un tiro a la red y no sabía dónde estaba Trent, y cuando se dio cuenta, no pudo parar a tiempo".

"¿Por qué jugaban solos?".

"No estaban en el club. Estaban en el centro, en las canchas del parque Cambier".

"Aquí está la cosa: Trent le dijo al profesional que Addison organizó el partido, dándole la impresión de que iba a ser un partido de dobles".

"Ella lo quería solo. Tal vez ella lo atrajo con una promesa de sexo después de jugar".

"Tenemos que comprobarlo con la mujer de Trent. A ella no le va a gustar, pero Addison podría ser una de esas mujeres obsesivas que no podían dejarlo ir y fueron demasiado lejos".

Sonó el teléfono de mi escritorio. Contesté. "Esperen, chicos".

"Homicidios, detective Luca".

"Frank, soy Gesso. Parece que Dreman está huyendo".

Salté de mi asiento. "¿Seguro?".

"Cargó un montón de equipaje en su auto y se largó. La estamos siguiendo hacia el norte por la setenta y cinco. Ahora mismo, se está acercando a la salida de Bonita Beach Road".

"Quédate con ella. Si Dreman va al aeropuerto, tenemos que saber a dónde vuela y hacer que los lugareños la vigilen".

"Lo haré. Te avisaré".

Colgué. "Dreman podría estar huyendo. Se dirige al norte con un auto cargado de equipaje. Gesso la está rastreando".

"Es raro despegar a mediodía".

"Tal vez no. Puede que piense que pasaría desapercibida".

"Tiene que saber que la estamos vigilando".

"Probablemente, pero o es lo de esconderse a plena vista

o cometió un error, pero este asesino ha sido demasiado cauto para ahora hacer eso".

"No lo sé".

"Mira, tenemos que seguir trabajando estas conexiones. Hay mucha mala sangre, y se volvió física entre Trent y Addison. Ya sabes lo que dicen de una mujer despechada".

"Cuando tengamos el ADN, lo sabremos".

"Seguro que ayudará, pero seguimos necesitando una narración para la corte".

Mi teléfono volvió a sonar; era Gesso. "Se pasó la salida del aeropuerto. ¿Quieres pararla?".

"No. Veamos hacia dónde se dirige".

Sonó el teléfono del escritorio de Derrick. Le hice un gesto a Willis para que contestara y terminé con Gesso.

Willis colgó. "Era el laboratorio. Tienen varias coincidencias de vínculos familiares con el ADN de la escena del crimen de Trent".

56

___

CAPÍTULO CINCUENTA Y SEIS

TIRANDO DEL CUBREZAPATOS AL PONÉRMELO, LO RASGUÉ. Lo tiré y tomé otro. Vestido con ropa protectora, irrumpí en el laboratorio. "¿Dónde está Geary?".

Un técnico levantó la cabeza de un microscopio y señaló el despacho del director. Con su bata blanca de laboratorio, Geary estaba mirando una imagen en un monitor de pared con una lupa. "¿Qué estás mirando?".

"Fibras recolectadas del robo a la Casa Waffle. Remin va tras estos tipos con fuerza para enviar un mensaje".

"Tiene razón. Tienen que saber que si intentas algo aquí, iremos por ti. Esto no es California, donde te dejan robar mil dólares".

"Cuesta creer lo que está pasando ahí fuera y en Nueva York".

"Amén. ¿Qué tienes para mí?".

Geary se deslizó detrás de su escritorio y yo tomé una silla. "Nos centramos en veinte marcadores críticos en el ADN encontrado en el pantalón de Trent. GEDmatch, una de las bases de datos públicas a las que Casey obtuvo acceso, ofrecía varias posibilidades".

"¿Alguna relación con Dreman o Addison?".

"No es posible saberlo en este momento".

Geary abrió una carpeta y tomó una hoja de papel. "Lo que tenemos son parientes probables".

"¿Madre, padre?".

"Desgraciadamente no. Una coincidencia en diez de los veinte marcadores sugeriría un pariente cercano, como un padre, un hijo o un hermano. Lo que tenemos son cuatro individuos cuya coincidencia sugiere un primo, tío o tía".

"De acuerdo. Eso nos da algo con lo que trabajar. De los cuatro, ¿alguno es más fuerte que los otros?".

Geary tendió el documento. "Están priorizados". Señaló el primer nombre. "Estos dos tienen una coincidencia más".

Me entregó el informe. Al hojearlo, mis ojos se posaron en el primer nombre: Anthony Hatch. La ciudad de origen era Rye, Nueva York. No muy lejos de Jersey. El segundo nombre era Gloria Shea, de Louisville, Kentucky.

"¿Esta es mi copia?".

"Es todo tuyo".

Me puse de pie. "Gracias, Geary. Tengo que irme".

Subí las escaleras y sostuve el documento como si fuera un recién nacido. Si los resultados de ADN fallaban, esto era nuestra salvación. El ADN familiar era una herramienta importante y me alegraba de vivir en uno de los doce estados que permitían a las fuerzas del orden usarlos.

Lo primero que quise hacer fue comprobar ambos nombres en la base de datos nacional. No significaba nada si tenían antecedentes. La depravación no se heredaba, pero las circunstancias en las que crecías influían.

Remin necesitaba saber que teníamos una vía importante que seguir. Di un rápido rodeo, entregando los resultados familiares a Derrick antes de poner al día al sheriff. Al subir las escaleras, sonó mi móvil. Era Gesso. "¿Dónde está Dreman?".

"En la Ruta Cuatro yendo hacia Orlando".

Dreman había salido con equipaje, pero un viaje a Disney World rivalizaba con un paseo en el transbordador SpaceX como lo más improbable. "Sigue tras ella. Necesitamos saber si se encuentra con alguien y los porqués".

<hr>

ME QUITÉ el saco deportivo y entré en la oficina. "El ADN de Addison no coincide".

Derrick miró por encima de su monitor. "¿Me estás jodiendo?".

Nuestra principal sospechosa, si no la principal, había sido marginada. "Ojalá lo fuera. Pero no te desconcentres; tenemos el ADN familiar para trabajar".

"Lo sé, pero ni Hatch ni Shea tienen registros".

"Está bien. No es a ellos a quienes buscamos. ¿Tienes información de contacto de ellos?".

"Sí. Hatch tiene cuarenta y nueve y vive en Yonkers. Shea tiene cuarenta y tres y sigue en Louisville. Escucha esto, trabaja en la fábrica de bates de béisbol".

"Es bueno que sigan fabricándolos allí".

"Seguro que sí".

"¿Y los hermanos o hijos que tengan?".

"Todo lo que tengo en este momento es el estado civil. Hatch se divorció hace unos diez años, y parece que Shea sigue casada. Aquí están sus fotos del Registro de Vehículos".

Sosteniendo una imagen en cada mano, mis ojos rebotaban entre las dos imágenes. Buscaba un mensaje, pero ¿cuál? Ninguno de los dos era sospechoso y vivían al menos a mil kilómetros de distancia. Rebusqué entre los homicidios. "¿Alguna de las víctimas vivía cerca de alguno de ellos?".

"No. Ni cerca".

"De acuerdo. Llamaré a Hatch y tú aborda a Shea. La clave es averiguar si tienen hijos o hermanos. Recuerda, no tienen que cooperar, y si es un niño, van a ser protectores. Tenemos que tener tacto".

"Sin duda. Deberíamos comprobar también los primos hermanos. Quién sabe de dónde salió la mitad de los marcadores".

Fue otro golpe de realidad. Había supuesto, o más bien esperado, que buscábamos un pariente cercano. "Tienes razón. Pongámonos en marcha".

Dejé la foto de Anthony Hatch junto al teléfono y marqué su número. "¿Anthony Hatch?".

"Sí. ¿Qué quieres?".

"Soy el detective Luca, de la oficina del sheriff del condado de Collier, en Florida".

"¿Oficina del sheriff? ¿De qué va esto?".

"No estoy autorizado a revelar información sobre una investigación activa, pero estamos trabajando en un caso, y tengo un par de preguntas rápidas para usted".

"No entiendo por qué me llamas".

"No hay nada de qué preocuparse. Esto es puramente una investigación de fondo. Usted no es el objeto de la investigación".

"No lo pensé. No he hecho nada".

"Así es. Ahora, tienes cuarenta y nueve años y estás divorciado, ¿verdad?".

"Correcto".

"¿Cómo se llaman tus hermanas y hermanos?".

"Mi hermana es Ángela, pero no tengo hermanos".

"¿Dónde vive? ¿En Florida?".

"Ya no. Está en Carolina del Sur".

"¿Dónde vivía en Florida?".

"Estaba cerca de mi hija, en Cape Coral. Alquilaba en la misma comunidad, pero conoció a un chico de Gaston y se mudó allí".

"Cape Coral es bonito. ¿Tu hija sigue allí?".

"Sí, fue al Gulf Coast College y consiguió un trabajo después de graduarse".

"Muy bonito. Mi hija va a ir a la universidad pero no sabe qué quiere hacer. ¿Qué hace la tuya?".

"Ella trabaja para un lugar llamado Karma y Cocos".

¿Era una broma? "¿Qué hacen?".

"Un poco de todo. Dan clases de arte y venden obras de artistas locales, y tienen una gran sección de cristales y piedras".

"Vaya. A mí también me van las cosas metafísicas. ¿Cómo se llama? Voy a menudo. Preguntaré por ella cuando pase a ver qué tienen".

"Karen". No estoy en eso, y para ser honesto, creo que fue un desperdicio de matrícula. Pero sabes qué... ella es feliz".

"Eso es lo que cuenta".

"Tan cierto".

"Que esté bien, señor. Siento haberle molestado".

Colgué mientras me decía: "No hay problema".

Derrick seguía al teléfono. Puse a Karen Hatch en la base de datos. Había sido arrestada hace cinco años. El cargo era por llevar un arma oculta.

CAPÍTULO CINCUENTA Y SIETE

SAQUÉ LA FOTO DE KAREN HATCH. HABÍA ESTADO LLORANDO y parecía asustada. ¿Qué hacía con una pistola en el bolso sin permiso? Hatch rellenaba el mono naranja y medía algo menos de seis pies. No tendría problemas para someter o mover a las víctimas.

Pero, ¿dónde estaba la conexión? ¿Por qué ellos? Comprobé los vehículos registrados a su nombre. No tenía un Honda blanco o un MINI Cooper. Conducía un Chevy Tahoe rojo.

Derrick estaba terminando su llamada. Me paré frente a su escritorio mientras colgaba. "Hatch tiene una hija en Cape Coral. Trabaja en un sitio llamado Karma y Cocos".

"¿Qué clase de nombre es ese?".

"Es un lugar metafísico".

"No puedo creer lo popular que es eso".

"Sí. No solo eso, sino que fue arrestada por llevar oculta un arma".

"Guau. ¿Nunca la usó?".

"No según el informe de arresto. Ella es ahora nuestro objetivo principal. ¿Qué conseguiste con Shea?".

"Tiene una hermana que vive en Staten Island. Pero hace años que no se hablan; ella no paraba de hablar de cómo Karen se largó cuando la madre enfermó de cáncer y la dejó sola para cuidarla".

"Nunca es fácil. Tenemos que localizarla".

"Trabajo en ello. Lo comprobé con el portal del Registro de Vehículos de Nueva York pero nada sobre una Rachel Shea".

"Podría estar casada".

"Revisé los registros de cambio de nombre mientras ella parloteaba".

"Te estás volviendo demasiado bueno para tener que informarme".

"De ninguna manera, hombre".

"Compruébalo con Nueva Jersey. Parece que la mitad de la gente de Jersey viene de Staten Island".

"Lo haré".

"Investígalo cuando volvamos. Tenemos que hablar con Karen Hatch".

Tomamos la interestatal hacia el norte, por la salida de Cape Coral. Hacía tiempo que no iba a una de las ciudades de más rápido crecimiento del país. "Sabes, ahora viven aquí más de doscientas mil personas".

"Está justo en el Golfo de México. Genial si te gusta navegar".

"Cape Coral tiene más aguas navegables que cualquier otro lugar del planeta".

"¿En serio?".

"Lo leí en un artículo de marketing de un agente inmobiliario. Las casas son más baratas que en Naples pero más caras que en Fort Myers".

"Todo gira en torno al agua".

"Hablando del agua" —señalé al pasar por Sun Splash Family Waterpark— "llevamos a Jessie allí, hace cien años".

"¿Merece la pena el viaje?".

"Claro. Tienen un gran río lento y muchas atracciones acuáticas. Pero espera a que Emma tenga unos ocho años".

"Después de ir a Disney antes de que Emma pudiera andar, de ninguna manera volveré a cometer ese error".

"Aquí estamos".

"No sabía qué esperar, pero no era esto".

Me detuve frente a un edificio amarillo que había perdido el color. Un cartel azul y verde pintado a mano hacía hincapié en el karma. "Te vas a ir creyente".

Derrick se burló: "Supongo que nunca se sabe".

"Amén".

Al abrir la puerta sonó un ruido pulsante, entremezclado con el viento. Me hizo pensar en una película de ciencia ficción. Derrick me miró y se encogió de hombros. Mis ojos se fijaron en un cuadro de un diente de león amarillo. Solíamos pedirles deseos cuando éramos niños.

Una mujer alta, creí que era Karen Hatch, apareció de detrás de un exhibidor. "Bienvenidos. ¿Están teniendo un buen día?".

"Sí. Eres Karen Hatch, ¿verdad?".

Ella sonrió. "Sí. ¿Nos conocemos? ¿Quizás en otra vida?".

Si había hecho lo que sospechábamos, la reencarnación era su única esperanza de volver a ver el cielo. "Tu padre me dijo que trabajas aquí".

"Ah. ¿Cómo está Tony?".

Llamar a tu padre por su nombre de pila, si no trabajaban juntos, era un no-no en mi lista. "Parece estar bien. Tenemos un par de preguntas para ti".

"Claro. Pero primero, debes saber que todo está hecho a mano por artistas locales...".

"No está relacionado con la tienda. Hablemos fuera".

Sus cejas se fruncieron. Miró por encima de nuestros hombros. "Estoy confundida, pero claro".

Derrick y yo nos pusimos las gafas de sol, y Hatch le dio la espalda al sol. "Señora Hatch, somos de la Oficina del Sheriff del Condado de Collier".

Se echó hacia atrás. "¿Está bien Tony?".

Fue la reacción correcta, pero el asesino del santuario era de primera. "Está bien. ¿Vas a Naples con frecuencia?".

"No diría que con frecuencia. De vez en cuando, cuando el espíritu me mueve".

"¿A quién conoces allí?".

"Muchas almas. ¿Por qué tantas preguntas?".

"Tienes cartas de tarot, ¿verdad?".

"Varias barajas. Son como una visión del futuro".

¿Había visto la cárcel en su futuro? "¿Las usas para enviar mensajes?".

"A veces, envío una a un amigo que está deprimido para recordarle que esta vida es temporal. Es descorazonador cuánta gente olvida que estamos en un viaje de una dimensión a otra".

Tenía mis dudas, pero eso no me impediría esperar que ella supiera algo que yo no sabía. "Fuiste arrestada por portación oculta, sin permiso".

Frunció el ceño. "Eso fue antes de mi iluminación. Vivía con miedo y creía tontamente que podía controlar los acontecimientos".

¿Se estaba burlando de las fuerzas del orden? "¿De qué tenías miedo?".

"La sociedad te programa para vivir con miedo. Tenemos

miedo los unos de los otros, del futuro. Deberíamos abrazar cada día tal y como se desarrolla".

Hatch o se lo creía o era una actriz que había ensayado líneas. "¿Estarías dispuesta a dar una muestra de tu ADN voluntariamente?".

Se cruzó de brazos, pero no dijo nada. Pude ver las ruedas girando en su cabeza mientras le decía: "Podemos hacerlo aquí mismo; es un simple hisopo".

"No sé...".

Derrick finalmente habló: "Tendremos que traerla, Frank".

"¿A una estación de policía?".

"Exactamente. Y tendremos que llevarte a Collier".

"De acuerdo, lo daré".

Derrick le hizo dos frotis y nos fuimos. De vuelta en el auto, le dije: "Llama a Lee County, dile que vigile a Hatch. Diles que nos quedaremos hasta que llegue un auto".

"¿Crees que va a huir?".

"No me gustó cómo se comportaba. Era demasiado serena para mí".

"O es una farsante o estaba en algo".

Después de llamar a los lugareños, alejamos el auto una manzana y vigilamos la tienda. Estaba enviando un mensaje a Mary Ann cuando Derrick dijo: "Hatch acaba de salir por la puerta lateral".

Hatch miró en ambas direcciones y sacó su teléfono. Era una llamada rápida. Guardó el móvil en el bolsillo y volvió a entrar. Podría no haber sido nada, pero el lenguaje corporal indicaba lo contrario.

CAPÍTULO CINCUENTA Y OCHO

UN TRUENO ME SOBRESALTÓ MIENTRAS ME DESLIZABA DETRÁS de mi escritorio. El sol brillaba, pero se acercaba la lluvia. Derrick estaba entregando el ADN de Hatch y archivando el papeleo necesario para las pruebas. Revisé la nota que había hecho sobre Shea. Rachel Shea era la hermana separada.

Como hija única, no entendía cómo los hermanos llegaban al punto de no hablarse. Busqué Rachel Shea en el portal de Jersey y obtuve un resultado: Rachel Theresa Shea. Su dirección aparecía en Lavallette.

Una pequeña ciudad en la costa de Jersey, cuya población aumenta durante el verano. Busqué un número y encontré un teléfono fijo. Sonó cinco veces. Cuando iba a colgar, alguien cogió el teléfono.

"¿Hola?".

"¿Es Rachel Shea?".

"No. Está trabajando".

"¿Dónde?".

"¿Quién es?".

"Detective Luca de la Oficina del Sheriff del Condado de Collier".

"Oh, no. ¿Le ha pasado algo a su piso?".

Salté de mi asiento. "No exactamente. Pero es dueña de uno aquí abajo, ¿verdad?".

"Sí, lo ha tenido siempre".

"Podría no ser nada, pero parece que hay un posible intento de fraude y me gustaría hablar con ella".

"¿Qué ha pasado?".

"Realmente no puedo decirlo, señora. Pero, ¿cuál es su nombre y su relación con la señora Shea?".

"Cathy Garibaldi. Rachel es una amiga de toda la vida. Estoy con ella desde que me operaron de la cadera. Habría tenido que ir a un centro de rehabilitación sin ella".

"Es muy amable de su parte".

"Sí. Me voy hoy. Rachel es la mejor, un verdadero ángel".

¿Había encontrado Shea una forma de compensar sus formas asesinas? "Eso es lo que he oído. Entonces, ¿cuál es su número de móvil?".

Le di las gracias y me senté. Había que jugar bien. Lavallette estaba en el condado de Ocean. Hacía tiempo que no trabajaba en el condado vecino de Monmouth, pero aún tenía amigos. Jugando con la idea de pedir un favor, Derrick volvió a entrar. Era la caja de resonancia perfecta.

"Tenemos la mayor ventaja en mucho tiempo".

Sus cejas se alzaron. "¿Qué tenemos?".

"Localicé a la hermana de Shea en Jersey; aún no hablé con ella, pero adivina dónde tiene una segunda casa". Era cierto, uno empezaba a parecerse a la persona con la que pasaba el tiempo.

"¿Naples?".

"Bingo. Tiene un condominio".

"¿Dónde?".

"Hice como que sabía dónde estaba, para conseguir el número de Shea. No tuve oportunidad de comprobar los registros de impuestos".

Derrick se sentó en su escritorio. "Lo tengo. Mientras tecleaba, preguntó: "¿Tiene antecedentes?".

"Nada que pudiera encontrar".

"Dime otra vez, ¿cómo es que esta cosa familiar la hace sospechosa?".

"Su hermana estaba en la lista, coincidía con la mitad de los marcadores críticos. Eso significa que no era ella, pero podría ser un pariente cercano suyo".

"Vale, pero podría ser cualquiera relacionado con ella".

"Sí, pero tener un lugar aquí abajo levantó una bandera".

"Ella y millones de otros norteños".

"Sin duda, un tsunami de gente se mudó en los últimos dos años".

"Tiene una casa en Bridgewater Bay, en Wind Song Court".

"Eso es fuera de Livingston, por Orange Blossom".

"Sí. Si va y viene, será fácil comprobar si estaba aquí cuando ocurrieron los asesinatos".

"Exacto. Pero no quiero asustarla. Si es ella y llamamos, haciendo preguntas, puede largarse".

"Podemos husmear, averiguar con sus vecinos cuándo ha estado aquí, ver si coincide con los asesinatos".

"Estaba pensando lo mismo, pero tenemos que tener cuidado. Si alguien la llama, quién sabe lo que hará".

"¿Qué quieres hacer?".

"Tengo contactos allá arriba".

"Así es. Solías trabajar allí".

Sonó mi móvil. "Detective Luca, soy el capitán Ruiz del Departamento del Sheriff del Condado de Lee".

"Hola, ¿qué pasa?".

"Me temo que hemos perdido la pista de Hatch".

"¿Cómo ha ocurrido?".

"La siguieron a casa y el agente pensó que tenía tiempo para ir al baño. Había comido unos tacos en mal estado y le había dado un ataque. Dijo que estuvo fuera diez minutos como mucho y ella se había ido".

Inhalando, me dije a mí mismo que mantuviera la calma. "Se fue a pie o...".

"Su auto ha desaparecido. Hemos puesto una orden de búsqueda. La encontraremos".

"Avísame cuando la veas".

He colgado. "Hatch se escabulló".

"¿Me tomas el pelo? ¿Cómo ha pasado?".

Se lo dije y agregué: "Dejemos que Lee haga su trabajo e investiguemos a Shea".

"¿Cómo quieres hacer esto?".

"Compruébalo con Bridgewater. Son comunidades cerradas, así que tiene que haber un registro. Todas estas comunidades quieren saber el auto que tienes. Si tiene auto, podemos comprobar la actividad del transponder".

"Eso me gusta".

"Pero tienes que mantenerlo en secreto. Diles que estamos investigando una red que vende registros y licencias de conducir falsas. Di que agarramos a una pareja usando la dirección de Shea. Toma otros dos nombres de los registros de impuestos y úsalos como tapadera".

"Sigiloso pero efectivo".

"Quiero atrapar al bastardo".

"Amén". Conseguiré dos nombres y me dirigiré a Bridgewater. Esto debe hacerse en persona".

Sonó el teléfono de mi escritorio. "Gracias".

"Luca".

"Frank, soy Gesso. Dreman acaba de entrar en el Days Inn".

"No me digas que se va de vacaciones".

"Puede ser, pero parece que solo sacó una bolsa de viaje del auto. El resto del equipaje sigue en el maletero".

"Si puedes prescindir de la mano de obra, me gustaría que siguieras vigilándola. A ver si se encuentra con alguien o va a algún sitio".

"Pusimos a muchos hombres, pero Remin dijo que tenías carta blanca".

JESSIE ACABABA DE VOLVER A CASA. Había estado en la Universidad de Miami acumulando créditos universitarios antes de empezar su primer año. Yo estaba orgulloso, pero los dos mil trescientos dólares por crédito eran un reto. No quería que pidiera préstamos para estudiar. Conocía las ventajas de participar en el juego, pero Jessie tenía más empuje que un concesionario de autos.

Había retirado parte de nuestros ahorros para pagar los fármacos experimentales de Mary Ann, pero a pesar de lo enojada que estaba, agradecía que funcionaran. Trabajar hasta los setenta era una realidad a la que quizá tendría que enfrentarme, aunque sería en seguridad privada.

Cerré la puerta del garaje y entré. Mary Ann y Jessie parloteaban como colegialas.

"Hola. ¿Cómo está mi chica?".

"¡Papá! Pensé que estabas trabajando".

La rodeé con mis brazos. "Lo estoy, pero ha pasado demasiado tiempo. ¿Qué tal el viaje?".

"Fácil. Melissa y yo nos lo repartimos".

"Es bueno tenerte en casa".

Sonrió. "Los he echado de menos a los dos".

Mary Ann tenía una sonrisa de ganadora de lotería, y sabes qué, era mejor que el dinero. "Mamá te echaba de menos, pero a mí me gustaba la casa tranquila".

"¡Eh!".

Le besé la parte superior de la cabeza. Su pelo olía a lavanda. Mary Ann dijo: "¿Por qué no salimos esta noche?".

Cuando dije "Claro", sonó mi móvil. Era Derrick. "Shea estaba en la ciudad al mismo tiempo que sucedieron los asesinatos de Wright y Bigham".

CAPÍTULO CINCUENTA Y NUEVE

Después de disculparme con mis chicas, me dirigí a reunirme con el sheriff Remin. ¿Cuál era la forma correcta de manejar esto? Si pedía a las autoridades de Nueva Jersey que intervinieran y parecía que Shea era la asesina del santuario, podía negarse a venir a Florida.

Estaríamos encerrados en un juzgado intentando extraditarla a Florida. Confiaba en mis hermanos de uniforme, pero no en el sistema judicial de Nueva Jersey. Era un desastre diez años atrás y no había hecho más que debilitarse, ofreciendo más derechos a los criminales que a las víctimas de las que se aprovechaban.

Remin era el orador principal en un acto celebrado por la Casa de San Mateo. Pasé por delante de Alice Sweetwater's, donde había trabajado la primera víctima, Melissa Wright. Eso reforzó mi determinación. Las circunstancias eran difíciles, pero esperaba que, si seguía así, este caso no arruinara mi expediente.

Entré en el estacionamiento de Lulu's Kitchen. La Casa de

San Mateo había construido el establecimiento para ayudar a alimentar a sus residentes. Le envié un mensaje a Remin, que salió un minuto después. Su saco azul oscuro y su corbata roja encajaban con el político que acechaba bajo la superficie.

"Lo siento, señor".

"No es necesario disculparse. Nada es tan importante como este caso".

"Gracias. Estoy buscando orientación para tratar con Rachel Shea. Sabemos que estaba en su departamento de Naples en el momento de al menos dos de los asesinatos. Mi preocupación es alertarla y meterme en un lío de extradición".

"Si es ella, me parece bien sacarla de las calles. Al final la llevaremos ante la justicia".

"Lo sé, pero intentaba encontrar la forma de que viniera voluntariamente".

Remin sonrió. "La quieres atada con un moño".

Me encogí de hombros. "Supongo que sí. Le dijimos a su amiga que había una red de fraude del Registro de Vehículos usando direcciones en Bridgewater".

"¿Por qué no subes? Habla con ella, a ver cómo juega".

"Necesitamos su ADN. Si coincide con la sangre de los pantalones de Trent, tenemos a nuestro asesino".

"Sí, pero necesitaremos más que eso para los fiscales".

"Me doy cuenta de eso. Si es Shea, una vez que indaguemos, construiremos pruebas de apoyo".

"Entonces sube y mira a dónde te lleva".

Me senté en mi auto, comprobando los vuelos. Había uno a las seis y media de la mañana. Era temprano, pero no podría dormir con esto por ahí. Después de reservar un vuelo y un auto, le dije a Mary Ann que me iba a Nueva Jersey por lo que esperaba que fuera solo un día.

60

CAPÍTULO SESENTA

Circulaba por la ruta 35, se estrechó a un carril en cada sentido. Encendí el desempañador del parabrisas y reduje la velocidad. Giré hacia la avenida Brown. Era una manzana corta que llevaba al océano. La casa de Shea era más un bungalow que una casa.

Me estacioné detrás del todoterreno en la entrada de grava. Al salir del auto, casi vuelco un cubo de basura que había en la acera.

Las cuentas del rosario colgaban del retrovisor del todoterreno negro. Al asomarme al interior, nada me llamó la atención. Cuando sopló una ráfaga de viento, me metí el cuello en el abrigo y toqué el timbre.

Vestida con un jersey de punto rosa, Shea coincidía con la foto de su carné de conducir. Saqué mi placa y me presenté. "Pase. Hace viento ahí fuera".

"Gracias.

"No puedo creer que hayas venido hasta aquí para verme".

Un gran cuadro de la Virgen dominaba la habitación familiar. "Nos tomamos el fraude en serio, señora".

"Rachel. Por favor, llámame Rachel".

Parecía tener los pies en la tierra. "De acuerdo, Rachel".

"Sentémonos en la cocina".

Tenía un refrigerador de tamaño medio, un pequeño fregadero y una gran foto de la Madre Teresa. Barrió un periódico *Christian Monitor* y lo puso sobre la encimera. Shea era una mujer de iglesia.

"Estamos investigando esta red del Registro de Vehículos...".

"Cathy me lo dijo. Es decepcionante oírlo. Pero no tengo que preocuparme, ¿verdad? Quiero decir, solo están usando mi dirección".

"No tienes nada de qué preocuparte".

"No entiendo por qué has venido hasta aquí, con este tiempo, para hablar conmigo".

No fue fácil mentir con la Madre Teresa mirándome. "Tengo familia en la zona y es bueno ser minucioso".

"Oh, buena excusa para venir, pero en la época equivocada del año".

Sonreí. "Seguro que sí. ¿Vas a menudo a Naples?".

"Tanto como pueda. Al menos cuatro meses al año, me gustaría dedicarme a tiempo completo, pero no puedo dejar Ocean of Love. No quiero parecer engreída, pero sin mí, no veo cómo pueden seguir".

"¿Qué es Ocean of Love?".

"Una organización benéfica para niños con cáncer. Tras fallecer mi marido, decidí dedicar mi tiempo a ayudar a los demás".

"Siento oírlo. ¿Tienes hijos?".

"Ninguno propio. Pero tengo muchos en Ocean".

"Qué bien. Entonces, ¿trabajas allí?".

"Sí, pero dono mi sueldo. ¿Qué mejor uso de mi dinero que ayudar a niños enfermos y a sus familias?".

¿Había tropezado con una santa? "Me alegro por ti. Tienen suerte de tenerte".

"Oh, no lo sé. La verdad es que yo le saco más partido que ellos". Sonrió.

"Apuesto a que sí".

"Entonces, ¿cómo puedo ayudar a la oficina del sheriff?".

"Esto puede parecer una locura, pero ¿usas cartas de tarot?".

"¿Cartas de tarot? Eso es paganismo". Se burló. "Si quieres cambiar las cosas, dedica tu tiempo a orar".

Era muy práctica. Mi medidor de tonterías ni siquiera se había acercado a sonar. "¿Puedo usar el baño?".

"Claro". Ella señaló. "Está justo ahí".

Cerré la puerta tras de mí y aparté suavemente la cortina de la ducha. Había un solo bote de champú y una concha de almeja que sostenía una rastrillo de afeitar rosa nuevo. Sobre el tocador había un único cepillo de dientes. Abrí el botiquín. No había nada interesante, ni tampoco en el armario de la ropa blanca.

Después de contar hasta treinta, tiré de la cadena y me lavé las manos. No pensé ni por un minuto que esta señora fuera una asesina. De ninguna manera iba a disgustarla señalándola con el dedo.

Le hice un par de preguntas de distracción sobre sus vecinos de Florida y pareció funcionar. Fuera cual fuera su inteligencia callejera, el tiempo podría haberla hecho hibernar. Salí y sacudí la cabeza; estaba nevando.

Caminando hacia el auto, mis ojos se posaron en el bote de basura. Recorrí la calle. Volviendo la vista a la casa de Shea, me puse un guante y levanté la tapa del cubo. A toda prisa, hice un agujero en una bolsa de plástico y me puse a hurgar. Otro rastrillo rosa, el mismo que usaba Mary Ann. Lo metí en una bolsa y subí al auto.

Era imposible conseguir intimidad en el aeropuerto de Newark. Me paré en un pasillo y llamé a Derrick. Después de decirle que Shea sería el asesino más improbable de mi carrera, le dije: "Tenemos que revisar la lista de contactos familiares. La persona que buscamos tiene que estar relacionada con una de ellas".

"Ya he empezado a investigarlos. Un tipo, Brent Turley, es interesante. Nació en Tampa y tiene cinco hijos".

"No mucha gente tiene tantos hoy en día. ¿Cuál es el rango de edad?".

"Veinticuatro a treinta y dos. ¿Y adivina qué?".

Esperando mi vuelo, no me puse sarcástico. "¿Qué?".

"Son todas mujeres".

"Me pregunto si la mujer que buscamos es una de ellas".

"Lo más probable es que lo sea".

Mientras decía "tal vez", sonó mi móvil. "Oye, déjame llamarte de vuelta; es ese reportero con el que el asesino hizo contacto".

Intercambié llamadas. "Detective Luca".

"Hola, detective. ¿Adivina quién acaba de llamar?".

"¿El supuesto asesino?".

"Sí, señor. Dijo: 'Luca debería dejar de perder el tiempo. Nosotros somos los que hacemos justicia'".

"¿Dijo 'nosotros'?".

"Sí. Anoté lo que oí. Fue una llamada rápida".

Oí mi vuelo por el altavoz. "Están llamando a mi vuelo". Caminando hacia la puerta de embarque, pregunté si se sabía de quién y desde dónde se había hecho la llamada, pero me dijo que era el mismo modus operandi.

Mientras el avión rodaba por la pista, me centré en tres aspectos de la llamada: el uso de la palabra nosotros, la sugerencia de que dejáramos de perseguirles y que se les hiciera justicia.

"Nosotros" podría significar que se trataba de una conspiración de algún tipo. ¿O lo usaban en un sentido amplio, como la gente usa "ellos"? Mis pensamientos se dirigieron al asesino. Hacer que pareciera que había más gente involucrada, reforzaba el hecho de que era un oponente formidable.

O podría ser que nos estábamos acercando, y estaba tratando de distraernos. Eso encajaba con la afirmación de "dejar de perseguir". Era una buena idea, pero por lo que yo sabía, no estábamos cerca de resolver el caso. ¿Qué me podía estar perdiendo?

¿Fue Dreman o Addison? El ADN no coincidía, ¿pero la sangre fue colocada allí como un desvío? No nos habíamos centrado en la posibilidad de que alguien con acceso a sangre fuera el asesino. Cuanto más lo pensaba, más fuerte se volvía el ángulo. Teníamos que redoblar nuestros esfuerzos para encontrar el vínculo.

Mencionar que estaban exigiendo justicia podría hablar de motivación y ayudar a definir al asesino. La venganza había llevado a muchos a matar, pero ¿cuál era la ofensa percibida? Habíamos investigado el amor despechado pero no habíamos podido descubrir nada.

¿Podría ser vergüenza, humillación o envidia? Recordé una clase que había tomado en el John Jay College. Una psicóloga argumentó que las personas sádicas eran más propensas a buscar venganza. Eso tenía sentido, pero recordé que había hablado largo y tendido sobre el hecho de que había una dimensión cultural en la predilección de la gente por la venganza.

¿Buscábamos a un inmigrante reciente?

61

CAPÍTULO SESENTA Y UNO

ME PARÉ FRENTE A UN PAR DE FOTOS QUE HABÍAMOS CLAVADO en una pizarra de corcho. Derrick y yo trabajábamos con las hijas de los Turley, y con dos de ellas sirviendo en el extranjero y otra viviendo en Asia, nos quedaban Ann Marie y Joan.

Rubia y la más joven, Ann Marie se había establecido en New Hampshire después de la universidad. Le dije: "No sé qué significa, pero es más que interesante que estuviera en el equipo de esgrima del Boston College. Y la carta de tarot tenía espadas".

"Lo sé. Ella sabe cómo manejar un arma. Apuesto a que sabe mucho sobre el torso".

"Y dónde apuñalar a alguien para matarlo".

"Exactamente. Las víctimas fueron apuñaladas tres veces. Todas en la misma zona".

"Me pregunto si el número de puñaladas tiene algún significado".

"Quizá haya una conexión con el esgrima, pero no veo que sea ella; es demasiado joven".

"La verdad es que no. La mayoría de los asesinos en serie se cobran su primera víctima a los veinte años".

"Voy a ver qué hay en internet sobre esgrima y el número tres".

"Adelante". Mirando fijamente la foto de la hija mayor, traté de leer sus ojos color avellana.

"Santo cielo. Escuchen esto. El esgrima es uno de los tres deportes de combate. Hay tres personas implicadas: dos esgrimistas y un árbitro. Y hay tres disciplinas en la esgrima moderna: el florete, la espada y el sable".

"¿Los últimos son espadas?".

"Sí".

"Pero Bilotti dijo que fue el mismo cuchillo usado para hacer cada herida".

"Tal vez sea algo simbólico".

"Comprueba su viaje; mira si estaba aquí cuando tuvieron lugar los asesinatos. Voy a trabajar en Joan".

"Estuvo aquí al menos una de las noches. El informe de tacto la tenía en un accidente en la interestatal, justo al sur de Tampa, el día que la doctora Bigham fue asesinada".

"¿Por qué estaba aquí?".

"No he podido encontrar pruebas de que sea propietaria de nada aquí. Pero tanta gente alquila que no significa nada".

"Voy a sacar el informe del accidente".

Su dirección era 11435 Palmetto Court, departamento 3B, en Clearwater. "Es floridana, vive en Clearwater".

Aparte de eso, el historial del choque fue tan ordinario como el sol que brilla en Naples. Joan Turley se dirigía hacia el sur, sola, en un Toyota plateado, cuando un auto lleno de adolescentes varones la embistió por detrás. Dejé a un lado mi suposición de que el vehículo que atropelló a Turley estaba lleno de distracciones infundidas de testosterona y cogí el teléfono.

"¿Joan Turley?".

"Sí, ¿quién es?".

Profundicé mi voz. "Detective Kenner de la Patrulla de Carreteras de Florida".

"¿Pasa algo?".

Era una frase retorcida que todo el mundo usaba. "Tuvo un accidente vehicular en la ruta 75...".

"Sí, con esos chicos. Te diré...".

"Esa es la razón por la que estoy preguntando, señora. Verá, el conductor estuvo involucrado en otro accidente".

"Eso no me sorprende".

"¿Cuál había sido su destino?".

"Marco Island. Ann Marie, mi hermana pequeña, alquiló una casa en el mar durante dos meses. Tuve que volver para una cita con mi oncólogo, pero volví enseguida".

"Espero que haya ido bien".

"Así fue. Ni siquiera el accidente me desanimó. Quiero decir, me enfadó que el imbécil me golpeara, pero después del cáncer, ya no me obsesiono con las cosas pequeñas".

Ojalá pudiera decir eso. Funcionó durante un tiempo, pero me encontré echando humo cuando la persona que iba delante de mí charlaba con la cajera y, cuando llegaba el momento de pagar, tenía que sacar el talonario. "Es una buena política".

"Tienes que seguir la corriente. Grita en tu almohada si es necesario".

"Bien. ¿Sigue en Marco?".

"Sí. Tenemos otros seis días. Ha sido divertido salir con Ann Marie otra vez".

Tal vez su ira reprimida dio lugar a estallidos asesinos. Tenía muchas preguntas para ella, pero no podía hacérselas como alguien de la Patrulla de Carreteras de Florida. "Disfrútelo. Mi mujer y yo estamos pensando en tomarnos un fin de semana largo. ¿Es bonito el sitio donde se alojan?".

"Sí. Se llama Tradewinds. Debería revisarlo. Si le gusta la playa, casi nadie la usa. Nosotros vamos todos los días".

"Gracias. Oiga, déjeme preguntarle; el conductor del auto, ¿parecía estar bajo la influencia?".

"No que yo pudiera decir".

"¿Cree que fue intencionado?".

"¿Que chocaron conmigo a propósito?".

"Le sorprendería lo que hacen los adolescentes por diversión hoy en día".

"Eso es una locura".

No, la locura era matar gente y hacerla posar. "Si tuviera tiempo, su cabeza daría vueltas con las cosas que he visto".

Mi propia cabeza dio vueltas mientras colgaba. "Tenemos que centrarnos en las dos hermanas Turley".

"¿Qué conseguiste?".

Le puse al corriente. "Podrían estar juntas en esto".

"Hace tiempo que más de un asesino ronda este caso. ¿Te imaginas el pelotazo que se daría la prensa con las 'hermanas asesinas'?".

"Tenemos que ir directos por el ADN. Estamos fuera de tiempo para hacer el trabajo a pie".

"De acuerdo. ¿Qué necesitas que haga?".

"Se alojan en el Tradewinds en Marco. Necesito que recojas su ADN".

Asintió con la cabeza. "No puedo conseguirlo el día del reciclaje, pero pensaré en algo".

"Van a la playa todos los días. Trae tu bañador y sé creativo".

"Tengo mis chanclas en el auto".

Sonreí. "Mientras hundes los dedos de los pies en la arena, voy a ver a Remin. Tengo una idea".

62

CAPÍTULO SESENTA Y DOS

Me paré frente al escritorio del sheriff. "Dijiste que pidiera lo que necesitara. ¿Sigue esa oferta sobre la mesa?".

Los ojos de Remin buscaron mi rostro. No esperaba un sí rápido y no lo obtuve. "Considero que es mi deber apoyar las necesidades de todo el departamento. ¿Qué solicitas exactamente?".

"La clave para resolver el caso es el ADN. Estamos trabajando en las coincidencias familiares, y lo conseguiremos, pero llevará tiempo".

Remin se inclinó hacia delante. "¿Cuánto personal más necesitas? Puedo hacer lo que pueda, pero esta gripe está afectando a todos los departamentos".

"No es mano de obra, señor. Tenemos que acelerar el procesamiento de las muestras de ADN que necesitamos comparar...".

"El laboratorio es consciente de la prioridad. No puedo barajar personal allí; los técnicos de laboratorio están altamente entrenados".

"Entiendo. Agradezco que tengamos nuestra propia operación".

"Los contribuyentes de Collier premian la independencia. Pero tenemos límites".

"El Departamento de Policía de Florida tiene los recursos que necesitamos. ¿No podemos pedir tiempo dedicado al complejo de Fort Myers?".

"Sabes que no funciona así. Todo es lo primero que entra, lo primero que sale, y como todos los laboratorios del país, tenemos muchas primeras veces por delante".

"Lo entiendo, ¿pero no hay forma de saltarse la línea? Este caso es enorme y necesitamos un poco de ayuda".

"Si implicas a una agencia estatal, les irás a buscar el café. ¿Es eso lo que quieres?".

"No, pero quiero que se resuelva el caso. Todo lo que quiero es acelerar un par de muestras. Necesitamos una solución antes de encontrar otro cuerpo".

"Podemos llamar a los federales, pero definitivamente perderemos el control".

"No necesitamos a los federales; solo necesitamos cotejar un par de muestras. No pedimos la luna".

"Todos los detectives de homicidios del estado quieren que se priorice su caso".

"Lo entiendo, pero ¿por qué no deberíamos preguntar? Tenemos un asesino en serie suelto. ¿No hay una manera de hacerlo... informalmente?".

Meneó la cabeza. "Nadie va a arriesgar su carrera. Tenemos que ir por los cauces normales. Pero eso podría llevar a que retiraran el caso".

"Te agradecería que hicieras la petición".

"¿Estás seguro de esto? Una vez que esto se ponga en marcha, va a ser difícil de parar".

"Te agradecería el intento, jefe".

Asintió con la cabeza. "Lo haremos. Nuestro laboratorio está haciendo lo mejor que puede. Están trabajando todo el tiempo extra que pueden".

"Lo sé".

"No queda nada en el presupuesto para horas extra, pero veré si de alguna manera puedo encontrar fondos para moverme".

Todos los sheriffs tenían un fondo para sobornos. Se excedían en el presupuesto de un sector cuando presentaban su presupuesto anual. Era una forma discreta de acumular dinero. Sonaba fatal, pero servía para financiar necesidades imprevistas.

"Sé que es difícil, jefe, pero te lo agradezco".

"No cuentes con ello".

Sabía exactamente de cuánto disponía. La cuestión era si el reducido personal del laboratorio podía hacer más horas extras de las que hacía.

INTENTÉ AHUYENTAR la sensación de tristeza. Derrick había sido ingenioso, repartiendo paletas de helado a las hermanas Turley y recogiendo las fundas de plástico que dejaban. Teníamos su ADN, pero había que esperar. Las hermanas, como asesinas en serie, parecían una posibilidad remota, pero una serie de televisión llamada los *Hermanos Asesinos*, confirmó la posibilidad.

En el limbo del ADN, tendríamos que seguir todas las pistas. Centrándonos en la gente con acceso a la sangre. Ojalá pudiéramos pedir ayuda al público. Hacer una petición sobre cierta ocupación siempre daba resultados. La mayoría eran inútiles, pero se descubrían diamantes.

Sin embargo, desplegar esa herramienta podría provocar

que el asesino actuara, para demostrar que tiene el control. Era una oportunidad que no podía tomar.

Giré la silla y cogí el libro de asesinatos del aparador. Melissa Wright fue la primera víctima. Si nos perdimos algo, podría haber sido al principio.

Cuando estudiaba yo una foto de la escena del crimen, Casey llamó a la puerta. "Siento interrumpir, señor, pero puede que tenga algo".

Apartando el libro a un lado, le dije: "¿Qué tienes?".

"¿Recuerda a la mujer con la que Hatch se encontró en Orlando?".

"Claro. ¿Qué pasa con ella?".

"Resulta que es su hermanastra. Tienen la misma madre pero diferentes padres, de ahí el apellido Cardinal".

Miré la foto que me entregó. La mujer, de aspecto malhumorado y pelo corto y negro, tenía una cicatriz sobre la ceja derecha. "¿Vive en Orlando?".

"No, acaban de encontrarse allí. Cardenal vive en Punta Gorda".

A una hora en auto. "¿Tiene antecedentes?".

"No como adulto. Hay algo en el sistema de menores, pero no consigo visibilidad".

"Necesitaríamos más para conseguir que un juez rompiera el sello". Mi móvil vibró.

"Es Remin. Déjame hablar con él. Te veré en la sala de conferencias".

"Jefe, ¿cómo estás?"

"Me temo que tengo malas noticias".

"¿Qué ha pasado?".

"Es negativo para conseguir prioridad de laboratorio en el FDLE".

Aunque tenía serias dudas, me hice el optimista. "Lo conseguiremos".

Colgué y me quedé mirando el teléfono. Después de cuatro timbres, contesté: "Detective Luca".

"Frank, soy Geary del laboratorio".

"¿Qué pasa?".

"Tenemos una coincidencia con el ADN encontrado en el pantalón de Trent".

Salté de mi asiento. "¿Quién es?".

"Rachel Shea".

El teléfono se me cayó de la mano. Puse una mano sobre el escritorio y cogí el teléfono. "¿Estás seguro de que es ella?".

"A menos que tenga un gemelo idéntico, es un billón a uno que estamos equivocados".

CAPÍTULO SESENTA Y TRES

Aparté la silla del escritorio y me levanté. Tuve que obligarme a detener el flujo de pensamientos y elaborar un plan de acción.

¿Rachel Shea era la asesina? Nunca me había equivocado tanto en mi vida.

Me había engañado como a un novato. ¿Cómo caí en que era demasiado religiosa para matar? La imagen de la Madre Teresa apareció en mi cabeza.

Me quedé maravillado con la santa. Nadie había vivido una vida tan desinteresada. Shea no era más que una mujer en la costa de Jersey, viviendo en un bungalow junto a la playa, no en los barrios bajos de Calcuta. Golpeé la pared con el puño.

"¿Estás bien?".

Era Derrick. "¡No! No estoy bien".

"Tómatelo con calma. ¿Qué te pasa? ¿Algo con Mary Ann?".

La idea de que podría ser peor lo hizo más fácil. "El ADN de Shea coincide".

"¿Rachel Shea? ¿La que viste en Jersey?".

"Sí. Lo arruiné".

Me apretó el hombro. "No lo arruinaste, hombre. No ha pasado nada. Ya la tenemos".

"Es vergonzoso como el infierno".

"No, no lo es. Si no hubieras recogido su rastrillo, nunca lo sabríamos".

Me animé. "Estaba en piloto automático. No pensé que fuera ella".

"Siempre insisten en los fundamentos. Deberían hacer de esto un caso práctico y añadirlo al plan de estudios de la academia".

"De acuerdo, ya. Informaré a Remin, pero tenemos que preparar lo necesario para una denuncia penal y una orden de arresto".

"Ve, ve. Voy a empezar. Dile al sheriff que tenemos a la bastarda".

"De acuerdo".

"Vamos, hombre. Anímate. La tenemos".

"Tienes razón. Enseguida vuelvo".

REMIN SE GOLPEÓ LAS MANOS. "¡Fantástico! Gran trabajo, Frank. ¿Alguien la está vigilando?".

"Todavía no. Quería hacértelo saber y asegurarme...".

"Ponle los ojos encima. ¿Todavía tienes contactos allí? Si no, haré algunas llamadas".

"Lo tengo".

"Bien. Tenemos que preparar el papeleo".

"El detective Dickson está trabajando en ello".

"Bien, bien. Asegúrate de que la orden tenga la previsión de extradición".

"Lo haré, jefe".

"Es una gran noticia. El público se sentirá aliviado de que esta loca esté fuera de las calles".

"No deberíamos decir nada a la prensa todavía, jefe".

"De acuerdo. Esperaremos hasta que esté bajo custodia".

"Necesitamos reunir pruebas que apoyen el ADN".

"Los fiscales necesitarán motivo, acceso y oportunidad, pero las pruebas de ADN son poderosas. No mienten, Frank".

"Me preocupa que la tiren. Estaba en la basura y no hay pruebas de que el rastrillo fuera suyo".

"A Shea le volverán a hacer un frotis. Además, la rastreamos a través de la búsqueda familiar".

"Lo sé...".

"¿Qué te preocupa? ¿Hay algo que deba saber?".

No podía decirle que mi orgullo había sido atropellado y que mis instintos no eran mejores que los de un niño de diez años que vive en los suburbios. "Supongo que es solo el agotamiento filtrándose".

"Cuando esto termine, tómate dos, que sean tres semanas libres. Despeja tu cabeza, ¿de acuerdo?".

"Gracias, jefe".

"Ve a hacer esa llamada. Necesitamos a Shea bajo vigilancia. No quiero que desaparezca en el viento antes de que tengamos la oportunidad de ponerla bajo custodia".

Me puse de pie. "Sí, señor".

Remin se levantó y tendió la mano. "Increíble trabajo, Frank. De un detective de homicidios a otro, me impresionas".

Mi ego no respondió. Si no fuera el día de la basura, Shea se habría escabullido. Hice la llamada de vigilancia, y en cuanto recibí la confirmación de que la Policía de Lavallette tenía un auto vigilándola, me dirigí a decir al equipo que la persecución había terminado.

Tras una ráfaga de choca esos cinco, dije: "Sin su ayuda, no habríamos identificado a Shea. Ha sido un trabajo de equipo y los felicito a todos y cada uno de ustedes. Esperamos un arresto en cuanto se presente la documentación".

Estalló una ronda de aplausos. Levanté las manos. "Sabes que los abogados de arriba lo quieren con un moño, así que hay huecos que rellenar. Tómense el resto del día libre. Empezaremos mañana".

Tras estrechar la mano de todos, me dirigí al estacionamiento. No tenía nada de la euforia habitual cuando se está cerca de una detención importante. Esto era una victoria, pero tenía un alto costo; la revelación de que el instinto en el que confiaba el 90 por ciento de mis resoluciones se había ablandado como mi barriga.

El Padre Tiempo se había llevado una parte de mí. Otra vez.

"¿FRANK? ¿ERES TÚ?".

"Sí".

Mary Ann estaba en mi sillón leyendo algo con verduras en la portada. Le di un beso en la mejilla. "No vamos a volvernos veganos, ¿verdad?".

"No, pero hay muchas pruebas de que una dieta basada en plantas es mejor para ti".

"Ya me conoces, pasta y cualquier verdura servirá. ¿Cómo te sientes?".

"Bien. ¿Qué haces en casa?".

Después de contarle sobre Shea, dijo: "Es genial".

Asentí con la cabeza.

"¿Qué pasa?".

"Nada".

"No me digas nada. ¿Qué ha pasado?".

"Estaba seguro de que no era ella. Por primera vez, mi instinto me falló y ni siquiera estuvo cerca".

"Pero tuviste el instinto de embolsar el rastrillo. Si no lo hubieras hecho, no habrías conseguido su ADN".

"Sí, y si no fuera el día en que se recoge la basura, se habría salido con la suya".

"¿Viste el bote de la basura antes de entrar en su casa?".

"Sí, casi lo tumbo".

"¿Sabes qué? Creo que inconscientemente sabías que estaba ahí, y se convirtió en un plan de respaldo".

Era algo que la mayoría de la gente se diría a sí misma. Sonaba bien, pero sabía que era mentira. "Tal vez tengas razón". No me gustaba decir cosas que no creía. La realidad era que había fracasado, mientras que todos pensaban que había tenido éxito.

Conseguir la victoria era lo único que importaba en la cultura de la época. Pero una de las pocas cosas que recuerdo que me decía mi padre era que la persona a la que era más fácil mentir era a uno mismo. Estaba contento de que tuviéramos a la asesina en el punto de mira, pero tenía que decirlo claro.

64

CAPÍTULO SESENTA Y CUATRO

ERA OTRA MAÑANA PERFECTA, PERO MI ÁNIMO NO SE HABÍA recuperado. Fui a la playa de Vanderbilt. Me quedé mirando el Golfo durante una hora para recuperar el ánimo antes de ir a la estación.

Encendí mi computadora. Derrick dijo: "Me alegro de que hayas venido".

"No te hagas el listo".

"Oye, el abogado de Shea te llamó".

Me entregó una nota adhesiva amarilla con un número. Se llamaba Marco Delmar. "¿Dijo algo?".

"Solo que es urgente que lo llames".

"Claro que es importante. Su cliente se va hacia la eternidad".

Marqué el número mientras Derrick salía. "Marco Delmar. ¿Quién llama?".

El acento de Nueva York era inconfundible. "Detective Luca, Oficina del Sheriff del Condado de Collier".

"Gracias por devolverme la llamada. Tengo algo que debe saber".

"¿Y eso es?".

"Mi clienta es inocente".

"Guárdelo para la sala del tribunal, abogado".

"Un momento, por favor. La señora Shea donó su médula ósea para un transplante".

"Ha sido muy amable, pero no entiendo qué tiene que ver con el caso".

"Es muy sencillo; alguien tiene su ADN".

"¿Perdón?".

"No soy médico, pero el receptor de la médula que dio mi clienta, es el que están buscando. No es Rachel Shea. Ella es una parte inocente que ha sido arrastrada a este lío".

"¿Está diciendo que porque la señora Shea donó su médula ósea, no tiene nada que ver con los homicidios?".

"Le insto a que hable con un experto médico. Le dirán que la persona que recibió la médula ósea de mi clienta también tiene su ADN".

"Eso no significa que no lo hiciera".

"Lo que significa es que otra persona, el verdadero asesino, tiene que ser identificado. Si lo encuentran, se darán cuenta de que mi clienta es inocente".

"Es un ángulo interesante, abogado".

"Entiendo su escepticismo, pero es un hecho médico, no una estratagema".

"¿Ella le dijo esto?".

"Sí. Pero mi oficina lo investigó. Mi clienta donó en el Moffitt Cancer Center en Tampa, Florida. Enviaré un comunicado para que puedan compartir lo que puedan para verificarlo".

"¿Y cuándo tuvo lugar este trasplante?".

"Hace tres años. El 14 de junio de 2019 fue cuando se

operó. Me doy cuenta de que es una situación inusual, pero le prometo que podrá corroborar lo que le digo".

"Echaré un vistazo a esto".

"Gracias. Parece extraño, pero los avances médicos están presentando circunstancias sin precedentes. El panorama está cambiando".

"No prometo nada, abogado".

Con la mente acelerada, tiré el auricular sobre el escritorio. ¿Qué demonios estaba pasando? ¿Era real? Parecía un escenario de Hollywood. Introduje trasplante de médula ósea en la barra de búsqueda.

Empecé a escanear. Esto estaba por encima de mi nivel salarial. Tomé mi saco y salí.

El doctor Bilotti abrió la puerta. Era la primera vez que lo veía en pantalones cortos. "Frank".

"Lo siento, Doc. Sé que es tu día libre pero esto no puede esperar".

Bilotti enarcó las cejas. "Adelante. ¿Qué te preocupa?".

"Shea". Este caso del Asesino del Santuario. Cada vez que estoy cerca de la solución, se aleja de mí. Es como si el asesino fuera un maldito fantasma".

"Tómatelo con calma". Señaló un par de sillones. "¿Quieres una copa de vino?".

"No, no. Necesito que me expliques algo".

Bilotti cruzó las piernas. Tenía las rodillas huesudas. "Espero poder ayudar".

"Tenemos a Shea bajo custodia en Jersey. Ella afirma que no tiene nada que ver. Su abogado dijo que ella donó médula ósea. Revisé Google, y no tiene sentido para mí. ¿Podría alguien más tener su ADN?".

"Si se sometiera a un trasplante de médula ósea, es muy posible, incluso probable, que el receptor llevara el ADN del donante".

"¿Es como una transfusión de sangre?".

"No. Las transfusiones de sangre cambian temporalmente el perfil de ADN de la sangre. Las células sanguíneas necesitan ser reemplazadas continuamente, y esas nuevas células son producidas por células madre de la médula ósea. Si una persona recibe un trasplante de células madre de médula ósea de otra persona, las nuevas células sanguíneas creadas llevarían el ADN del donante".

Me puse de pie. "Entonces, ¿lo que estás diciendo es que su ADN está en otra persona?".

"Puede ser".

"Esto es una locura. Como el maldito Frankenstein".

Bilotti se rió: "Lo siento. En realidad es bastante habitual utilizar células madre de médula ósea para tratar la leucemia y el linfoma".

"No me digas que me voy a encontrar con más casos en los que el ADN no cuenta".

"Siempre contará, pero en raras ocasiones puede ser un factor de complicación. En la mayoría de los casos, los médicos extraen las células madre del propio paciente y las congelan mientras éste se somete a quimioterapia antes de reinsertarlas".

"¿Conservarían su ADN?".

"Sí".

Me desplomé en el sofá. "Aun así, esto es una locura. Estoy empezando de cero".

"No necesariamente. Podrías rastrear al destinatario, que podría ser el asesino".

"¿Crees que podemos conseguir esa información en el mundo actual?".

Bilotti se encogió de hombros. "Con las leyes de privacidad, será difícil, y a menudo es una donación a ciegas".

"Qué suerte la mía".

"¿Estás listo para ese vino ahora?".

"Solo un vaso".

Seguí a Bilotti hasta la cocina. Sacó una botella clara del frigorífico. "Es perfecto. Es un albariño de España. Ligero y refrescante".

Mientras introducía el sacacorchos, pregunté: "¿Puede ser un varón con el ADN femenino de Shea?".

"Absolutamente".

Sacudí la cabeza. "Ni siquiera podemos descartar un género".

"Lo siento, Frank". Me pasó un vaso. "Mira si puedes saborear la lima y el pomelo en esta belleza".

Tomé un sorbo, pero era imposible saborear nada más que la bilis que salpicaba el fondo de mi garganta.

65

CAPÍTULO SESENTA Y CINCO

DERRICK CONTESTÓ AL TELÉFONO. LO PUSO EN ESPERA Y dijo: "Frank, es el doctor Cartwright, de Moffitt Cancer Center".

Levanté el auricular. "Doctor Cartwright, soy el detective Luca. Gracias por regresarme la llamada".

"Está bien, detective. Soy yo quien debe disculparse por hacerle esperar hasta que el jurídico firmó".

"Entiendo. ¿Qué puede decirme?".

"Rachel Shea ofreció su médula ósea y yo realicé el trasplante en junio de 2019".

"¿Quién recibió esa médula ósea?".

"Hasta dos individuos recibieron sus células madre, pero me temo que no puedo ser más específico".

"Entiendo las leyes de privacidad, Doc, pero estamos hablando de un asesino en serie".

"Aunque quisiera, no podría decírselo. Era completamente anónimo".

"¿Quiere decirme que operó a alguien y no sabía sus nombres?".

"Puede parecer absurdo, pero ocurre todo el tiempo. Donantes y receptores tienen derecho a participar de forma anónima, y en este caso lo hicieron".

"Estamos hablando de vida o muerte aquí. Tiene que ayudar. Prometo que será confidencial".

"Estoy familiarizado con situaciones de vida o muerte, detective".

"Lo siento, señor. ¿No podemos encontrar una solución?".

"Romper el voto de anonimato socavaría nuestra misión. No podemos arriesgarnos a dañar nuestra integridad. Llevaría a menos donantes y a ayudar a menos gente".

"Me cuesta creer que cooperar para identificar a un asesino en serie perjudique su operación. Pero pediré a un juez que decida sobre la divulgación de la información si me obligan".

"El centro defenderá sus derechos, incluida la impugnación de una orden judicial, si consigue obtenerla".

"Haremos lo necesario para proteger al público. Estoy seguro de que generará mucha publicidad, cosa que a usted no le gustaría".

"He expuesto la posición del centro y se me acaba el tiempo".

Colgué preguntándome si Cartwright era licenciado en Derecho. "No quieren ayudarnos y dicen que nos plantarán cara si pedimos una orden judicial".

"Pero hay un asesino en serie ahí fuera".

"Se supone que la comunidad médica debe salvar vidas, no ponerlas en peligro escudándose en directrices. ¿Dónde está la flexibilidad en un caso como éste?".

"Vamos a ir por una orden judicial de todos modos, ¿verdad?".

"Definitivamente. Voy a dejarlo en el regazo de Remin. Que él elabore la petición. Creo que lo conseguiremos, pero si se oponen como Cartwright dijo que harían, no se sabe a dónde irá o cuánto tardará".

"No puedo creer que tengamos que luchar por esto".

Sacudí la cabeza. "Amén. Pero no podemos esperar a que los tribunales decidan. Ahora mismo es Shea, pero revisemos a todos, hombres y mujeres, que aparecieron en el radar. Verifica con la oficina de la doctora Bigham; averigua si trataron a gente con leucemia o linfoma. Y dile al equipo que también se ponga manos a la obra".

Empecé con Melissa Wright. Leyendo entre líneas, traté de buscar pistas de que pudiera haber estado enferma.

La búsqueda sobre cáncer fue desalentadora. Me encontraba sin ninguna ayuda. ¿Buscarlo iba a enfurecer a los dioses del karma? Era una idea estúpida. Pero, ¿por qué tentar a los poderes metafísicos?

Nunca preguntamos por el historial médico de Wright, pero parecía sana. Revisé la autopsia. Bilotti notó que estaba bien de salud. Pasé a Ryan. Se había estado acostando con Wright. El vendedor de MINI-Cooper también conocía a la doctora Bigham, y su suicidio aún no me parecía correcto.

Derrick colgó. "La oficina de Bigham no maneja cáncer. Dijeron que si encontraban algo inusual, los derivarían a un hematólogo".

"¿Conseguiste la información de contacto para las referencias?".

"Sí, pero no veo a nadie dándonos una lista de gente".

"Probablemente no, pero infórmate y averigua a qué oncólogo te remitiría el hematólogo".

"De acuerdo".

Cogiendo el teléfono, dije: "Cuantos más nombres, más posibilidades de conectar".

"Entendido".

Contestó al primer timbrazo. "¿Señora Ryan?".

"Sí. ¿Quién es?".

"Detective Luca".

"Oh. Hola".

"Tengo una pregunta sobre la salud de su marido".

"¿Su salud?".

Fue una estupidez. "Me preguntaba si tenía algún problema grave de sangre, como leucemia". Antes de que tuviera oportunidad de responder, me di cuenta de que llamarla era ridículo. Ryan estaba muerto cuando descubrieron el cuerpo de Trent.

"Lo tuvo. Si no recuerdo mal, tenía unos diez o doce años. ¿Por qué lo pregunta?".

La línea de tiempo no encajaba. "Estamos siguiendo todas las pistas. Por casualidad, ¿tuvo un transplante de médula ósea?".

"No lo creo. Estaba muy enfermo y pasó por muchas cosas, pero no le gustaba hablar de ello".

"Entiendo. Gracias. Le haré saber si necesitamos algo más".

Nunca se sabía si alguien había padecido cáncer y había pasado por la inevitable batalla por la supervivencia. Ryan era mujeriego y había engañado a su mujer, pero estoy seguro de que sufrió física y mentalmente. Pensaba en los padres de niños enfermos.

Entre mi cáncer y la esclerosis múltiple de Mary Ann, no había duda de que nos habían tocado un par de jugadas malas. Pero estaba agradecido de que Jessie estuviera sana.

Pasé la página y una foto de Stephen Ong me miró fijamente. Había algo en ese tipo. No sabía qué era. Era meticuloso, siempre iba bien vestido y tenía un departamento más bonito que una casa piloto.

Ong mintió sobre su coartada y se quedó con Addison. Ella también necesitaba otra revisión. Nunca comprobamos el ADN de Ong y dejamos de investigarlo cuando la sangre puso el foco en una mujer.

Leí las entrevistas y los antecedentes que habíamos elaborado. Ong había trabajado para un agente inmobiliario en Mercato durante tres años. Necesitábamos a alguien que conociera a Ong en la época del trasplante.

El único amigo que teníamos, Sal Takeya, fue utilizado por Ong para fabricar una coartada. Era natural para empezar. Si no podía ayudar, un nombre siempre llevaba a otro. Cogí el teléfono, esperando que la cadena de nombres fuera corta.

66

CAPÍTULO SESENTA Y SEIS

ESPERÉ A QUE EL AMIGO DE ONG ME DEVOLVIERA LA llamada, tomé el teléfono que sonaba, hablé un minuto y lo colgué de golpe. ¿Qué probabilidades había de que las cámaras de Bridgewater Bay no funcionaran desde hacía un mes? La forma más fácil de rastrear los movimientos de Shea estaba descartada. ¿Estaba el universo en mi contra? ¿Contra la resolución de este caso?

Respiré hondo y me aseguré de que ya habíamos reconstruido casi todo. Habíamos confirmado que estaba en la ciudad cuando ocurrieron los asesinatos. Un vecino creía que Shea había alquilado un auto blanco, pero no pudo identificar la marca, aparte de creer que era japonés. Necesitaríamos una orden para obtener los detalles del auto de alquiler.

Si era Hertz, tenía un amigo que podría ayudarme, pero era mucho pedir. Sonó el teléfono y contesté.

"Hola, detective. ¿Dejó un mensaje para mí?".

"Gracias por llamarme, señor Takeya".

"No hay problema. ¿Por qué la llamada?".

"Stephen Ong. ¿Tuvo cáncer hace unos ocho años?".

¿"Stephen"? No lo sé. Nunca dijo nada, pero solo nos conocimos hace cinco años".

"¿Conoce a alguien que conozca bien al señor Ong?".

"Tiene una hermana en Ohio. Estoy seguro de que se llama Betty, pero ya no se hablan".

"¿En qué parte de Ohio?".

"¿Cleveland? Recuerdo que dijo que la familia vivía donde está el Salón de la Fama del Rock and Roll".

"Eso es útil. ¿Sabes si fue a un hematólogo u oncólogo?".

"No, pero ¿por qué este tipo de preguntas?".

"Solo atando cabos sueltos".

"¿Está metido en algún lío?".

"No, no. Alguien con el mismo nombre surgió en una investigación de fraude, y solo estoy comprobando cada pista posible".

"Oh".

"Gracias por su tiempo. Me pondré en contacto con su hermana. Si recuerda algo, por favor llámeme".

"Sabe, Stephen mencionó tomarse un año sabático...".

"¿Cuándo fue esto?".

"Es gracioso. Mencionó estar atrapado en la casa viendo los anuncios que Trump y Clinton hacían".

"¿Fue alrededor de 2016?".

"Supongo que sí".

"¿Mencionó por qué se fue?".

"No. Solo dijo que fue un mal capítulo de su vida y que no quería hablar de ello".

Ong no tenía la edad ni ocupaba un alto cargo que necesitara un año sabático para cargar las pilas. La única razón que tenía sentido era la salud.

Podría haber sido su salud mental, y por eso era reacio a hablar de ello. Pero también podría haber sido el cáncer.

Cuando tuve cáncer de vejiga, sentí que nadie entendía por lo que estaba pasando y me lo guardé para mí.

Rastreando a la hermana de Ong, sonreí. Por fin, un respiro. En Nueva York o San Francisco podía haber decenas de personas llamadas Ong, pero en Cleveland había tres y solo una se llamaba Susan.

Dejé un mensaje y cogí el libro de asesinatos, hojeando la sección sobre Addison. Su ADN no coincidía con la sangre de los pantalones de Trent, pero eso era solo en una víctima. Tenía un Honda blanco, había sido detenida por agresión y tenía una curiosa relación con Ong.

Quedaba la posibilidad de dos asesinos. Dando vueltas a la posibilidad de que fueran Ong y Addison, tomé el teléfono.

"Casey, soy Luca".

"Hola. ¿Qué pasa?".

"Estás investigando quién tuvo acceso a una fuente de sangre".

"Sí, así es".

"Hazme un favor y, de momento, céntrate en si Addison u Ong podrían tener alguno de esos accesos".

Colgando, empecé a dudar sobre centrarme en la sangre cuando sonó el teléfono del escritorio. "Homicidios, detective Luca".

"Frank, soy Mindy Morton".

Era una asistente legal que trabajaba para los fiscales. "Hola, Mindy. ¿Qué puedo hacer por ti?".

"Nada, Johnson quería que te avisara que la extradición de Shea ha sido impugnada".

"¿Me tomas el pelo?".

"No. La moción presentada por su abogado cita el hecho de que este es un delito capital".

"¿No la enviarán porque aún tenemos la pena de muerte?".

"Creemos que es una estratagema para retrasarlo".

"¿Qué vamos a hacer?".

"Ya hemos respondido".

"¿Cuánto tiempo va a llevar esto?".

"Es difícil de predecir; sin embargo, esperamos una resolución pronto".

"Empuja tan fuerte como puedas. Necesito interrogarla".

¿Por qué querría un estado proteger a un posible asesino en serie? Si Shea era la asesina, los crímenes se cometieron en Florida y estarían sujetos a nuestras leyes. Me levanté y entré en el estacionamiento. La luz del sol me ayudó a centrarme.

Cerré los ojos y volví la cara hacia el calor. Conté hasta veinte, como me había sugerido la doctora Bruno. Me hizo volver a pensar en mis responsabilidades.

Mi trabajo era doble: atrapar al asesino y proporcionar a los fiscales pruebas incriminatorias. Tenía que centrarme en cumplir con mi obligación. Por difícil que fuera aceptarlo, lo que ocurriera después estaba fuera de mi control.

Tomé un minuto más de sol y entré. A unos pasos de mi oficina, oí que decían mi nombre: era Casey.

"Necesito un minuto, señor".

"Adelante".

Sus ojos estaban en sus zapatos. "Lo siento, pero ha habido un descuido".

"¿De qué tipo?".

"Bueno, cruzando la lista de pacientes de la doctora Bigham, nos dimos cuenta de que Riley Addison era un paciente".

"¿Cómo demonios se nos pasó eso?".

"Deberíamos haberlo notado, pero la consulta la doctora tenía el nombre al revés. Aparecía como Addison Riley".

"Esto prueba que interactuó con Bigham. Podría cambiarlo todo".

"Lo sé, señor. Ojalá nos hubiéramos dado cuenta antes".

Insistir no ayudaría. "Lo importante es que lo hiciste. Ahora sigamos adelante. Voy a hacer que Derrick vaya a sus oficinas. Nunca se sabe lo que podríamos aprender acerca de la relación".

"Es un plan".

"Ah, e investiga si hay pruebas de que Addison tuviera relaciones lésbicas".

Casey se fue y yo procesé las noticias. Addison se había debilitado como sospechosa debido a su falta de conexiones. Mientras sonaba mi teléfono, me pregunté cómo afectaría al caso el descubrimiento de una simple transposición.

67

CAPÍTULO SESENTA Y SIETE

Quité las dos fotos de los gemelos Turley. Su ADN no coincidía. En lugar de tirarlas, las puse al pie de la pizarra. "Por si acaso. No quiero perder de vista a estos dos".

Derrick dijo: "Y eliminamos a Dreman. Ella era más inteligente de lo que pensaba, vende mercancía robada en Orlando".

Tiré de la chincheta que sujetaba la foto de Riley Addison y la moví hacia la parte superior de la pizarra. "No hace falta ser un científico de cohetes para saber que es más arriesgado vender artículos robados cerca de casa".

"Amén. Pero si los traía desde Miami, era un plan bastante bueno".

"Gesso dijo que estaba rastreando la propiedad robada en Miami. Veremos qué pasa. Pero desde que Addison y Ong fueron liberados, los quiero vigilados".

Derrick se levantó de su asiento. "Iré a ver eso".

"Cuanto más pienso en esto, más convencido estoy de

que, A, la conexión sanguínea es clave, y, B, es muy posible que haya dos asesinos".

"El ángulo de dos asesinos explicaría la falta de conexiones y motivos".

"No encontrar pruebas de que Shea conocía a Trent lo convertiría en un asesinato al azar. O Shea es una psicópata de clase mundial, o un asesino tiene su ADN".

"Vuelvo enseguida".

Examiné cada una de las fotos, deteniéndome en Ong y Addison. Eran una pareja extraña, pero ¿eran asesinos? ¿Qué había en el pasado de Ong que le mantuvo fuera de la vista durante un año? No pudimos encontrar pruebas de que tuviera antecedentes. ¿Fue una enfermedad que requirió un trasplante?

Addison era un enigma, trabajaba en la misma oficina que Trent y tuvo una aventura con él. Era una buena mentirosa y, al trabajar para el Bank of America y salir de fiesta hasta altas horas de la noche, parecía llevar la doble vida que un asesino necesitaba para pasar desapercibido.

¿Qué significaba la detención por agresión? ¿Estaba perdiendo el control?

Mis ojos se desviaron hacia abajo, hacia Hatch. La mayor parte de lo que teníamos en este caso era circunstancial, pero era aún más escaso en Hatch. Estaba el asunto metafísico y la condena por portación oculta y algo la hizo huir. Teníamos una orden de búsqueda pero aún no la habíamos atrapado.

Mirando a McGovern, me pregunté por qué el asesino se había callado. Afortunadamente, no habíamos tenido otro cuerpo. Tampoco habíamos sabido nada de ellos. ¿Por qué? ¿Era porque Ong y Addison estaban en nuestra mira? ¿O porque Shea estaba entre rejas? ¿O que los otros estaban de guardia?

Considerando las posibilidades, estudié el rostro pálido de

McGovern. Le habíamos echado el ojo, pero llevaba una semana sin salir de casa. ¿Sería porque tenía miedo de que nos acercáramos?

Derrick volvió a entrar y declaró: "Gesso dijo que con la gripe que hay, no tienen personal para cubrir a nadie más".

"Eso es ridículo. Voy a ver a Remin. Prometió que conseguiríamos lo que necesitamos".

DERRICK LEVANTÓ la vista cuando volví a entrar en la oficina. "Uh-oh".

"El sheriff dijo que veintidós oficiales llamaron hoy reportándose enfermos".

"Sabía que andaba por ahí, pero esto es una locura".

"Lo último que necesitamos es que nos dé esto".

"Lynn y yo nos vacunamos contra la gripe. ¿Y tú?".

"No, nunca lo entiendo.

"¿En serio?".

"Solo es como un cuarenta por ciento efectiva. Y Mary Ann tiene miedo de ponerse algo más".

"Lo entiendo. Pero realmente...".

"¡Ya basta!" Me dejé caer en la silla. "Lo siento, estoy frustrado".

"Está bien. Puedo cubrir a Ong si quieres".

"Odio perderte, pero creo que tenemos que vigilarlo".

"Eso deja a Addison".

Mientras sonaba mi teléfono, dije: "Dile a Gesso que mueva la vigilancia de McGovern a Addison".

Atendí la llamada. Una mujer resfriada me dijo: "Hola, soy Susan Ong. ¿Ha dejado algún mensaje para mí?".

"Sí. Gracias por llamarme".

"No hay problema. ¿Por qué llama?".

"Es sobre su hermano, Stephen".

"Oh, no. No me diga que le ha pasado algo".

"No, está bien".

"Bien. Stephen y yo como que nos distanciamos. No he hablado con él en años".

"No estoy autorizado a decir demasiado, pero estamos llevando a cabo una investigación de amplio alcance, y tiene que ver con identidades falsas y cosas por el estilo".

"¿Robaron su identidad?".

"No, no puedo revelarlo, pero es seguro decir que tenían información y estaban sondeando".

"Es una locura lo que está pasando estos días".

Eso era correcto. "Así que estamos buscando, ah, verificación independiente de detalles que un hacker no sabría".

"Eso tiene sentido".

"Ahora, Stephen tuvo un periodo superior a un año, creemos, en el que no trabajó, hace unos cuatro años".

"Sí, tuvo un colapso y no fue bueno. Incluso lo visité en ese horrible lugar en el que estaba encerrado".

"¿Qué lugar era ese?".

"Un psiquiátrico en Toledo".

"Cierto, cierto. ¿Estuvo allí un año?".

"Más o menos. Después de que siguiera amenazando, dijeron que era un peligro para sí mismo y para los demás y lo encerraron allí. Lo vi justo después de que entrara, y tengo que decir que no creí que fuera a salir nunca, pero por suerte, le dio la vuelta".

"¿Se recuperó completamente?".

"Hablé con él cuando salió y volvió a ser el mismo de siempre".

"¿Desdeñoso de lo que le pasó?".

"No. De todos y de todo. No está bien decirlo pero es muy arrogante".

"Ya veo. ¿A quién amenazó?".

"Su jefe, un compañero de trabajo y un cliente".

"¿Dónde trabajaba?".

"Uno de esos bancos de sangre móviles que fueron absorbidos por Quest".

"¿En Cleveland?".

"Sí".

"Gracias. Ha sido de gran ayuda. Es importante que mantengamos esta investigación en secreto. No podemos permitir que Stephen lo sepa. Si los hackers se enteran, desaparecerían sabiendo que estamos tras su pista. También sería obstrucción".

"No se preocupe".

¿Qué frase me ha disgustado más: ¿No hay problema o No se preocupe? "Gracias, señora".

Informé a Derrick de la llamada. "Ponte con Ong. Haré que Gesso cambie la cobertura de McGovern a Addison".

68

CAPÍTULO SESENTA Y OCHO

Mientras entrábamos en la casa, le dije: "Estoy muy orgulloso de ti".

Mary Ann dijo: "Los dos lo estamos".

Jessie dijo: "Gracias. Me alegro de que ambos estuvieran allí".

"No me lo perdería por nada del mundo, pequeña". No era fácil escabullirse cuando tu pareja estaba sentado en un auto, vigilando a Ong. Dirigiéndome al dormitorio, imaginé a Derrick acunando un termo de café.

Mary Ann puso otra película de Hallmark. No me quejé; mi mente estaba en el Asesino del Santuario. El repaso de los sospechosos reforzó la idea de que podría haber dos asesinos. Se me revolvió el estómago; ¿teníamos a los dos como sospechosos?

Ong y Addison eran pareja. ¿Pero eran los Bonnie y Clyde del sistema Collier Park? Me levanté. "¿Quieres algo?".

"No, estoy bien".

Tomé una botella de agua y me senté. Se estaba representando una escena de boda. Me hizo recordar nuestra pequeña ceremonia. Cuando el marido recitó: "En la salud y en la enfermedad", mi sonrisa desapareció. McGovern había dicho que su mujer se marchó cuando él se enfermó.

Un mensaje de texto de Derrick. "Solo comprobando. Todo está tranquilo en casa de Ong". Sentí un peso en el pecho. Le respondí: "Acabo de llegar de la ceremonia".

"¿Fue bien?".

"Sí. Estamos orgullosos de ella".

"Qué bueno que pudiste ir".

"Estoy a punto de ir a vigilar a McGovern".

"¿Por qué?".

No podía decir que me sintiera culpable. "Los asesinatos tuvieron lugar por la noche. Hay que vigilarlo".

No me contradijo. Me levanté del sofá. "Era Derrick. Con esta gripe dando vueltas, no tenemos la mano de obra que necesitamos. Voy a dar una vuelta y echar una mano".

"Son las ocho".

"Está bien. No me esperes despierta".

———

APAGUÉ las luces y me detuve a dos casas de McGovern. La presión de mi pecho se alivió. Bajé el asiento, envié un mensaje a Derrick para informarle de que estaba en posición y sintonicé la radio en una emisora de jazz.

Yo no escuchaba mucha música, pero cuando era novato en Nueva York, mi primer compañero era un gran fan de Stan Getz, y me ponía música bossa nova durante una vigilancia. Era imposible saber por qué, hacía que el tiempo pasara rápidamente.

Moviendo la cabeza al ritmo de una melodía de swing, un

par de faros se abrieron paso lentamente calle abajo. Eran las 9:38 p.m. Se detuvo frente a la casa de McGovern. Era tarde para tener compañía. A menos que tuviera un cómplice.

Un hombre de unos veinte años salió del auto. Llevaba dos bolsas blancas. Eran demasiado pequeñas para ser comida para llevar. Se dirigió a la puerta, llamó al timbre y entregó los paquetes a McGovern.

El repartidor volvió al auto y pasó de largo. Había un cartel en el tablero. Tenía una W roja: Bingo. Estaba entregando recetas de Walgreens. McGovern estaba enfermo.

Al cabo de una hora, llamé a Mary Ann para darle las buenas noches y asegurarle que estaba bien. Sin perder de vista la casa de McGovern, llamé a Derrick. Necesitaba repasar si hablar o no con Ong. Todo lo que teníamos mostraba que Ong se convirtió en agente inmobiliario tras salir en libertad. No pudimos encontrar pruebas de que trabajara recientemente para una empresa o laboratorio de extracción de sangre.

Tenía sentido comprobar si algún amigo, incluida Addison, tenía alguna forma de acceder a la sangre. Aunque pensaba que podría sacarle algo valioso a Ong, esperaría.

A las tres de la mañana, le envié un mensaje a Derrick diciéndole que se fuera a casa. Necesitábamos dormir. Conduje hasta casa, dudando de la decisión de esperar para hablar con Ong y dándole vueltas a cómo mantener vigilado a cada sospechoso.

<hr>

Con los labios pegados a una taza de café, entré en la oficina. Derrick dijo: "Buenos días".

Era quince años más joven, pero ¿no necesitaba dormir? "Buenos días".

"¿Cómo te sientes?".

"¿Yo? Genial".

Levantó las cejas. "Bien. He llamado a Gesso para ver cómo están los números de la lista".

"Por lo que he visto, este bicho te deja tirado de cinco a siete días".

"Lo sé".

Revisé las detenciones del día anterior. "Esta mierda de la metanfetamina está llenando nuestras cárceles".

"Leí un informe de la DEA hace un par de días. Decía que el cincuenta por ciento de la metanfetamina que se produce en el mundo se consume en Estados Unidos".

"Es un infierno ser el primero".

"La metanfetamina parece peor que el problema de los opiáceos. No sé cómo vamos a darle la vuelta a esto".

"Es una crisis. En lugares como John Hopkins están experimentando con drogas psicodélicas para tratar a los adictos, y los resultados son prometedores".

"Tenemos que pensar con originalidad si queremos controlarlo".

Dije que sí, que eso podría funcionar para la drogadicción, pero no para cazar asesinos. Lo que había que hacer era profundizar, unir los puntos, aunque algunos fueran apenas legibles. Había que estar abierto a todas las posibilidades y utilizar fundamentos para investigarlas.

Derrick tomó el teléfono. Era Gesso. Me dio un pulgar hacia arriba y le dio las gracias. "Gesso dijo que puede cubrir Addison y Ong".

"Bien. Repasemos todo lo que tenemos. Nos vendría bien un repaso. Tal vez algo haga clic. Y cualquier antecedente que haya desarrollado el equipo lo miramos conforme llegó".

"Cierto. Mirar todo a la vez puede ayudar".

"Por qué no empiezas con Addison y Ryan. Yo empezaré con McGovern y Ong".

Tomé un sorbo de café y abrí el libro de asesinatos por la sección de McGovern. Casey y su equipo obtuvieron veinte fotos de McGovern de diez años atrás.

Solo había una de él fuera. Estaba con una mujer. Me resultaba familiar.

Le di la vuelta a la foto. Era su exmujer, Diane. Aunque la foto había sido eliminada de Facebook, la recuperamos. Estaba seguro de haberla visto en alguna parte e hice una nota mental para comprobar dónde trabajaba.

Leí el resumen de nuestras entrevistas con él. El episodio del muelle de Naples, en el que pensamos que podría haber sido él quien llamó al periódico, me pareció extraño. Miré una foto de su cara grumosa.

Lo teníamos en una zona donde había barcos en el momento en que se hizo la llamada. Originalmente, parecía incriminatorio, pero ¿la llamada fue realmente hecha por el agua? No teníamos nada que definiera de dónde se originó. Yo sospechaba de las coincidencias, pero esto no parecía ser más que eso.

Hojeé el resto del material sobre McGovern. Conducía un Honda blanco y decía ser insomne. Me molestaba, pero por algo estaba al final de la escala de sospechosos.

Al pasar a la sección sobre Ong, el hecho de que mintiera sobre su coartada, no una sino dos veces, me cayó como un balde de agua fría. Dije: "Sé que dijimos que esperáramos, pero quiero hablar con Ong".

"¿En serio?".

"Sí. Sentarse atrás no se siente bien".

"¿Quieres que vaya?".

Agarré mi saco. "No. Si somos dos, se retirará".

CAPÍTULO SESENTA Y NUEVE

LA CONSTRUCCIÓN ESTABA EN PLENO APOGEO EN OTRO edificio, cerca de Goodlette. Naples Square formaba parte del esfuerzo por ampliar el centro de la ciudad. Era caro vivir cerca de la Quinta Avenida, y no se podía acceder a esta urbanización por menos de dos millones.

Al acercarme al departamento de Ong, eché un vistazo al auto que vigilaba su casa. Toqué el timbre. Ong abrió la puerta, sacudiendo la cabeza. "Tienes que pasar por mi abogado".

Algo no iba bien. Tenía los ojos vidriosos y la camisa desabrochada. "No estoy aquí por lo que pasó en el Blue Martini".

Empezó a cerrar la puerta. "No importa".

"Hablé con tu hermana".

Arrugó la cara. "¿Mi hermana?".

"Sí. Susan en Cleveland. Tenía mucho que decir".

"Tiene una relación difícil con la verdad".

"Lo que me contó de que amenazaste de muerte a tu jefe, a un compañero y a un cliente lo comprobé".

"Eso fue un malentendido".

"Tuvo que ser grande para que te mandaran a una institución".

Su rostro se ensombreció.

"Háblame del trabajo en el banco de sangre móvil".

Dio un portazo. "Déjame en paz".

Sabía que íbamos tras él. Me dirigí a la oficina de ventas. Una mujer con falda pintada se levantó de la silla. "Bienvenido a Naples Square, donde amas el lugar en que vives".

Sonreí. "Es pronto, pero me gustaría ver tus planos".

"Será un placer. ¿Le interesa una vivienda de dos dormitorios, de tres? ¿O más grande?".

"Al menos una de dos dormitorios. Me gustaría ver alguna con una segunda entrada. Nuestra hija tiene veinte años y nos gustaría darle la libertad de ir y venir a su antojo".

"Actualmente no ofrecemos esa opción. Sin embargo, todas nuestras residencias han sido diseñadas para atender las necesidades de privacidad de los propietarios con una cómoda separación de los huéspedes".

Ong no tenía otra forma de salir y desaparecer. "Lo siento, pero creo que es mejor que venga con mi mujer".

Volví a la oficina con dos cosas en mente: asegurarme de que teníamos vigilado a Ong y presionar al equipo sobre la conexión entre Ong o Addison y el acceso a un suministro de sangre.

¿Le estaba dando demasiada importancia a la sangre en el pantalón de Trent? ¿Era una distracción? Me desplomé en el asiento al pensar que perseguía a dos asesinos.

Alguien plantando la sangre en Trent pasó por mi mente otra vez. Luego la posibilidad de que estuviéramos tratando con un segundo asesino. Cada teoría llenaba huecos en los casos. Me imaginé a Trent; salvo por sus aventuras amorosas, parecía un hombre agradable. Pero muchas personas agradables les caen mal a los demás.

Me resultaba difícil pensar en Trent sin que me vinieran a la mente sus hijos. En el funeral, era evidente que no tenían ni idea de que su padre se había ido para siempre. Me tragué el nudo que se me formó en la garganta e intenté apartar de mi mente las imágenes del velatorio, pero no lo conseguí.

La mujer de Trent estaba encorvada, sollozando incontrolablemente. Recordé haberme tropezado con una mujer mientras escapaba hacia el baño. Entrecerré los ojos. ¿Era la misma mujer que la esposa de McGovern?

Entré en un estacionamiento de Publix e hice una llamada. "Casey, soy Luca".

"¿Qué pasa?".

"Ustedes desenterraron un montón de fotos sobre McGovern".

"¿Sí?".

"Había una que estaba en Facebook de él y su exmujer".

"Sí, me acuerdo de esa".

"Hazme un favor y envíamela, lo antes posible".

"Lo haré".

"Date prisa. Es importante".

Mi entusiasmo decayó al recordar que no teníamos pruebas de que McGovern y Trent se conocieran. Intenté recordar a la mujer del velatorio. Mi interacción no pasó de un "Disculpe". Recordé que no había sonreído, pero eso fue todo. Mi memoria ya no era lo que era.

Me llegó un mensaje. Era la foto. La estudié, ampliándola. Intenté recordar las similitudes de los peinados, guardé el teléfono en el bolsillo y puse el auto en marcha.

La Ruta 41 estaba atascada en el cruce de Pine Ridge. Giré a la derecha pasando Waterside Shops y a la izquierda en

Crayton Road. Park Shore era uno de los barrios que me gustaban, pero tenía demasiados casos relacionados con sus residentes.

Giré a la derecha en Mooring Line Road y me dirigí a la casa de Trent. Un todoterreno Kia estaba aparcado en la entrada. Tenía compañía. Esperaba que no fuera un hombre.

La señora Trent abrió la puerta. Parpadeó. "Detective Luca".

"Hola, señora Trent. Siento molestarla, pero me gustaría enseñarle una foto de alguien. Espero que pueda identificarla".

"Si puedo ayudar, lo haré".

Subí la imagen y le entregué el teléfono. Fue como si le hubiera dado una bolsa de caca de perro. Ella me la devolvió. "Esa es Brenda McGovern".

"¿Cómo la conoce?".

Bajó la cabeza y la voz. "Vic tuvo una aventura con ella".

Lo sentía por ella, pero había que sondear la relación. "¿Cuándo fue eso?".

"Hace unos ocho años".

"¿Cuánto duró?".

Ella apretó los labios. "Dijo que había terminado en un mes, pero yo sabía que llevaba mucho tiempo".

"¿Conoció a su marido, Gene McGovern?".

"No lo creo. ¿Por qué?".

"No puedo decir más que estamos explorando todas las conexiones posibles".

Salí de la casa corriendo escenarios a través de mi cabeza. La aventura fue hace años. Me vino a la mente Ethan Dwyer. Había esperado años para vengarse. ¿Podría McGovern haber ido tras Trent por arruinar su matrimonio?

Pero, ¿por qué los otros? Volvíamos a la teoría de que había dos asesinos. ¿Había aprovechado McGovern la oportunidad que le brindaba un asesino en serie, haciendo que pareciera que la misma persona había cometido todos los asesinatos?

Mi móvil sonó al dar vuelta en Neapolitan Way. Era Casey. "¿Tienes un minuto?".

"Claro. ¿Qué pasa?".

"Willis acaba de seguir a Ong a un edificio médico".

"¿Es un lugar para el cáncer?".

"Hay tres letreros en el edificio. Uno para neumología, nefrología y otro para oncología. Estoy bastante seguro de que es cáncer".

Seguro que sí. "¿Puedes averiguar en qué oficina entró?".

"Veré lo que puedo hacer".

"Asegúrate de que no te vea".

70

CAPÍTULO SETENTA

MI MÓVIL SONÓ; ERA GESSO. "¿QUÉ PASA, SARGENTO?".

"Acabo de hablar con Bemis de la cárcel de Immokalee. Le han dicho que un preso quiere hablar. Un tipo llamado Orlando Johnson dice que tiene información sobre quién mató a Melissa Wright. Quiere hablar".

"¿Qué hizo este Johnson?".

"Robo a mano armada del Publix por Ave María".

Intenté recordar su cara de los detenidos hace dos días. "Estaba intoxicado. ¿Verdad?".

"Sí, con metanfetaminas".

"Esa mierda está pasando factura".

"Claro que sí".

"Iré a verle".

"Buena suerte con este tipo".

La gente entre rejas diría o haría cualquier cosa para salir o reducir su condena. Ya me había topado con presos que daban información tan escueta que se podía leer el periódico a través de ella. Lo que hizo interesante este caso fue el momento.

Johnson acababa de ser detenido. Lo que tuviera que decir no provenía de un compañero de celda que buscaba pulir sus credenciales callejeras. Un guardia, con diez kilos de sobrepeso, me acompañó a una habitación de bloques de cemento amarillos.

Orlando Johnson estaba sentado en una mesa metálica de picnic. Movía la cabeza. Su pierna rebotaba como un martillo neumático mientras me presentaba. Viendo su cara, supuse que estaba entrando en el infierno de la abstinencia.

El banco estaba frío. "Señor Johnson, entiendo que tiene información que podría interesarnos".

"Sí, tengo lo bueno, amigo".

"Soy todo oídos".

"Pero tienes que sacarme de aquí si te lo digo".

"Has sido acusado de robo a mano armada. Eso es un delito grave. No tengo una varita mágica".

"Pero, es el Asesino del Santuario, amigo".

"Si es creíble y conduce a una detención, informaremos a los fiscales, que tendrán en cuenta su caso".

"Pero, necesito una garantía, amigo. Tengo oro y vale algo".

"Hasta que sepamos exactamente lo valiosa que es la información, tendrás que confiar en mí".

Sus hombros se hundieron. "Eso no es justo".

"Puede que lo veas injusto. Pero te prometo que si es información sólida, te beneficiarás de ella. Dime lo que sabes".

Se rió: "Más vale que no me jodan".

"No lo harán. Empieza a hablar o me voy".

Johnson se rascó el antebrazo. "Verás, esta chica, se metió conmigo".

"¿Quién?".

"Riley, uh, Addison".

Me incliné. "Vale, así que Addison contactó contigo".

"Sí, así es".

"¿Qué dijo?".

"Fue como… que me pidió que matara a Melissa".

"¿Melissa Wright?".

"Sí".

"¿Riley Addison te pidió que mataras a Melissa Wright?".

"Ajá. Me dijo que me daría cinco mil por eliminarla".

"¿Qué dijiste?".

"Yo no hago cosas así. No soy un ángel ni nada, pero matar, no lo hago".

"¿Cuándo te pidió que hicieras esto?".

"Oh amigo, fue como una semana o dos máximo antes de que la chica acabara muerta. Yo estaba, como, no puedo creer que lo hizo".

"¿Dónde estaban cuando te lo pidió?".

"En el estacionamiento de Alice Sweetwater".

"¿Había alguien contigo cuando te lo pidió?".

"No, solo ella y yo".

"¿Qué le dijiste?".

"Dije que no hago ese tipo de negocios".

"¿Le diste el contacto de alguien que lo hiciera?".

Sus ojos se desviaron. "Yo... no conozco a gente así".

"Vamos, Orlando. ¿Crees que soy estúpido?".

"No, no creo nada".

"¿Con quién le dijiste que fuera?".

"Nadie. Lo juro, amigo".

Lo juró. Tuve que creerle. "¿A quién se la recomendaste?".

"A nadie. Tal vez dije algo como que necesitaba ir a Miami para esas cosas, pero eso fue todo".

"¿Qué tan bien conoces a Riley Addison?".

"No lo sé, bastante bien, supongo. Solíamos, ya sabes, enrollarnos, en los viejos tiempos".

"¿Solías salir con ella?".

Asintió con la cabeza. "Más o menos".

Addison lo conocía. Si le pedía que matara por encargo, creía que lo haría o que conocería a alguien que lo hiciera. "¿Quién mataría a Wright por cinco de los grandes?".

Se rió: "La mitad de los indeseables de este antro".

"¿A quién le recomendaste a Addison que hiciera el trabajo?".

"Nadie, amigo. Tienes que creerme. No quiero esa basura colgando de mi cabeza".

Estaba apostando a cambio de dinero para alimentar su hábito, Johnson recomendó a alguien. Tras diez minutos de evasivas, me fui. Había algo ahí. Teníamos que investigar los antecedentes de Johnson y ver quiénes eran los candidatos.

DERRICK ESTABA delante de la pizarra cuando entré en el despacho. "Casey está sobre Johnson. Parece que este tipo está afiliado a la banda Saucy Boyz".

"Han dado muchos golpes, pero todos relacionados con la droga".

"Que sepamos. Por cinco mil, matarían a su madre".

"Bastardos enfermos. Tengo que subir a ver qué margen de maniobra le dan a Johnson si canta".

"De acuerdo".

"Si esto fue un asesinato por encargo, probablemente tenemos dos asesinos en nuestras manos".

"Pensé lo mismo. Le dije a Casey que el equipo buscara conexiones con las otras víctimas".

Me dirigí a la puerta. "Bien, pero no creo que haya ninguno".

"Espera un segundo. Hablé con la esposa de McGovern. Es gerente en ese nuevo lugar, Del Mar en la Quinta. Dijo que lo más temprano que puede salir es hasta las once".

"¿Dónde vive?".

"Forest Lakes. Cerca de Pine Ridge".

"Eso es mejor que ir al centro. Dame su número. La veré en su casa después del trabajo".

"Lo pondré en tu escritorio".

"Vuelvo enseguida".

"Oh, una cosa más. Willis confirmó que Ong fue a un oncólogo".

"¿Cómo lo hizo?".

"Ya conoces a Willis, dijo que engatusó a la recepcionista".

"Quédate con Ong".

Subí las escaleras a toda prisa sintiéndome como un malabarista. Al salir de la escalera, pensé en pedir ayuda al sheriff. La manguera de los sospechosos se había convertido en una manguera de incendios.

71

CAPÍTULO SETENTA Y UNO

Derrick apagó su computadora. "Eso es todo para mí".

Miré el reloj. "Son casi las siete. Yo también tengo que irme".

"Buena suerte esta noche con la esposa de McGovern".

"Ya pasó mi hora de dormir. Esperaba que saliera algo".

"Déjala para otro día. Puedes alcanzarla antes de que entre mañana".

Cerré el libro de asesinatos. "Buena idea. Veré si me desmayo en el sofá o no".

Derrick se rió mientras despegaba una nota adhesiva pegada en el libro de asesinatos. "Nunca le devolví la llamada a esta señora".

"Ella llamó hoy, otra vez. Le dije que la llamarías mañana".

"Buenas noches".

EL PREFIJO ERA EL 732. Era un número de Jersey, pero eso no significaba gran cosa, ya que me había llevado mi número de Jersey cuando me mudé.

"¿Claire Shott?".

"Sí. ¿Quién llama?".

"Detective Luca, Condado de Collier. ¿Llamó?".

Bajó la voz. "Sí. Dos veces".

"¿Qué puedo hacer por usted, señora?".

"Quiero que investigue a mi amiga Natalie. Desapareció hace tres años...".

"Lo siento, señora, pero yo no manejo...".

"Rachel Shea la mató".

"¿Perdón?".

"Natalie vino de Albany y se estaba quedando con Rachel cuando desapareció. Sé que Rachel la mató".

Me puse rígido. "¿Cuál es el nombre completo de Natalie? ¿Y cómo la conocen usted y la señora Shea?".

"Es Natalie West. Ella y Rachel fueron juntas a la universidad. Vivía en el mismo bloque. Solíamos salir juntas".

"¿Presentó un informe de persona desaparecida?".

"Acudí a la policía de Lavallette, pero me dijeron que era mayor de edad y vivía en otro estado, así que no podían hacer nada".

"¿Avisó a la policía de Nueva York?".

"No podía ir a Albany, así que llamé, pero me dijeron que no había nada que indicara que le hubiera pasado algo malo. Así que cuando detuvieron a Rachel, supe que era ella".

"¿Por qué cree que la señora Shea dañó a Natalie West?".

"Es una persona muy mala. Todo el mundo cree que es una especie de ángel, pero no lo es".

"¿Sabe algo concreto sobre la señora Shea que apunte a que es violenta?".

"Mató a su madre por el dinero. ¿Cómo cree que compró la casa en la playa y su condominio en Florida?".

"Es una acusación grave".

"Es verdad. Acababa de mudarse con Rachel. Fui allí el día antes de que muriera. Ella estaba bien, caminando, así que ¿cómo terminó muerta al día siguiente? Todo el mundo sabía que algo malo había pasado, y todo lo que Rachel decía era que era su hora de irse".

"¿Cómo se llamaba su madre?".

"Emily Shea. Era una señora agradable, tan llena de vida".

"¿Por qué cree que la hija tuvo algo que ver con su muerte?".

"Ella incineró el cuerpo de inmediato. Sin servicio ni nada".

La cremación y la falta de ceremonia religiosa no encajaban con lo que Shea parecía ser. Era una bandera roja. "¿Sabe cómo murió Emily Shea?".

"Rachel probablemente le dio una sobredosis como le hizo a Kenny".

"¿Kenny?".

"Era el novio de Rachel. Tuvo una sobredosis de heroína, pero fue ella. Lo sé. Yo vivía al lado de él. Fumaba marihuana pero eso era todo. Nunca consumió drogas duras. Ella lo mató. Se lo estoy diciendo".

Eso hacía tres personas alrededor de Rachel Shea que, según Claire Shoot, murieron misteriosamente. Anoté el nombre completo de Kenny y prometí investigar las acusaciones. Era algo que podía empezar a investigar en casa.

MARY ANN se levantó del sofá. "Voy a leer en la cama. ¿Quieres la tele encendida?".

"No, voy a hacer algo de trabajo en el estudio hasta que me tenga que ir".

"Por favor, ten cuidado".

Fui al estudio y busqué el certificado de defunción de Emily Shea. Mientras lo sacaba, seguía sorprendiéndome la rapidez con la que podemos encontrar algo en la era digital.

Emily Shea tenía sesenta y dos años cuando murió. La causa de la muerte fue catalogada como natural. Eso no tenía sentido. ¿No era demasiado joven para morir de vieja?

A la espera de que la exmujer de McGovern me enviara un mensaje de texto diciendo que estaba en casa, me metí en madrigueras de conejo buscando información sobre Kenny Green. Tras confirmar que había muerto de una sobredosis de heroína, busqué posibles detenciones o tratamientos por consumo de drogas. La heroína era para consumidores serios. Y los adictos inevitablemente entraban en conflicto con la ley.

Por más que busqué, no encontré nada sobre Kenny. Eran las once y diez y la ex de McGovern no me había enviado ningún mensaje. Le envié un mensaje para recordárselo y empecé a buscar a Natalie West.

Había veintiséis mujeres en la base de datos de Nueva York. Revisé cada una de ellas y me decidí por una mujer con domicilio en Albany. Saqué su registro del Registro de Vehículos y me detuve. Su carné había caducado. ¿Dónde estaba esa mujer?

Mi móvil sonó. Era Casey. "Siento molestarte, pero McGovern está en movimiento".

Eran poco más de las once y media. "¿A dónde se dirige?".

"Avanzando hacia la Ruta 41".

"Quédate con él. Estoy en camino".

Corrí hasta el garaje y me subí al auto. Saliendo del vecindario, Casey llamó de nuevo. "Parece una falsa alarma, McGovern se detuvo en un Walgreens".

Los músculos de mi cuello se relajaron. "De acuerdo. Mantén los ojos en él".

"Lo haré".

La ex de McGovern aún no se había puesto en contacto. La llamé. Estaba de camino a casa, alegando que se había olvidado de nuestra cita. Di media vuelta y me dirigí al norte. Mientras iba a ver a McGovern, pensé en dar a conocer informalmente la nueva información sobre Shea a las autoridades de Nueva Jersey. Podría ser suficiente para obligarles a dejar de impedir su extradición.

72

CAPÍTULO SETENTA Y DOS

CONDUCIR POR PINE RIDGE CERCA DE MEDIANOCHE ERA UN placer. Pensando en cómo localizar a Natalie West, sonó mi móvil. "¿Qué pasa, Casey?".

"Estoy respondiendo a un robo a mano armada y tuve que romper la vigilancia de McGovern".

La llamada de auxilio había llegado por la radio. "¿The Waffle House?".

"Sí".

"Ten cuidado".

"Lo siento".

"Está bien. McGovern probablemente esté de camino a casa".

"Sí, se dirigía hacia allí".

No tenía sentido. Si no iba a casa, nunca lo encontraría. Mis pensamientos volvieron a Shea. A todo el mundo le gusta decir que esto o aquello sería una buena película, pero nada superaría la historia de Shea si ella fuera la asesina.

Detenido en el semáforo de la calle Shirley, me di cuenta

de que debería haber pedido a los contactos que tenía en el condado de Monmouth que investigaran a Shea. ¿Era real la capa de bonachona que llevaba o era la mejor estafadora del mundo?

Giré por la carretera de acceso y la seguí hasta un conjunto de condominios llamado Mira Vista. Reduje la velocidad y comprobé el número del edificio.

Un Honda blanco estaba estacionado en la entrada de la casa. Al acercarme a la acera, observé un rayo de luz creciente en la parte inferior de la puerta del garaje.

Con los ojos fijos en la puerta que se levantaba, emergieron dos pares de piernas. Me agaché para evitar que me detectaran.

Un par de faros bajaron por la calle y la pareja se escabulló de mi campo de visión.

Cuando la gigantesca furgoneta pasó, la pareja volvió a aparecer. Entrecerré los ojos. Me di cuenta: era Gene McGovern, y el Honda al que se acercaban era el suyo.

McGovern estaba forzando a su exmujer hacia el vehículo.

Un destello de luz brilló en algo. Un cuchillo. Desabroché mi funda. Saqué mi pistola y salté.

Con las dos manos en el techo, apunté mi pistola. "¡Alto! ¡Policía!".

Levantando su cuchillo, McGovern puso a su ex frente a él. "¡Fuera de aquí o la mato!".

Su mujer gimoteó: "No, no. Ayúdeme".

Con el arma apuntando a la pareja, rodeé el auto. "Déjala ir. Podemos solucionar esto".

"Retrocede o te juro que la mato aquí mismo".

"Tómatelo con calma. Nadie va a salir herido".

Resoplé cuando le clavó el cuchillo en el hombro. Se desplomó en el suelo. "¡Bájalo o disparo!".

"Adelante. Dispárame. No me importa".

Con el dedo apretando el gatillo, dije: "No te la voy a poner fácil".

Pedí ayuda y McGovern se acercó al picaporte. "¡Ni lo intentes! Te disparé en las rodillas".

Se burló: "No importa".

"No sabes lo que es el dolor".

Bajó la cabeza. "Ahí es donde te equivocas".

"Tira el cuchillo o te vuelo las malditas rodillas".

McGovern dudó.

"Bájalo. ¡Ahora!".

McGovern tiró su arma a un lado. Me abalancé sobre él. "¡De rodillas!"

Al esposarle, el sonido de las sirenas se intensificó. Me arrodillé junto a su exmujer. "Se pondrá bien".

Su blusa estaba manchada de sangre. No parecía una herida mortal, pero jadeaba y estaba débil. Con la esperanza de que fuera solo un pulmón perforado, presioné sobre la herida mientras una patrulla entraba en la calle.

Había visto a muchos delincuentes llorar cuando los detenían, pero los sollozos de McGovern me incomodaron. Le metieron en la parte de atrás de un auto patrulla.

De pie en la entrada, mientras el auto se marchaba, me pregunté si aún andaría suelto otro asesino.

73

CAPÍTULO SETENTA Y TRES

MIRÉ EL VIDEO ANTES DE ENTRAR EN LA HABITACIÓN. PERRY Gorman tenía la mano sobre el hombro de McGovern. Gorman había cambiado de bando tras diez años metiendo gente en las cárceles del condado de Lee.

Derrick dijo: "¿Alguna vez te has enfrentado a él?".

"No. Le he visto en un par de actos, pero éste es el primero. Veamos qué tiene que decir McGovern". Llamé a la puerta y entramos.

McGovern luchó por ponerse en pie. Gorman dijo: "Siéntate, siéntate". Extendió una mano. "Hola, detectives".

Mientras estrechaba la mano de Derrick, asentí a McGovern. Cualquiera que pase una noche en la cárcel nunca tiene buen aspecto, pero el semblante agotado de McGovern se había vuelto gris.

Nos acomodamos en las sillas y Derrick recitó las formalidades. Antes de que pudiera hablar, Gorman levantó una mano. "Esperamos que el condado tenga en cuenta la voluntad de cooperación de mi cliente".

"Si proporciona un relato completo y una confesión y somos capaces de evitar un juicio, estoy seguro de que los fiscales lo tendrán en cuenta".

"Mi cliente tiene una enfermedad terminal y nos gustaría tener la seguridad de que evitará el encarcelamiento".

Gorman tenía las pelotas del tamaño de una pelota de baloncesto. "¿Por qué no oímos lo que el señor McGovern tiene que decir, abogado?".

Dudó antes de acariciar el antebrazo de su cliente. "De acuerdo. Adelante, Gene. Cuéntales lo que pasó".

McGovern moqueó. "Lo hice. Tuve que hacerlo. Me arruinaron la vida".

Le dije: "¿Hacer qué?".

"Yo... los maté".

"¿A quién?".

"Todos ellos".

"¿Melissa Wright?".

Asintió con la cabeza. "Era una idiota torpe".

"¿La doctora Bigham?"

"Sí, era lo peor, una tonta incompetente".

"¿Bobby Ryan?".

"No, no tuve nada que ver con eso".

Si se trataba de un suicidio, la prensa era responsable, pero no había leyes que la responsabilizaran. "¿Y Víctor Trent?".

Se rió. "Esos anuncios. ¿Un hombre de familia? Menuda mierda. El bastardo arruinó mi matrimonio".

"¿Cómo los mataste?".

"Los apuñalé con un cuchillo".

"¿Cuántas veces?".

"Tres es todo lo que hizo falta. Aunque una vez fueron cuatro".

"¿Cómo conseguiste que te acompañaran a los parques?".

"Usé mi pistola".

"¿La que encontramos en el auto?".

"Sí".

"Pero no la usaste con tu exmujer".

Colgó la cabeza. "Iba a matarme después de matarla a ella".

"¿Ibas a suicidarte?".

"Sí. Me estoy muriendo de todos modos. Pensé en ahorrarme dolor y miseria".

"¿Por qué lo hiciste?".

McGovern meneó la cabeza y bajó la voz. "Se lo merecían. Me hicieron pasar un infierno".

PUSE una cápsula en la cafetera y estiré la espalda. Había sido una noche larga y, en lugar de despertar a Mary Ann, dormí en el sillón reclinable. Entre el sillón y lo que McGovern me reveló, dormité apenas tres horas antes de ducharme en la regadera de la piscina.

Mary Ann entró en la cocina. "¿A qué hora llegaste a casa?".

"Alrededor de las dos".

"Pareces agotado".

"Estoy bien".

"¿Por qué no viniste a la cama?".

Eché un chorrito de leche en mi café. "Tengo un par de horas. Estaré bien".

"¿Qué ha pasado?".

Sacudí la cabeza. "McGovern confesó haber matado a todos menos a Ryan. Supongo que fue un suicidio".

"Dios mío. Qué monstruo".

"Fue una locura. Casi lo sentí por el tipo".

"¿Qué quieres decir?".

Me senté y tomé un sorbo de café. "McGovern tenía leucemia y nadie se la detectó. Se sentía mal y el médico ordenó análisis de sangre. Melissa Wright trabajaba en el lugar registrando pacientes y metió la pata con el papeleo".

"Dios mío".

"Al cabo de un par de meses, empeoraba y alguien lo remitió a la doctora Bigham. Le hizo pruebas, pero dijo que tenía un tipo de leucemia que no era grave y que lo vigilarían. Resultó que había interpretado mal las pruebas y el cáncer avanzó".

"¿Dos errores? Es increíble".

"Eso es lo que yo pensaba, pero Bilotti dijo que pueden producirse errores al principio con el registro, como le ocurrió a Wright. Y que los laboratorios cometen errores y también los médicos, ya sea pasando algo por alto o malinterpretándolo".

"Eso es terrible. ¿Se puso muy enfermo?".

Asentí con la cabeza. "Finalmente le diagnosticaron correctamente y le hicieron un trasplante de médula ósea. Le ayudó durante un tiempo, pero reapareció".

"Entiendo por qué estaba enfadado, pero no se va por ahí matando a la gente cuando comete un error".

"McGovern dijo que quería despertar a la gente, y por eso los posó".

"Seguro que sí".

"Bilotti dijo que hay pruebas de que las personas que se someten a trasplantes de médula ósea experimentan trastornos mentales".

"Tiene que deprimirte".

"Y Bilotti dijo que se vuelven muy ansiosos".

"Me lo imagino".

"No estoy poniendo excusas, pero entiendo por qué McGovern perdió la cabeza. Tuvo malas rachas y le costó la vida. Su abogado dijo que le queda menos de un año de vida".

74

CAPÍTULO SETENTA Y CUATRO

ENTRÉ CORRIENDO EN LA OFICINA. "SI TENGO QUE HACER otra entrevista, voy a perder la cabeza".

Derrick dijo: "Puedo ver el titular de mañana, 'Luca el guapo...'".

"Ya basta, ¿quieres?".

"Disfrútalo mientras dure".

¿"Disfrutar"? Es agotador. Voy a disfrutar de la arena. Vamos a ir a Key West un par de días. La amiga de Mary Ann nos deja usar su casa".

"Bonito".

"No puedo esperar. Quiero investigar a Shea. Lo que dijo esa señora no encaja, pero no me iré de vacaciones hasta que eso y lo de Addison estén resueltos".

"No te preocupes por Addison. Mientras hacías tus relaciones públicas, revisamos las imágenes de Alice Sweetwater. No pudimos encontrar a Johnson allí".

"Él sabía que ella trabajaba allí y que Addison estaba en las noticias".

"Sí. Y la última vez que Johnson fue arrestado, afirmó tener trapos sucios de una red de narcotráfico, pero no había nada".

Sacudí la cabeza. "Uno menos. Vamos a investigar sobre Shea, así podré irme con la cabeza despejada".

MARY ANN me pidió que comprara leche de camino a casa. Publix tenía una gran variedad de leches y era necesario. Mary Ann bebía la de almendras, Jessie prefería la de soya y a mí me gustaba la desnatada. Cargué las botellas en mi carrito preguntándome qué tendría que decir mi padre sobre las opciones.

Rodando por el pasillo de la pasta, me detuve. Kate Swift y su madre estaban meditando las opciones de macarrones. Me acerqué. "Disculpe".

Se giraron y sonrieron. Kate dijo: "Detective Luca. ¿Cómo está?".

Había ganado algo de peso y tenía buen color. "Estoy bien. ¿Cómo estás tú?".

"Mucho mejor, gracias".

Su madre abrazó a su hija. "Katie ha vuelto a ser la de antes".

Katie se encogió de hombros. "Estoy haciendo algunos progresos".

"Ya llegarás".

"Siguen diciéndome que llevará tiempo".

"Tienes esto, Kate. Eres una mujer especial".

"No sé nada de eso".

"Pues yo sí".

Me dedicó una sonrisa y yo se la devolví diciendo:

"Bueno, verte me ha alegrado mucho el día. Buenas noches. Y si necesitan algo, díganmelo".

Ver a la chica que había rescatado de su cautiverio me levantó tanto el ánimo que no me molestó que la cajera hablara con los clientes en lugar de escanear la mercancía. Caminando por el estacionamiento, me crucé con un hombre que llevaba una camiseta de los Mets.

Me recordó cuando iba al estadio Shea a verlos jugar. Mi mente se trasladó a Rachel Shea.

Era una buena persona y, mientras conducía hacia casa, me obligué a no pensar en cómo la habíamos arrastrado a la investigación. Al girar en nuestra calle, pensé en la mujer que la había acusado de matar a Natalie West, a su madre y a un novio.

Resultó que la mujer desaparecida había aceptado un encargo de cinco años en Singapur con Microsoft. No estaba desaparecida, y la madre de Shea había sufrido tres infartos, muriendo de un paro cardíaco. No había razón para investigar sobre Kenny Green.

Shea no era la Madre Teresa, pero la mujer que había hecho las acusaciones contra ella no estaba en pleno control de sus facultades.

Al hojear el correo, saqué el sobre de la Sociedad Americana contra el Cáncer. Desde que enfermé de cáncer, habíamos estado enviando doscientos dólares al año. Lo llevé al estudio e hice una rápida búsqueda de organizaciones benéficas. La Sociedad Americana contra el Cáncer tenía una calificación alta, pero la Sociedad contra la Leucemia y el Linfoma dedicaba más dinero a la investigación.

Saqué la chequera y les extendí un cheque. Luego extendí otro cheque. Este era para Ocean of Love, la organización benéfica de Nueva Jersey para la que trabajaba Rachel Shea.

Habíamos puesto su vida patas arriba y sentía que tenía que hacer algo. Además, era para niños con cáncer.

Cien dólares era todo lo que podíamos permitirnos, pero vería qué podía hacer la Asociación Benéfica de la Policía de la Costa del Golfo. El caso del Asesino del Santuario me había generado mucha buena prensa. No me importaba usar mi buena posición, mientras durara, para ayudar a Shea.

El fin

El próximo libro de esta serie es Nadie está a salvo.
Encuéntrelo en libros electrónicos y de bolsillo.

ESPERO que hayas disfrutado leyendo este libro tanto como yo disfruté escribiéndolo. Si es así, le agradecería que escribiera una reseña rápida en Amazon o en su sitio de libros favorito. Las reseñas son las mejores amigas de un autor e incluso una o dos líneas rápidas son útiles. Gracias Dan

OTROS LIBROS DE DAN

SOBRE EL AUTOR

Dan es uno de los autores más vendidos de USA Today y Amazon que escribió su primer cuento a los diez años y disfruta contando una historia o un chiste.

Dan obtiene sus ideas explorando la pregunta: ¿Qué pasaría si...?

En casi todas las situaciones en las que se encuentra, Dan explora qué pasaría si ocurriera esto o aquello. ¿Qué pasaría si esta persona muriera o hiciera algo inusual o ilegal?

La incesante actividad mental de Dan le proporciona abundante material para tejer interesantes historias.

Fan de los libros y las películas con giros y difíciles de predecir, Dan elabora sus historias para impedir que los lectores adivinen correctamente. Escribe todos los días, forzando las palabras cuando es necesario y hasta la fecha ha escrito más de veinticinco novelas.

No es cuestión de querer escribir, Dan simplemente tiene que hacerlo.

Dan cree fervientemente que la gente puede hacer realidad sus sueños si se concentra y actúa, y eso es precisamente lo que él fomenta.

Su dicho favorito es: "El precio de la disciplina es siempre menor que el costo del arrepentimiento".

Dan recuerda a la gente que debe eliminar la negatividad de su vida. Cree que es contagiosa y aconseja alejarse de las personas negativas. Él sabe que tener una mentalidad verdadera y positiva te hace sentir como si la vida estuviera manipulada a tu favor. Cuando se despista, se dice a sí mismo: "No puedes tener un buen día con una mala actitud".

Casado, con dos hijas y un necesitado maltés, Dan vive en el suroeste de Florida. Nativo de Nueva York, Dan ha enseñado en universidades locales, escribe novelas y toca el saxofón tenor en varias bandas de jazz. También bebe demasiado vino y nunca se toma a sí mismo demasiado en serio.

Publica dos veces al mes un boletín con artículos, textos suyos y ofertas especiales.

Inscríbase en www.danpetrosini.com

www.ingramcontent.com/pod-product-compliance
Lightning Source LLC
Chambersburg PA
CBHW070157310726
48976CB00001B/126